사상의 꽃들 16

반경환 명시감상 20

사상의 꽃들 16

반경환 명시감상 20

지혜

저자서문

시인은 꽃을 가져오는 사람이고, 철학자는 사상(정수精髓)을 가져오는 사람이다. 쇼펜하우어는 시와 철학의 상관관계를 매우 정확하게 알고 있었던 세계적인 사상가였다.

시인의 세계는 상상력의 세계이며, 그가 펼쳐 보이는 세계는 아름답고, 신비로우며, 환상적이다. 여기가 아닌 다른 곳, 그 다른 세계로 우리 인간들을 인도하며, 그의 시세계는 활짝 핀 꽃과도 같은 아름다움을 가져다가 준다.

어떤 시인은 살아 있어도 이미 죽은 것이지만, 어떤 시인은 이미 죽었어도 영원히 살아 있는 것이다.

사상은 시의 씨앗이고, 시는 사상의 꽃이다.

이 사상과 시가 있기 때문에 우리 인간들의 삶은 아름답고 행복한 것이다.

반경환은 무엇을 하는 사람인가? 그는 한국사회의 영원한 이단자이자 파렴치한에 불과하지만, 그러나 하늘을 감

동시키기 위하여 '명시감상'을 온몸으로 쓰는 철학예술가
이다. 철학을 예술의 차원으로 승화시키고, 예술을 철학의
차원으로 승화시킨다는 것은 그의 낙천주의 사상의 목표
이며, 반경환은 이 무거운 짐을 짊어짐으로써 우리 한국인
들을 고급문화인으로 인도하고자 했었던 것이다. 천년, 만
년, 영원히 식지 않는 그의 열정은 하늘을 감동시키고, 언
젠가, 어느 때는 그의 '명시감상'은 수많은 시들보다도 더
욱더 아름다운 사상으로 밤하늘의 별들처럼 빛나게 될 것
이다. 철학예술가라는 낙천주의 사상가, 그는 지혜를 사랑
하는 사람으로서 '나는 신성모독을 범한다, 고로 존재한다'
와 '세계는 나의 범죄의 표상이다, 고로 행복하다'라는 두
개의 명제를 그의 실천철학의 과제로 삼아왔던 것이다. 우
리 한국인들이 해마다 노벨상을 타고 전 인류의 스승들을
배출해낼 수 있는 그날을 위하여 자기 스스로 영원한 이단
자와 파렴치한이 되어야 하는 신성모독자의 삶을 마다하
지 않았던 것이다. 반경환은 자랑스러운 단군의 후예이고,
낙천주의 사상가인 최고급의 홍익인간이다.

　『사상의 꽃들』1, 2, 3, 4, 5, 6, 7, 8, 9, 10, 11, 12, 13, 14,
15권에 이어서 『사상의 꽃들』16권을 탄생시켜준 이병연,
박정란, 허이서, 조성례, 강기원, 김정원, 정미영, 강우현,

최승자, 함민복, 이영식, 김성신, 박설하, 이병연, 이진진, 조옥엽, 한현수, 김길중, 김자향, 정영선, 강은희, 민정순, 채종국, 김명인, 안정옥, 박분필, 박지현, 유계자, 이향이, 권기선, 주경림, 문영, 이외현, 김려원, 함기석, 박성우, 김종삼, 최병근, 유계자, 정구민, 정동재, 김종삼, 최금녀, 최도선, 한이나, 탁경자, 김홍희, 장정순, 정해영, 김병수, 사공경현, 권기선, 글빛나, 유종인, 성재봉, 곽효환, 이원형, 이용우, 홍영택, 백지, 박용숙, 반칠환, 백승자, 정해영, 김병수, 정구민, 민정순, 조옥엽 등, 68명의 시인들과 그동안 『반경환 명시감상』을 너무나도 뜨거운 마음으로 사랑해준 독자 여러분들에게 진심으로 감사를 드린다.

좀 더 정확하게 말한다면, 독자 여러분들은 이 책의 저자였고, 나는 독자 여러분들의 시심詩心을 받아 적은 필자에 불과했다.

나는 이 『사상의 꽃들』16권을 쓰면서, 너무나도 행복했고, 또, 행복했었다.

2024년 여름, '애지愛知의 숲'을 거닐면서……

2부

3부

4부

1부

이병연 박정란 허이서 조성례
강기원 김정원 정미영 강우현
최승자 함민복 이영식 김성신
박설하 이병연 이진진 조옥엽
　　　　　　　　한현수

이 병 연

내 안의 역驛

사라져가는 꼬리를 놓지 않으려고
나는 어린아이처럼 훌쩍거렸다

당신이 있던 텅 빈 자리

당신이 빠져나간 그 자리에
웅덩이처럼 물이 고이기 시작했다

함께한 결 고운 한때를 떠올리다가
나는 또 젖어 든다

고개를 저을수록 항복할 줄 모르는
내 안의 역

당신이 떠난 역은

수십 년이 지났어도 미련한 애인처럼 젖어 있고

그곳에는 마르지 않는 꽃이 산다

인생은 사랑의 길, 이 사랑의 길을 누구나 갈 수 있지만, 그러나 이 사랑의 길을 완주할 수 있는 자는 극소수에 지나지 않는다. 사랑의 길은 말의 절제와 행동의 절제로 이루어진 길이며, 이 '절제의 미학'은 그의 예술품 자체가 된 삶을 말해준다. '절제의 미학', 즉, '예술품 자체의 삶은 그의 지혜와 용기와 성실함의 산물이며, 그의 입신入神의 경지를 말해준다.

　　「내 안의 역驛」은 사랑의 역, 「내 안의 역驛」은 그리움의 역, 「내 안의 역驛」은 당신이 떠난 지 "수십 년이 지났어도 미련한 애인처럼 젖어 있고// 그곳에는 마르지 않는 꽃이" 사는 역—. 청순 가련한 꽃, 지조와 정절의 꽃, 너무나도 아름답고 너무나도 완벽한 「내 안의 역驛」에 피는 꽃—. 사랑의 향기와 그리움의 향기로, 페넬로페가 낮에는 수의를 짜고 밤에는 도로 풀면서 오딧세우스를 기다렸듯이, 오르페우스가 사랑하는 에우리디케를 못잊어 끊임없이 노래를 부르며 살다 갔듯이, 오직 단 한 사람의 '당신'만을 기다리고 있는 「내 안의 역驛」―.

당신이 있던 텅 빈 자리에 영원히 어린아이처럼 훌쩍이고 있는 꽃, "당신이 빠져나간 그 자리에/ 웅덩이처럼 물이 고이기 시작"하면 "함께한 결 고운 한때를 떠올리다가" "또 젖어"드는 꽃, "고개를 저을수록 항복할 줄 모르는/ 내 안의 역"에 피는 꽃, "당신이 떠난 역은/ 수십 년이 지났어도 미련한 애인처럼 젖어 있고" "그곳에는 마르지 않는 꽃이" 피는 「내 안의 역驛」―.

이병연 시인의 「내 안의 역驛」은 미련한 여인의 시대착오적인 애상과 그 사랑이 주조를 이루는 것 같지만, "함께한 결 고운 한때를 떠올리다가" "고개를 저을수록 항복할 줄 모르는" '비극의 주인공'과도 같은 너무나도 확고한 신념과 그 결기가 배어 있다고 할 수가 있다. 사랑에는 수많은 샛길과 오솔길도 있을 수가 있고, 사랑에는 수많은 배신과 음모와 우회의 길도 있을 수가 있다. 이병연 시인의 「내 안의 역驛」의 '사랑의 길'은 만인들의 길이 아닌 자기 자신의 길이며, 미련하기 때문에 더욱더 순수하고 성스러운 길이라고 할 수가 있다. 자기 자신의 사랑과 그 믿음을 따라 가는 길이기 때문에, 수많은 샛길과 오솔길도 모르고, 언제, 어느 때나 천하의 대로를 걸어갈 수가 있었던 것이다.

　단어 하나, 토씨 하나에도 단 하나뿐인 목숨을 걸듯이, 비록, 시대의 흐름을 따라잡지 못하고 약삭 빠른 삶을 살지 못했을지라도, 이 성스러울 정도로 촌스럽고 때묻지 않은 사랑의 꽃을 피웠다는 것은 이병연 시인의 「내 안의 역驛」이 자야 여사의 마음을 사로잡은 백석의 시 한 편만도 못할 이유가 없는 것이다. 수천 억대의 재산이나 천하제일의 권력보다도 더 낫고 더 영원한 시—, 「내 안의 역驛」은 만인들의 텃밭이고 만인들의 행복의 보금자리라고 하지 않을 수가 없다.

　고귀하고 거룩한 것은 고귀하고 거룩한 인간을 위해 있고, 더럽고 추한 것은 더럽고 추한 인간을 위해 있다. 진정한 시인은 비겁하지 않고 굴종을 모르며, 진정한 시인은 촌스러울 정도로 어리석게 보일지라도 만인들의 존경과 찬양을 받는다.

　이 세상에서 누가 가장 훌륭하고, 누가 가장 부자인가? 미련할 정도로 우직하고 성스러운 길을 가며, 이병연 시인과도 같은 「내 안의 역驛」을 창시한 사람일 것이다. 오직 단 한 사람뿐인 당신을 떠나 보낸 슬픔의 토대 위에서 사랑의 꽃을 피우고, 그 그리움의 향기로 만인들을 불러모으며,

영원불멸의 삶을 살고 있는 것이다.

시인은 예술가 중의 최고급의 예술가인 것이다.

박 정 란

대상포진

화약고 짊어지고 바이러스
몸 깊숙이 침투
허벅지까지 살금살금 숨어들어
후끈후끈
찌리릭 찌익

온몸 며칠째 전율하며
피 터지는 전쟁 중
붉은 지뢰밭 점점 확산 중

누군가에게 아프게 했던 말
밀물처럼 나에게 돌아와
사정없이 찔러댄다

알게 모르게 지은 죄 모두 용서하소서*

그동안 저지른

철없음과 과욕을 반성하겠나이다

오늘 비로소

참을 수 없는 고통 앞에서야

터져 나오는

잊고 있던 나의 기도

* 성당의 기도문 중

한 나라가 망하는 것은 어떤 외부의 적이나 크고 작은 내란이나 혁명 때문에 망하는 것이 아니다. 한 나라가 망하는 것은 어떤 외부의 적이나 크고 작은 내란이나 혁명 때문이 아니라, 국가의 힘을 기르지 못하고 상호 간의 믿음과 신뢰를 상실했기 때문이다. 한 개인이 병이 들거나 사망하는 것은 병 때문이 아니라, 그 병을 퇴치할 수 있는 건강을 이미 상실했기 때문이다. 원인을 결과로 착각하거나 결과에서 원인을 잘못 찾아낸 것처럼 어리석은 일도 없지만, 우리는 종종 그 나쁜 결과를 자기 자신이 아닌 외부의 탓으로 돌리고는 한다.

박정란 시인의 「대상포진」은 그 병의 원인을 자기 자신의 잘못에서 찾고 있지만, 그러나 그 병을 자기 자신의 힘으로 극복하지 못하고, 외부의 신에게 기도를 함으로써 그 문제가 있는 것처럼도 보인다. 「대상포진」은 피부병이며, '대상포진 바이러스'가 피부에 발진을 일으킴으로써 심한 통증을 유발하는 질병을 말한다. "화약고 짊어지고 바이러스/ 몸 깊숙이 침투/ 허벅지까지 살금살금 숨어들어/ 후끈 후끈/ 찌리릭 찌익"이라는 시구가 그것이고, "온몸 며칠째 전율하며/ 피 터지는 전쟁 중/ 붉은 지뢰밭 점점 확산 중"이라는 시구가 그것이다. 대상포진 바이러스는 화약고가 되고, "붉은 지뢰밭 점점 확산 중"은 "피 터지는 전쟁 중"의 그토록 처절한 참상을 말해준다. 고통은 끊임없이 원인과 결과를 따져묻고 그의 마비된 의식과 감각을 일깨우며, 따라서 어떤 꾸밈이나 장식도 없이 제일급의 시구들을 저절로 양산해낸다. 고통은 가장 훌륭한 스승이고, 질병은 가장 훌륭한 '명시의 원산지'라고 할 수가 있다.

박정란 시인의 「대상포진」의 장점은 대상포진의 원인을 외부에서 찾지 않고, 자기 자신에게서 찾은 것이며, "누군가에게 아프게 했던 말/ 밀물처럼 나에게 돌아와/ 사정없이 찔러댄다"라는 시구에서처럼, 그토록 처절하고 고통스러운 자기 반성과 참회를 하고 있다는 점일 것이다. 사회주의자나 민주주의자, 또는 불교인과 기독교인들마저도 모든 고통의 원인을 타인의 탓으로 책임을 전가하는 데에서 그 잘못을 범하고 있지만, 그 반대 방향에서, 박정란 시인처럼 책임감이 강한 인간은 진정한 시인이자 문화적 영웅의 전범이라고 할 수가 있는 것이다. "알게 모르게 지은 죄 모두 용서하소서/ 그동안 저지른/ 철없음과 과욕을 반성하겠다"는 것은 어쩌면 기독교인들의 상투적인 문구 중의 하나일 수도 있지만, 그러나 그의 「대상포진」의 자기 반성과 참회의 모습은 그만큼 처절하고 만인들의 심금을 울리고 있다고 할 수가 있다.

박정란 시인의 「대상포진」의 장점 중의 장점은 "오늘 비로소/ 참을 수 없는 고통 앞에서야/ 터져 나오는/ 잊고 있던 나의 기도"에서처럼 자기 자신의 위선과 허위의식을 가차없이 까발리고, 이 반성과 참회를 통해서 더욱더 선량하고 올바른 인간으로 거듭나겠다는 '미래의 희망'에 맞닿아 있다는 점일 것이다. 박정란 시인의 「대상포진」은 단순한 피부병이 아니라, '인생의 획기적인 대전환점'을 마련해준 하나님의 선물이며, 그의 삶에의 의지가 각인된 '희망의 찬가'라고 할 수가 있다. 진정한 시인은 바보와 멍청이, 또는 세 살 짜리와 강아지들로부터도 배우고, 모든 나쁘고 사악한 적들과 친구들과 병으로부터도 배우며, 그 '앎에의 의지'를 통하여 자기 자신을 높이 높이 끌어올린다. 이 세상은 '자연의 학교'이며, 고통과 질병과 사악하고 나쁜 적들과 친구들마저도 모두가 다같이 '전 인류의 스승'이기도 한 것이다.

　고통으로부터 기쁨을 창출해내고, 불행으로부터 행복을 창출해낸 인간만이 고귀하고 위대한 시인이 될 수가 있고, 그의 시는 전 인류의 희망의 등불이 될 수가 있는 것이다. 「대상포진」은 질병이고 건강이고, 「대상포진」은 슬픔이자 기쁨이고, 「대상포진」은 불행이자 행복이다. 이 질병과 건강, 슬픔과 기쁨, 불행과 행복 중에서 우리 한국인들은 영원히 앞 못 보는 봉사이자 구제불능의 백치들이라고 할 수가 있다. 고귀하고 위대한 것은 고귀하고 위대한 인간에게 돌아가고, 더럽고 추한 것은 더럽고 추한 인간에게 돌아간다. 우리 한국인들은 일본인과 미국인, 또는 중국인과 독일인 등에서 그들의 고귀하고 위대한 점은 조금도 배우지를 못하고, 끊임없이 그들의 약점과 나쁜 점만을 그토록 더럽고 추하게 물어뜯는다.

　진정한 시인이 아닌 백치들에게는 박정란 시인의 「대상포진」은 대상포진일 뿐, 그토록 더럽고 추한 정쟁으로 이웃국가와 이웃민족, 또는 자기 자신의 동료와 이웃들을 헐뜯고 물어뜯기에 바쁠 뿐인 것이다. 우리 한국인들은 앎에의 의지와 이빨이 없고, 수많은 정쟁과 「대상포진」으로 모두가 다같이 자멸과 공멸의 길을 걸어가고 있는 것이다.

남북분단은 「대상포진」이며, 이 「대상포진」을 박정란 시인처럼, 미래의 행복, 즉, 전 인류의 행복으로 창출해내지 않으면 안 된다.

풀 한 포기와 나무 한 그루, 수많은 모래알과 돌멩이들, 모기와 파리, 암적 종양과 질병들마저도 전 인류의 스승이고, 우리 한국인들은 이제부터라도 공부하고, 또 공부하지 않으면 안 된다.

미군을 철수시키고, 남북통일을 이룩하고, 전 인류의 존경과 찬양을 받는 일등국가를 건설할 수 있는 그날까지―.

허이서

성호를 긋다

어긋난 방향으로 흘러왔을 땐
늘 그러하듯 十字였다
다시 구름을 허공에 풀어놓으며
못 박힌 것들의 통증을 배회하였다

오늘날의 기독교인들은 십자가가 인류의 역사상 가장 잔인하고 끔찍한 고문도구였다는 사실을 전혀 인식하지 못하고, 그 십자가를 예수와 동일시하며, 무한한 찬양과 존경을 바치고 있다고 할 수가 있다. 십자가에 못 박힌 자는 너무나도 크나큰 범죄를 저지른 중죄인이며, 피해자의 원한 맺힌 저주감정에 의해서 그 가해자에 대한 고문도구로써 십자가를 창출해냈던 것이다. 그가 신성모독자로서 종교의 권위에 도전했든지, 내란이나 혁명으로 전제군주의 절대권력에 도전했든지, 또는 사회적 천민으로서의 무차별적인 대량살상의 범죄를 저질렀든지 간에, 그 중죄에 반하여, 단번에 목을 잘라버린다는 것은 가해자에 대한 피해자의 보복심리(분노)가 해소될 수 없는 것이었다. 십자가는 고문도구이자 사형장치이며, 그토록 잔인하고 끔찍한 고문을 가함으로써 두 번 다시 그와도 같은 범죄를 예방하고 근절하겠다는 고대사회의 형벌제도의 의지가 담겨 있었던 것이다.

만일, 그렇다면 오늘날의 십자가는 왜, 그 형벌제도의 의지에 반하여 그토록 신성한 상징이 되었고, 수많은 사람들이 그 십자가 앞에서 무릎을 꿇고 끊임없이 존경과 찬양을 바치고 있는 것일까? 그것은 두말할 것도 없이 '부유한 자, 힘 있는 자, 지배하는 자'의 가치관을 전복시키고, '가난한 자, 힘 없는 자, 지배당하는 자'의 편에 서서 부의 공정한 분배와 만인평등을 외치던 예수가 너무나도 부당하고 억울하게 십자가에 못 박혀 죽어갔기 때문일 것이다. 오늘날은 민주주의 사회이며, 민주주의 사회는 사회적 천민들이 모든 귀족들을 몰아낸 사회라고 할 수가 있다.

허이서 시인의 「성호를 긋다」는 그의 꿈과 희망과는 다르게, 언제, 어느 때나 최악의 나쁜 패만을 잡는 자의 절규라고 할 수가 있다. 이자와 이자가 눈덩이처럼 불어나는 삶도 있을 수가 있고, 자기 자신의 몸과 마음을 다 바치고도 수많은 배신과 음모에 빠져 허우적대는 삶도 있을 수가 있다. 손에 잡힐 듯, 손에 잡힐 듯하다가 이내 신기루처럼 사라지는 꿈과 희망도 있을 수가 있고, 언제, 어느 때나 자기 자신을 잃어버리고 '사는 것이 죽는 것보다도 못한 삶'도 있을 수가 있다.

현대사회는 피로의 사회이며, 소수의 부자를 제외하고는 만성적인 우울증과 불안과 공포에서 벗어날 수가 없다. 컴퓨터와 스마트폰이 인간 사회로부터 더욱더 인간을 고립시키고, 인공지능과 드론과 로봇이 모든 좋은 일자리를 다 빼앗아 간다. 고통이 고통을 부르고, 고통이 고통을 가중시키며, 그 모든 꿈과 희망을 다 잡아먹고, '죽는 것보다 더 못한 삶'을 위하여 아무런 의미도 없는 '십자가'를 지게 한다.

허이서 시인의 「성호를 긋다」는 예수 찬양의 종교와는 다르게, 정의와 진리의 신인 예수의 목을 비틀고, '무신론자'의 최후의 절규를 노래 부르고 있는 것인지도 모른다. 어긋남과 어긋남의 방향으로만 교차하는 십자가, 동서남북의 모든 출구를 다 붙들어 매버린 십자가, 이익과 이익을 둘러싸고 부모형제와 친구와 모든 이웃들과 동포들과 피투성이 이전투구를 벌이게 하는 십자가 ―. 일찍이 예수는 존재하지도 않았고, 존재한 적도 없었으며, 따라서 예수라는 가공의 존재가 뜬구름과 뜬구름 속의 허공을 헤매는 우리 인간들을 구원할 수는 없는 것이다.

십자가, 고통과 고통 속의 "못 박힌 것들의 통증"을 대변하는 십자가 ―. "오, 주여, 오늘도 일용할 양식을 주지 마시고, 하루바삐 이 고통에서 헤어날 수 있게 해주서!"

소위 고문의 도구이자 사형장치였던 십자가가 예수와 목사와 소수의 위선자와 사기꾼들만을 위한 십자가가 되었다는 것, 바로 이것이 모든 기독교의 진정한 모습이자 그 도덕적 위선이라고 할 수가 있는 것이다.

허이서 시인의 「성호를 긋다」는 '목숨을 긋다'와도 같고, 이기주의의 최종적인 형태인 자본주의의 조종弔鐘 소리와도 같다.

조 성 례
아주 작은 유언

저녁거리 쌀을 씻어놓고 식탁에서 책을 펼친다
텅 빈, 동굴, 정적
어느 곳에선가 톡톡
연이어 노크하는 소리
귀 기울여 소리의 근원지를 찾는다

소리의 길을 찾아 들어가니
살가죽을 불리면서 내는 물속의 쌀이다
거죽이 터지는 아픔의 소리 낼 때마다
쌀은 조금씩 순간이동을 하고 있다
소리만큼이나 작은 움직임

고 작은 몸이
저처럼 고통스러운 소리를 낼 줄이야
살아가면서 크고 작은 상처에서

비명을 질렀지만
생의 마지막 길에서
무언가 말하고 있는 쌀을 본다

다시 책으로 들어가 보지만
톡톡톡
다시 귓전을 두드리는 소리
오늘은 저 마지막 말씀이나 새겨들어야겠다
책을 덮고 눈을 감는다

자연은 먹이사슬의 형태로 되어 있고, 그 어떤 생명체도 이 먹이사슬의 구조를 벗어나 존재할 수는 없다. 생명이 생명을 먹는다는 것은 너무나도 크나큰 중죄이지만, 그러나 이 원죄 자체를 너무 신경 쓰거나 무서워할 필요는 없다. 왜냐하면 다른 생명체의 생명을 먹는 자 역시도 꼭, 그만큼 자기 자신의 육체를 먹이로 제공하고 죽어가야 하기 때문이다. 문제는 모든 죄 중에서 가장 고약하고 뻔뻔스러운 중죄는 이 자연의 법칙(생명의 법칙)에 반하여 다른 생명체들을 노리갯감이나 장난감으로 취급하는 것이고, 그 다음으로 더욱더 나쁜 것은 자기 자신의 부채를 상환하지 않기 위하여 수명을 연장하거나 자기 자신의 시체에 방부처리를 하는 것이라고 할 수가 있다. 과연 우리 인간들이 동물원의 쇠창살에 갇힌 수많은 동물들의 억울하고 분한 마음과 그 심리 상태에 귀를 기울여 본 적이 있었고, 또한, 우리 인간들이 맑은 공기와 대자연의 숲과 사랑을 하고 자식을 낳아야 하는 동물들의 모든 권리를 다 박탈한 채 '반려동물'이라는 이름으로 수많은 학대와 조롱을 일삼고 있다는 사실에 대하여 제대로 반성을 하고 그 동물들을 자연으로 돌려보내려는 노력을 한 적이 있었단 말인가? 오늘날의 동물원의 수많은 동물들과 인간 가정의 수많은 반려동물들이 아우슈비츠 수용소에 감금된 동물들에 지나지 않는다면, '인간 60의 수명연장'을 위해 그토록 엄청난 자연환경과 생태환경을 파괴한 것은 물론, 레닌이나 스탈린, 또는 모택동이나 김일성 등과도 같이 그들의 시체를 방부처리하여 한사코 부채상환을 거부하고 있는 현상을 어떻게 설명할 수가 있단 말인가? 자연은 자연 그대로의 자연이며, 우리 인간들이 만물의 영장이라는 오만방자함으로 간섭하지 않을 때, 동물과 동물, 식물과 식물, 인간과 인간, 산과 들과 바다 등이 저절로 균형을 이루며 이 지구촌의 평화를 이룩해낼 수가 있는 것이다.

조성례 시인의 「아주 작은 유언」은 쌀의 유언이며, 시인이 쌀로 분장을 하여 그 '고통의 신음 소리'를 들려주고 있는 매우 아름답고 멋진 시라고 할 수가 있다. 요컨대 쌀의 신음과 고통의 소리에 귀 기울이는 조성례 시인의 아주 섬세하고 여린 마음과 '아주 작은 유언'을 들려주는 시인의 앎의 깊이가 너무나도 시적이고, 너무나도 인간적이라고 하지 않을 수가 없다. "저녁거리 쌀을 씻어놓고 식탁에서 책을 펼"치며, "텅 빈, 동굴, 정적/ 어느 곳에선가 톡톡/ 연이어 노크하는 소리"에 "귀 기울여 소리의 근원지를 찾는다." "소리의 길을 찾아 들어가니" 쌀이 "살가죽을 불리면서 내는" 소리였고, 그 "거죽이 터지는 아픔의 소리 낼 때마다" 쌀이 "조금씩 순간이동을 하고" 있었다. 그렇다. 조성례 시인은 "고 작은 몸이/ 저처럼 고통스러운 소리를 낼 줄"을 미처 몰랐던 것이고, 이 세상을 살아가면서 수많은 크고 작은 상처를 받았지만, 그러나 쌀이 이 생의 마지막 길에서 그토록 고통스러운 신음 소리로 유언을 남기고 있었던 줄은 몰랐던 것이다.

조성례 시인의 「마지막 유언」은 우리 한국인들의 주식主食인 쌀들의 유언이며, 그 쌀들에 대한 죄송함과 감사함을 노래하고 있는 시라고 할 수가 있다. 살가죽을 불리면서 내는 쌀의 소리, 그 거죽이 터지면서 조금씩 순간 이동을 하며 그 아픔이 내는 소리, 쌀도 생명이며, 그 최후의 순간에 그처럼 아픈 유언의 소리를 남기고 있었던 것이다. '나는 명예를 위해 살았고, 오점 없는 생애를 마친다'고 하는 것일까? '나는 농부의 보살핌에 따라서 너무나도 즐겁고 기쁜 삶을 살았다'는 것일까? '이 세상의 삶은 다 부질없고 허무하다'는 것일까? '태어나지 않는 것이 최선이고, 곧바로 죽는 것이 차선이다'라고 말하고 있는 것일까? 조성례 시인은 쌀들의 유언을 들으며, 다시 책 속으로 들어가 "톡톡톡/ 다시 귓전을 두드리는 소리/ 오늘은 저 마지막 말씀이나 새겨들어야 겠다/ 책을 덮고 눈을 감는다"라는 시구에서처럼 너무나도 경건하고 엄숙하게 쌀들의 마지막 유언을 받아 적는다.

쌀도 살아 있는 생명이고, 쌀 한 톨과 밥풀 하나라도 함부로 낭비하지 않으면 안된다. 쌀 한 톨을 먹는다는 것은 죄를 짓는 것이고, 그 쌀의 에너지로 살아간다는 것은 고맙고 감사한 일이다. 조성례 시인의 머리에는 깊이가 있고, 그의 가슴에는 열정이 있다. 시인의 머리로는 쌀의 유언을 받아 적고, 시인의 가슴은 쌀의 고통의 소리를 더욱 더 크나큰 사랑으로 감싼다. 시인의 언어는 영혼과 영혼, 사물과 사물의 교감 끝에 얻어진 언어이며, 아주 극소수의 시인만이 사용할 수 있는 예술품 자체가 된 언어라고 할 수가 있다.

쌀도 생명이고, 나무도 생명이다. 풀도 생명이고, 수많은 돌멩이들도 생명이다. 유기체와 무기체, 즉, 생명이 있는 것과 생명이 없는 것을 함부로 구분한 것은 우리 인간들의 오류 중의 가장 큰 오류라고 할 수가 있다. 땅도 신음을 하고, 강도 신음을 하고, 돌멩이와 모래와 금은보석도 신음을 한다.

인류의 역사에서 가장 잔인하고 끔찍한 범죄는 인간에게 좋은 것은 다 좋은 것이고, 어떤 생명체와 자연마저도 다 파괴할 수 있다는 인문주의라고 할 수가 있다. 하루바삐 자연을 함부로, 제멋대로 파괴하고 살생을 일삼은 죄를 뉘우치고, 자연의 법칙에 따른 순리의 삶을 살아가지 않으면 안 된다.

자연과학과 생명공학, 모든 제약회사들과 병원들을 다 파괴하고 해체할 때, 이 지구촌의 평화와 행복이 찾아오게 될 것이다.

강 기 원

거북

내 몸속에 거북 한 마리 들어와 산다
언제부터였을까 나 대신
주억거리고 도리질하고 비굴하게 움츠러들기도 한다

학이라면 모를까 거북이는 되고 싶지 않았는데
녀석이 머리에 달려 있으니
걸음도 갈짓자, 등도 시멘트 들이부은 듯 딱딱하게 굳어
간다

횡단보도 건너갈 일이 사막처럼 아득해지고
낯가림이 심해지고
낳아 놓은 자식들 제 알아서
살 놈 살고 잘못돼도 내 탓 아니려니 싶어진다
이미 지난 일 후회하면 뭐하나 뒤돌아보는 일도 없다

그 뿐인가
짧은 목 길게 빼어 바라보는 곳은
비린 바람 불어오는 바다 뿐
태내에서부터 출렁이던 양수의 바다 뿐

나 죽거든 문무왕처럼 나라지킴이는 못되어도
낙산 바다에 뿌려 달라 유서도 쓸까한다

이 난감한 녀석을 어찌 내보내야할지 궁리하는 대신
나는 점점 거북이 되어간다
침침한 눈 끔뻑이며, 홀로 거니는 고독한 거북

내 등판이 돌덩이인 줄 알고 누군가 주저앉아도
무심결에 밟아도
끄덕끄덕과 도리도리 사이에서
굼뜬, 굼뜬, 거북한 거북이

강기원 시인은 "학이라면 모를까 거북이는 되고 싶지 않았는데" 언제부터인가 "내 몸속에 거북 한 마리 들어와 산다"라고 말한다. 학은 새 중의 새이며, 고귀하고 위대한 선비의 상징인 반면, 거북이는 느림보 중의 느림보이며, 음흉하고 게으른 어중이떠중이들의 상징이라고 할 수가 있다. 따라서 거북이는 십장생이고, '느림의 미학'을 통해서 빠름보다 더 빠른 삶을 실천하고 있다는 사실은 너무나도 완벽하게 무시당하고 있다고 할 수가 있다. 느림보의 대명사인 거북이와 음흉하고 게으른 거북이를 택할 것인가, 아니면 오래오래 장수하고 '느림의 미학의 대가'인 거북이를 택할 것인가는 그 주체자의 선입견과 판단에 달려 있다고 할 수가 있다.

아무튼 강기원 시인의 거북이는 주억거리고 도리질하고 비굴하게 움츠러들기도 한다. '주억거리다'는 천천히 고개를 위 아래로 끄덕거리는 것을 말하고, '도리질하다'는 싫

다거나 아니다라고 부정하는 것을 말하고, '비굴하다'는 명예와 명성 따위는 아랑곳하지 않고 눈앞의 이익 앞에 무릎을 꿇는다는 것을 말한다. "걸음도 갈짓자"이고, "등도 시멘트 들이부은 듯 딱딱하게 굳어"가고, "횡단보도 건너갈일이 사막처럼 아득해"진다. "낯가림이 심해" 여러 사람 앞에 나서지도 못하고, 한 번 알을 낳아 놓으면 그 자식들이 천적의 먹이가 되든, 살아남든지 간에, 그것은 관심조차도 없다. 살 놈은 살 것이고, 죽을 놈은 죽을 것이기 때문에, 이미 지나간 일은 후회하거나 되돌아볼 필요조차도 없다. 오직 거북이가 "짧은 목 길게 빼어 바라보는 곳은/ 비린 바람 불어오는 바다 뿐"인데, 왜냐하면 "태내에서부터 출렁이던 양수의 바다"만이 그가 그의 여생을 살아갈 곳이기 때문이다.

유년시절의 꿈은 그의 일생내내 계속되고, 유년 시절의 꿈은 더없이 고귀하고 위대한 학의 날개를 타고 날아다닌다. 이곳과 저곳의 경계도 없고, 그 어느 누구의 방해도 없이 모든 잡새들 위해 군림을 하며 영원불멸의 월계관을 쓰게 된다. 꿈은 학이 되고, 학은 영원불멸의 월계관이 된다. 강기원 시인은 이처럼 고귀하고 위대한 꿈을 꾸며, "문무왕처럼" 조국의 수호신이 되고 싶었지만, 그러나 그 꿈을 이룰 수가 없었다. 따라서 새들 중의 새인 학이 되는 대신, "낙산 바다에 뿌려 달라는 유서"라도 쓰고 싶었지만, 어느덧 느림보 중의 느림보인 거북이가 내 몸속에 들어와 살고 있었던 것이다. "이 난감한 녀석을 어찌 내보내야할지 궁리하는 대신/ 나는 점점 거북이 되어간다/ 침침한 눈 끔뻑이며, 홀로 거니는 고독한 거북"이라는 시구가 그것이고, "내 등판이 돌덩이인 줄 알고 누군가 주저앉아도/ 무심결에 밟아도/ 끄덕끄덕과 도리도리 사이에서/ 굼뜬, 굼뜬, 거북한 거북이"라는 시구가 그것이다.

따지고 보면 모든 인간들은 그들의 말투와 생김새와 행동양식과 예의범절까지도 서로가 서로를 너무나도 똑같이 닮아 있다. 시대와 인종이 다르고, 문화와 풍습이 달라도 우리 인간들의 먹고 사는 것과 꿈꾸는 것이 '인간이라는 종'의 범주에 구속되어 있기 때문이다. 독재자를 욕하면서도 독재자를 똑같이 닮아가고, 아버지를 미워하면서도 아버지를 똑같이 닮아가고, 그토록 적대자와 싸우면서도 그 적대자와 똑같이 닮아간다. 쌍둥이가 쌍둥이의 얼굴을 싫어하듯이, 우리 인간들은 동일한 꿈과 동일한 지위를 놓고 싸우는 무서운 짝패에 지나지 않는다. 새가 좌우의 날개로 날듯이, 손바닥이 마주쳐야 소리가 나듯이, 원수와 친구는 동일한 인물의 두 얼굴에 지나지 않는다.

강기원 시인은 학의 팔자가 아닌 거북이의 팔자를 타고 났다고 할 수가 있다. 그러니까 음흉하고, 게으르고, 우유부단하며, '느림보의 대명사'인 거북이만을 생각하고, 십장생의 영물이자 '느림의 미학의 대가'인 거북이와 토끼보다 더 빠른 '느림의 미학'을 통해서 무한한 인내와 긍지의 화신인 거북이에게 그토록 짜증과 비아냥과 자기 비하의 말을 되풀이 퍼붓고 있는 것인지도 모른다.

거북이는 사랑과 믿음의 동물이며, 『삼국유사』의 「구지가」의 주인공이자 그 옛날부터 기린과 봉황과 용과 더불어 가장 성스러운 4대 영물로 불려왔던 것이다.

"굼뜬, 굼뜬, 거북한 거북이"가 그토록 거룩하고 성스러운 강기원 시인의 자화상이었던 것이다.

김 정 원

분재

그는 자신이 바라는 삶을 살고 싶다

그러나,

야무진 바람의 가지와 뿌리가 무참히 잘려 나가고
사람이 원하는 수형으로 사육되는
소사나무

노예 발목에 채운 차꼬 같은 화분 밖에서
비바람 맞으며 자기 뜻대로 사는 나무들이 보기에
아름답기보다는 괴로운 기형이다

나 자신이 바라는 내가 되지 않고
다른 사람들이 원하는 내가 된 꼭두각시 인생처럼

밑동이 굽은

후회가 굵다

우리는 어렸을 때, "우리의 소원은 통일/ 꿈에도 소원은 통일"이라는 노래를 수없이 부르며, 그 노래를 귀가 따갑도록 듣고 자랐다. 일제가 패망을 하고 미군이 점령한 지 어언 80년이 되었지만, 이제는 어느 누구도 "우리의 소원은 통일/ 꿈에도 소원은 통일"이라는 노래를 부르지 않는다. 베트남이 남북통일을 이룩하고, 동서독이 민족통일을 이룩한 지 30여 년이 지났지만, 이 지구촌의 유일한 분단 국가로서 우리 한국인들은 남북통일의 꿈마저도 상실해 가고 있는 것처럼 보인다.

알렉산더 대왕은 어린시 절부터 세계를 정복하는 것을 꿈꾸었고, 그 결과, 전 인류의 대왕이 되었다. 나폴레옹 황제 역시도 어린 시절부터 세계를 정복하는 것을 꿈꾸었고, 그 결과, 전 인류의 황제가 되었다. 공자 역시도 어린 시절부터 학문에 뜻을 두었고, 그 결과, 전 인류의 스승이 되었다. 소크라테스 역시도 어린 시절부터 학문에 뜻을 두었고, 그 결과, 전 인류의 스승이 되었다. 어린 시절은 상류 중의 상류이며, 모든 고귀하고 위대한 인물들의 존재의 뿌리라고 할 수가 있다. 어린 시절은 자기 자신이 전 인류의 황제가 되거나 또는 전 인류의 스승이 되는 꿈이 자라나는 시절이자 그 대들보의 싹이 자라나는 황금의 시절이라고 할 수가 있다. 어린 시절부터 꿈이 없는 자는 싹수가 노랗지만, 어린 시절부터 고귀하고 위대한 꿈을 꾸는 자는 그 떡잎부터 다르다. 어린 시절은 고귀하고 위대한 꿈을 꾸고, 전 인류의 스승들의 책을 읽고 그 스승들과 대화를 나누며, 전 인류의 스승들을 뛰어넘지 못한다면, "그는 자신이 바라는 삶을 살" 수가 없다. "나는 신성모독을 범한다, 고로 존재한다"는 나의 존재론이고, "세계는 나의 범죄의 표상이다, 고로 행복하다"는 나의 행복론이다. 나는 한국인 최초로 나의 낙천주의 사상의 신전을 세우기 위해, '깊이 있게 공부하고', '잘 질문했으며', 그 '어떤 신의 권위도 인정하지를 않았다.' 전 인류의 황제, 전 인류의 스승—, 우리가 세계적인 고전을 읽으며, 그토록 어렵고 힘든 공부를 하며, 전 인류의 스승이 되어야 하는 까닭이 여기에 있다.

어린아이들은 우리들의 미래의 희망이며, 대한민국은 어린아이들의 영원한 행복의 보금자리이자 전 인류가 존경하는 지상낙원이 되지 않으면 안 된다. 우리의 어린 아이들이 우리 어른들에게 이렇게 말한다면 과연 우리 어른들은 어떻게 대답을 할 것인가?

"기초생활질서를 확립하고 쓰레가 하나 없는 삼천리 금수강산을 만들고 싶습니다. 독서중심글쓰기 교육을 통해서 세계적인 대사상가들과 대화를 나누며 해마다 노벨상을 수상하고, 수많은 젊은이들이 한국의 사상과 한국의 문화를 배우기 위하여 공부하러 오는 일등국가를 만들고 싶습니다. 한국의 모든 부자들이 '부의 대물림'이라는 족벌체제를 뿌리뽑고 전 재산을 사회에 환원하고, 누구나 열심히 일하면 부자가 되는 나라를 만들고 싶고, 반드시 미군을 철수시키고 남북통일을 이룩하고 싶습니다. 한국의 사상과 한국의 정신으로 오늘날의 미국보다 열 배, 또는 백 배나 더 훌륭한 국가를 만들고 싶습니다. 불가능하기 때문에 꿈을 꾸어야 하고, 불가능하기 때문에 가능한 것입니다. 우리가 알렉산더 대왕과 나폴레옹 황제와 공자와 소크라테스와 아인시타인 등과도 같은 전 인류의 스승을 배출해 낸다면 미국의 대통령도 우리 한국인들에게 스스로, 자발적으로, 무릎을 꿇고 존경과 경의를 표하게 될 것입니다."

라고 말한다면, 과연 우리 어른들은 어떻게 대답을 할 것
이란 말인가?

　이 세계는 수많은 분재학교와 분재학교들로 구성되어
있다. 국가라는 분재학교, 종교라는 분재학교, 민족이라는
분재학교, 가정이라는 분재학교, 교육이라는 분재학교, 법
률이라는 분재학교, 정치라는 분재학교 등이 그것이며, 우
리는 그곳에서 '사회적 동물'이라는 이름으로 개인의 자유
와 양심까지도 다 박탈당한 채, "아름답기보다는 괴로운
기형"으로 자란다. "야무진 바람의 가지와 뿌리"도 "무참히
잘려 나가고", 아버지와 스승과 사제와 정치인이 원하는
대로, "노예 발목에 채운 차꼬 같은 화분"에서 사육된다.
"나 자신이 바라는 내가 되지 않고/ 다른 사람들이 원하는
내가 된 꼭두각시 인생처럼"은 모든 인간들의 공통점이기
는 하지만, 오늘날 자주와 독립과 해방은커녕, 모든 국가
의 꿈과 재산과 발목까지도 사로잡힌 우리 한국인들의 운
명과도 너무나도 정확하게 일치한다고 할 수가 있다. 미군
점령 이후 80여 년, 오천 년의 역사를 지닌 대한민국이 300
년도 안 된 신생국가 미국에게 붙잡혔고, 그 결과, 너무나
도 분하고, 김정원 시인의 「분재」처럼 "밑동이 굽은/ 후회

가 굵다."

철학을 공부하고, 또, 철학을 공부해야 한다. 모든 사건과 현상들을 자기 자신의 말과 사유로 명명하고 새로운 세계를 창출해내지 못한다면 '미군의 분재학교'에서 벗어날수가 없다.

철학은 우리 한국인들의 양식이고, 우리 한국인들의 존재 증명이며, 우리 한국인들을 전 인류의 스승으로 이끌어줄 수가 있다.

당신도, 당신도, 유럽의 거목, 아시아의 거목, 아프리카의 거목, 미국과 중남미의 거목으로 자라날 수가 있고, 이세상의 모든 분재학교들을 다 초토화시킬 수가 있다.

철학 공부를 하고, 또, 철학 공부를 해야 한다.

정 미 영
가을비

화양강 휴게소에서
주인을 기다리던 반려견의 눈빛이
나를 붙잡고 놓아주지 않았던
지난여름, 되돌아보니
칸나로 붉게 뚝뚝 떨어진다

뜨거웠던 것은 한 번씩은 흐느끼며
떠나가나 보다

뚝뚝 떨어져 가나 보다

'인생 60'은 자연이 부여한 수명이며, 그 옛날 그처럼 거룩하고 성스럽게 회갑잔치를 한 것도 이 세상의 임무가 다 끝났으니, 즐겁고 기쁜 마음으로 자연으로 돌아가라는 '종족의 명령'이었던 것이다.

　아들 딸 낳아 기르고 손자와 손녀들이 자라고 있는 것을 보고 죽어가니, 모든 더럽고 추한 삶이 끼어들 여지가 없었던 것이다. '60 전후'로 다 죽으니 더 이상 욕심을 부릴 것도 없고, 따라서 아무런 미련도 없이 모든 재산을 다 나누어 주고 떠나가게 된다. 아들과 딸들은 더 이상 부모님을 부양할 의무도 없어지고, 전 재산을 다 나누어주고 떠나가니, 아버지와 어머니의 은혜를 하늘과 같이 받들며, 그 아버지와 어머니의 유업을 이어나갈 것을 맹세하게 된다. 조상의 업적과 유산은 자자손손 대대로 이어지고, 아주 자연스러운 생을 마치게 되니까, 그 어느 누구와 다투고 소송전을 펼칠 일도 없다.

　하지만, 그러나 자연과학과 생명공학의 발달로 수많은 식량의 확보와 수명이 연장되었고, 그 결과, '인간 60의 자연의 수명'을 다 살고도 4-50년을 더 살 궁리를 하며, 그 무엇보다도 돈을 구세주처럼 여기게 되었다. 인간이 있고 돈이 있는 것이 아니라, 돈이 있고 인간이 있게 된 것이다.

이처럼 자연의 법칙에 반하여 인간의 수명이 기하급수적으로 연장되었고, 돈과 명예와 권력의 순환이 이루어지지 않으니까, '노인만세의 세상'이 출현하게 되었다. '저출산-고령화 현상'은 만악의 근원인 탐욕의 결과이며, 이제는 부모와 자식 간에도 무차별적인 소송전이 벌어지게 되었다.

탄생은 죽음의 첫걸음이며, 죽음은 자연의 법칙, 즉, 삶의 완성의 최종적인 결과이다. 때때로 이 세상의 삶이 괴롭고 "화양강 휴게소"에 버려진 "반려견"의 신세가 될지라도, 그것은 자연의 법칙의 아주 작은 사건에 지나지 않는다. 우리는 모두가 다같이 붉은 칸나가 되어야 하고, 지난 여름을 뒤돌아보며, "붉게 뚝뚝 떨어"지며 죽어가지 않으면 안 된다. 죽음이란 더 이상 야비한 말도 아니고, 슬픈 말도 아니다. 정미영 시인의 「가을비」는 "뜨거웠던 것은 한 번씩은 흐느끼며" "뚝뚝 떨어져" 가는 자연의 서정시일 뿐이다. 이별은 아쉽고 슬픈 것일 수도 있지만, 붉은 칸나가 뚝뚝 떨어져 가고 있기 때문에, 우리 인간들의 새로운 삶과 역사가 시작되는 것이다.

'인생 60'도 좋고, '인생 70'도 좋다. 유엔이나 모든 국가들은 하루바삐 '인간수명제'를 실시하여, 붉디 붉은 칸나처럼

'노인만세의 세상'에 종지부를 찍게 하지 않으면 안 된다.

　"동물이 인간보다 우수하다. 인간은 동물보다 행복하게 살지 못한다." 이것은 전 인류의 스승 몽테뉴의 말이고, 우리 인간들의 탐욕을 너무나도 정확하고 날카롭게 꾸짖은 말이다.
　'저출산-고령화 현상'은 '노인만세 세상'의 최종적인 결과이며, 이 '지구촌의 대폭발의 신호탄'이다. 우리 노인들은 더욱더 오래 살기를 꿈꾸기보다는 하루바삐 붉디 붉은 칸나처럼 뚝뚝 떨어져가기를 택하지 않으면 안 된다.

　유엔 사무총장은 며칠 전, '지구 온난화 현상'이 종식되고, '지구 열대화 현상'이 시작되었다고 선언했다.
　인간의 탐욕이 자연의 법칙을 정면으로 거역했고, 너무나도 엄청나게 자연의 숨통을 목졸라 버렸기 때문이다.

강 우 현

반항을 접은 노을처럼

목숨을 걸어야 해
계보를 위해

고요 우거진 풀숲 한 채에 들어
풀물이 가득 찬 몸을 몸에 꽂은 뒤
반항을 접은 장엄한 노을처럼 지는 거야

환희의 순간
입맛 다시는 소리를 들으며

체하지 않도록 머리부터 씹어 삼키고
입을 풀에 스윽 닦은 뒤
숲으로 갈까 바위 밑으로 갈까
고민할 당신을 위해

낫처럼 앞다리를 굽히고
사각사각 소리를 들으며
숨을 멈추는 거야

단번에 다 내어주는 모습을
신은 마른침 삼켜가며 바라볼 거야

다음 대본에서
봄볕에 물이 오른 날
나는 다시 사는 거야

대한민국은 세계 최고의 고령화 사회로 접어든 반면에, 세계 최고의 자살률을 기록하고 있다고 한다. 노인에 대한 사회보장제도와 복지예산이 부족한 것도 사실이지만, 그러나 무엇보다도 이 세상의 삶과 죽음에 대한 철학적 정의가 부족한 것이 더 큰 문제라고 생각한다. 이 세상의 삶을 선호하고 죽음을 두려워하는 생물학적이고 통속적인 편견을 벗어나, 떠날 때에 떠날 줄을 아는 것과 죽음을 또다른 삶의 시작이라는 정의 아래, '인간수명제'를 실시하여 자기 자신의 가장 아름답고 멋진 죽음을 완성할 수 있도록 도와주지 않으면 안 된다. 자살은 참으로 가장 더럽고 끔찍한 사건인 만큼, 누구나 '인간 70'이 되면 스스로, 자발적으로 '인간존엄사'를 신청하면 된다. 건강과 질병의 유무조차도 따질 필요가 없으며, 자기 자신이 더 이상 사는 것이 치욕이고 아무런 의미가 없다고 그 이유를 설명하면 6개월 정도의 숙려의 시간을 가진 뒤, 프로포폴을 맞은 것처럼, 1분이내로 하늘나라로 승천할 수 있게 도와주면 되는 것이다. 만일 그렇게 한다면, 부모님의 재산을 두고 그 구성원들의 소송전도 없어질 것이고, 국가의 재정도 더욱더 튼튼해지고, 그리하여 그 복지비용을 우리 젊은이들의 미래의 행복을 위해 투자를 하면 될 것이다. 신세대와 구세대 간의 세대교체도 아주 자연스럽게 이루어지고, '저출산 고령화의 장벽'도 무너지고, 오히려, 거꾸로 '인간 70의 수명제'로 인하여 그 옛날의 충효사상이 되살아나게 될 것이다. '인간 수명제'를 실시하면 우리가 얻을 것은 지구촌의 행복이고, 우리가 잃을 것은 '저출산 고령화의 재앙'과 함께, '지구촌 열대화 현상'일 것이다.

우리는 모두가 다같이 아름답고 멋진 죽음을 위해, 자기 자신의 명예와 '종의 건강'을 위해, 자기 자신의 목숨을 바치지 않으면 안 된다. "고요 우거진 풀숲 한 채에 들어/ 풀물이 가득 찬 몸을 몸에 꽂은 뒤/ 반항을 접은 장엄한 노을처럼"지지 않으면 안 된다. 좀 더 오래 살기 위해 인공관절을 해달고, 좀 더 오래 살기 위해 똥오줌을 싸며 산소호흡기에 의지해 사는 것처럼 더욱더 추악하고 고약한 일도 없으며, 그 결과, 모든 자식들이 부모에게 소송을 걸며, 그 더럽고 추악한 삶에 이를 부득부득 갈게 하고 있는 것이다.

아들과 딸들과 손자들도 몰라보며, 미치, 시체처럼, 유령처럼 살며, 모든 천연재화를 다 축내며, 우리 젊은 자식들의 밥줄과 숨통을 조여대는 것이 '저출산 고령화 사회'의 막장극이자 잔혹극이라고 할 수가 있는 것이다.

강우현 시인의 「반항을 접은 노을처럼」은 황홀한 시간이며, 죽음의 신이 입맛을 다시는 시간이다. 「반항을 접은 노을처럼」 "체하지 않도록 머리부터 씹어 삼키고/ 입을 풀에 스윽 닦은 뒤/ 숲으로 갈까 바위 밑으로 갈까/ 고민할 당신", 즉, 죽음의 신을 위해 "낮처럼 앞다리를 굽히고/ 사각사각 소리를 들으며/ 숨을 멈추는" 것이다. 산다는 것은 죽는다는 것이며, 죽는다는 것은 죽음의 신에게 제물을 바치는 것—부채를 상환하는 것—이다. 가장 아름답고 장엄한 노을처럼 단번에 나의 몸을 바치면 죽음의 신은 마른 침을 삼켜가며, 더욱더 맛있고 즐겁게 식사를 하며, "다음의 대본에서" 나의 새로운 봄날의 배역을 정해줄 것이다.

생명의 신도 자연의 신이고, 죽음의 신도 자연의 신이다. 자연의 신이 가장 싫어하는 것은 수명연장이며, 산소호흡기를 입에 달고 똥오줌을 싸며, 그토록 더럽고 추하게 생태계를 교란시킨 인간들은 단 한 명의 예외도 없이 중죄로 처벌한다는 것이다. 수명연장은 원자폭탄과도 같은 재앙이며, 우리가 하루바삐 강우현 시인의 「반항을 접은 노을처럼」 인간수명제를 실시할 때만이 그 재앙으로부터 이 지구촌을 구할 수가 있는 것이다.

　우리는 모두가 다같이 가장 아름답고 멋진 노을처럼 죽을 자유가 있는 것이다.

최승자

악순환

근본적으로 세계는 나에겐 공포였다.

나는 독 안에 든 쥐였고,

독 안에 든 쥐라고 생각하는 쥐였고,

그래서 그 공포가 나를 잡아먹기 전에

지레 질려 먼저 앙앙대고 위협하는 쥐였다.

어쩌면 그 때문에 세계가 나를

잡아먹지 않을는지도 모른다는 기대에서……

오 한 쥐의 꼬리를 문 쥐의 꼬리를 문 쥐의 꼬리를

문 쥐의 꼬리를 문 쥐의 꼬리를 문 쥐의 꼬리를……

일제식 암기교육을 받으면 모든 사람들이 매우 단순하고, 어리석고, 용감해진다. 이 세상의 모든 것을 '정답' 아니면 '오답'으로 생각하게 되고, 전 인류의 스승들의 삶의 지혜는 아예 배울 생각조차도 안 한다. 일본인을 악마라고 하면 정답이 되고, 미국인을 악마라고 하면 오답이 된다. 일본군 위안부를 천사라고 하면 정답이 되고, 양공주를 천사라고 하면 오답이 된다. 세계적인 고전을 읽고 글을 쓰라고 하면 낙제생이 되고, 무조건 정답을 달달달, 외우라고 하면 우등생이 된다. 나는 옳고 너는 나쁜 놈이 되고, 우리는 옳고 너희들은 나쁜 놈이 된다. 이 선악의 이분법으로 사생결단식의 정쟁을 하고, 이 사생결단식의 정쟁은 대한민국의 성장의 원동력이라고 할 수가 있다. 나와 우리의 표절은 옳은 것이고, 너와 너희들의 표절은 나쁜 것이다. 나와 우리의 도둑질은 옳은 것이고, 너와 너희들의 도둑질은 나쁜 것이다. 이 정답과 오답, 이 정의와 불의를 결정해주는 것은 언제, 어느 때나 우리 한국인들을 지배하는 타자—중국인, 일본인, 미국인—들이라고 할 수가 있다. 일제식 암기교육을 받으니까 사유할 줄을 모르고, 사유할 줄을 모르니까, 언제, 어느 때나 중국에게, 일본에게, 미국에게 충성을 다한다. 우리 한국인들은 인류의 역사상 가장 훌륭한 충견의 민족이고, 우리 한국인들의 목숨을 위해서라면 단군과 세종대왕과 이순신 장군의 영혼과 정신마저도 다 비틀어 이민족의 신인 예수에게 가져다가 바친다.

사면복권이라는 악마의 술수가 없었다면 전두환, 노태우, 이명박, 박근혜, 이재용, 신동빈, 김승연, 최태원, 김민석, 이광재, 김홍걸 등은 한평생을 교도소에서 썩거나, 유기견처럼 전국을 떠돌아다니다가 비명횡사를 하게 되었을 것이다. 이 세상 그 어디에도 없는 사면복권이라는 특혜를 주고, 이 불량배들을 대한민국의 최고급의 인사로 등극시켜준 사람은 그 누구란 말인가? 그것은 두말할 것도 없이 '불량배 중의 불량배'인 한국의 대통령들이고, 이 한국의 대통령들은 무소불위의 철권으로 대한민국의 사법질서를 초토화시켜버린 것이다.

이재용이라는 불량배 뒤에는 전관예우의 대법원장과 대법관, 전관예우의 헌법재판소장과 헌법재판관들이 쥐의 꼬리를 물고 있고, 또한, 이재용이라는 불량배 뒤에는 전관예우의 법무부 장관과 검찰총장, 대한민국의 대통령과 국무위원들이 쥐의 꼬리를 물고 있다. 이 쥐의 꼬리 뒤에는 경제학자와 국세청장과 반도체 전문가 등이 쥐의 꼬리를 물고 있고, 이 쥐의 꼬리들이 국민연금을 물어다가 상속세를 마련하고, 이 상속세를 마련한 돈으로 부의 대물림과 경영권을 방어해낸다. 쥐꼬리가 쥐꼬리를 물고, 불량배가 불량배를 낳고, 최승자 시인의 「악순환」은 대한민국 국가성장의 원동력이 된다.

"근본적으로 세계는" 우리 한국인들에게 공포였고, 우리 한국인들은 독 안에 든 쥐였다. 이 세상 그 어디에도 없는 일제식 암기교육을 받으니까, 표절밥과 뇌물밥과 부패밥을 삼대 진미로 알고, 대한민국의 국가의 이익을 모든 재벌들과 불량배들에게 다 몰아다가 준다. 국민연금이 무너지고, 현산과 GS건설의 아파트가 무너지고, 미호강이 무너지고, 한국야구가 무너진다. 남자농구와 여자농구가 무너지고, 프로야구와 태권도가 무너진다. 초등학교와 중, 고등학교가 무너지고, 서울대학교와 모든 대학교들이 무너지고, 모든 젊은이들이 '헬조선'을 외치며 다 떠나간다. 민족씨름이 무너지고, 천하무적의 양궁이 무너지고, 모든 한국인들이 "지레 질려 먼저 앙앙대고 위협"하다가 성기능의 불구자가 된다.

정자도 없고, 난자도 없다. 의인도 없고, 영웅도 없다. 독거노인이 무너지고, 군대가 무너지고, 병원이 무너지고, 모든 시골과 고향, 또는 대한민국의 산과 바다가 다 무너진다.

쥐가 꼬리를 물고, 꼬리를 물고, 조류독감과 광우병과 코로나가 만연한다. 뇌물 먹고 자살하면 부엉이 바위의 영웅이 되고, 성추행을 하고 자살하면 북한산의 수호신이 되고, 정치자금을 받아먹고 자살하면 진보주의자의 영웅이 된다.

아아, 불량배의 길을 갈 것인가? 미국과 독일과 일본 등의 도덕군자의 길을 갈 것인가? 일제식 암기교육(백치교육-노예교육)을 받은 우리 한국인들은 하늘이 무너져 내려도 표절밥과 뇌물밥과 부패밥을 절대로 포기할 수가 없다.

아아, 이 세상에, 불량배 중의 불량배인 한국 대통령이 되어 무소불위의 사면복권으로 사법질서를 초토화시키는 것보다 더 고귀하고 훌륭한 일이 어디 있단 말인가?

함 민 복
명함

새들의 명함은 울음소리다

경계의 명함은 군인이다

길의 명함은 이정표다

돌의 명함은 침묵이다

꽃의 명함은 향기다

자본주의의 명함은 지폐다

명함의 명함은 존재의 외로움이다

우리는 이름으로 말하고, 이름으로 사랑을 하고, 우리는 또한, 이름으로 자기 자신과 그 모든 사람들을 평가하며, 그리고 끝끝내는 이름을 남기고 죽는다. 명함이란 이름과 직업과 연락처 등을 간단하게 적은 종이를 말하지만, 어쨌든 이름이란 자기 자신의 존재 증명이라고 할 수가 있다. 왜냐하면 이름에는 그의 출신성분과 그의 명예와 영광까지도 들어 있고, 우리는 그 이름의 충신에 지나지 않기 때문이다. 내가 있고 이름이 있는 것이지만, 그러나 실제의 일상 생활에서는 이름이 있고 내가 있는 것에 지나지 않는다. 만일, 어느 누가 이름이 없다면 그는 무호적자와 무국적자일 수밖에 없으며, 이 세상에서 그의 이름을 부르고 그를 보호해줄 수 있는 그 어떤 안전장치도 없게 될 것이다.

　새들은 그 울음 소리로 자기 자신의 존재를 증명하고, 군인은 외부의 적을 경계함으로서 자기 자신의 존재를 증명한다. 길은 이정표로 자기 자신의 존재를 증명하고, 돌은 침묵함으로서 자신의 존재를 증명한다. 꽃의 명함은 향기이고, 자본주의의 명함은 지폐이지만, 그러나 "명함의 명함은 존재의 외로움"이라고 할 수가 있다.

나는 함민복 시인의 「명함」에 대한 정의를 전적으로 이해하고 동의할 수는 없지만, 그러나 어쨌든 그의 「명함」은 모든 사물들의 존재 증명이라고 할 수가 있다. "명함의 명함은 존재의 외로움"이라고 말하고 있는 것을 보니, 그는 더없이 맑고 순수한 '시인의 길'을 걸어가고 있는 것처럼 보인다. 천하의 대로를 걷는 사람은 오점 없는 삶을 살고자 하는 시인이며, 그는 수많은 군중들 속에서 단 하나뿐인 자기 자신을 깨닫고, 그 외로움 때문에 치를 떨고 있는 것인지도 모른다.

천하의 대로를 걸어가며, 오점 없는 삶을 사는 것처럼 외롭고 힘든 일도 없을 것이다. 데카르트와 스피노자와 장자크 루소와 니체와 칸트와 헤겔과 마르크스 등은 천하의 대로를 걸어갔지만, 이 세상의 어중이떠중이들에게는 천하의 대로란 두 눈에 보이지 않으며, 따라서 이 세상에 존재하지 않는 가짜의 길에 지나지 않는다. 새들 중의 새는 어떤 새이고, 군인 중의 군인은 어떤 군인일까? 길 중의 길은 어떤 길이고, 돌 중의 돌은 어떤 돌일까? 자본 중의 자본은 어떤 지폐이고, 명함 중의 명함은 어떤 명함일까? 과연 나는 시인 중의 시인이며, 천하제일의 대로를 걷고 있다고 나 자신의 「명함」 속에다가 새길 수가 있단 말인가?

소크라테스의 「명함」에는 '너 자신을 알라'라는 삶의 철학이 새겨져 있고, 소크라테스는 이 삶의 철학 때문에, 한 사발의 독배를 마시고 죽었다고 할 수가 있다. 소크라테스의 '너 자신을 알라'는 그의 삶의 철학이자 '무보수 명예직'이라는 '정치철학'의 근본명제라고 할 수가 있다. 정치란 국가와 공동체 사회를 위해 자기 자신을 희생하는 것이고, 따라서 최고급의 사상과 이론을 정립한 철학자가 단 한 푼의 혈세도 낭비하지 않도록 국가를 경영해야 하는 것이다. 소크라테스의 '국가론'은 전 인류의 고전이며, 그는 이 삶의 철학을 통해서 전 인류의 스승이 되었던 것이다. 독일, 스위스, 오스트리아, 스웨덴, 노르웨이, 핀란드, 덴마크, 네덜란드, 그리고 더욱더 폭넓게는 미국과 영국까지도 모든 정치인들이 소크라테스의 철학, 즉, '무보수 명예직'으로 봉사하고 있다고 할 수가 있다.

함민복 시인의 「명함」은 이름의 꽃이자 사상의 꽃이고, 그리하여 궁극적으로는 자기 자신의 존재의 꽃이라고 할 수가 있다.

호머, 단테, 셰익스피어, 괴테, 보들레르, 랭보, 모차르트, 베토벤, 마르크스, 칸트, 함민복 등—. 아아, 우리 시인들이 어쩌면 이토록 고귀하고 위대할 수가 있단 말인가?

　이름과 이름 사이에는 하늘과 땅의 차이만큼의 수많은 계급과 서열이 존재하고 있고, 학문 중의 학문인 철학을 공부하지 않는 우리 한국인들은 그 명함 조차도 내밀 수가 없게 되어 있다.

이 영 식
'볕뉘'라는 말

나무 그늘 아래
노숙자의 굽은 등에 떨어진
햇볕 한 조각

유난히 고맙고
따뜻하게 느껴지는
저 볕뉘만큼

나눔과 결이 통하는 말이 있을까요

지상의 낮고 그늘진 곳
작은 틈으로
살며시 부어주는 사랑

쥐구멍까지

두 손을 쬐게 하는

햇살 한 줌

그 지극한 온도

모든 강의 기원이 깊은 산 속의 자그만 샘물이듯이, 모든 기적은 아주 작고 사소한 일에 의해서 일어난다고 할 수가 있다. 북경에서의 나비 한 마리의 날갯짓이 미대륙을 초토화시킨 허리케인이 될 수가 있듯이, 아주 작은 "햇볕 한 조각"이 노숙자의 미래의 희망이 되고, 이 노숙자는 끝끝내 호머와 셰익스피어와 단테와 랭보와 톨스토이와도 같은 대서사시인이 될 수도 있을 것이다. 모든 거목巨木과 황제와 대서사시인의 싹을 틔우는 것은 "햇볕 한 조각"이고, 따라서 이영식 시인의 「'볕뉘'라는 말」은 모든 기적의 원동력이라고 할 수가 있다.

　　「'볕뉘'라는 말」은 희망의 말이자 혁명의 말이며, 그 모든 기적을 주재하는 말이라고 할 수가 있다. "유난히 고맙고/ 따뜻하게 느껴지는/ 저 볕뉘만큼// 나눔과 결이 통하는 말이 있을까요"라는 시구가 그렇고, "지상의 낮고 그늘진 곳/ 작은 틈으로/ 살며시 부어주는 사랑"이라는 시구가 그렇고, "쥐구멍까지/ 두 손을 쬐게 하는/ 햇살 한 줌// 그 지극한 온도"가 그렇다. 모든 희망은 알렉산더 대왕과 나폴레옹 황제의 어린 시절의 "햇살 한 줌"과도 같고, 그들은 모두가 다같이 이 '햇살 한 줌'을 기폭제로 삼아 최고급의 인식의 혁명을 일으켰으며, 그 결과, 그리스의 변방인 마케도니아 출신으로서, 또는 프랑스의 식민지인 코르시카 출신으로서 전 인류의 영원한 황제가 되었던 것이다.

제1차, 제2차 세계대전 속에서도 쥐구멍에는 볕이 들었고, 페스트가 만연하고 세계적인 대유행병 코로나가 지구촌을 초토화시켰을 때에도 쥐구멍에는 볕이 들었다. 천체물리학자인 아인시타인의 가난한 골방에도 볕이 들었고, 영원한 이단자인 마르크스와 장 자크 루소의 골방에도 볕이 들었다. 염세주의자와 회의주의자의 골방에도 볕이 들었고, 테러리스트와 패잔병의 야전텐트에도 볕이 들었다.

단군이 조선을 건국하고 세종대왕이 한글을 창제한 것도 '볕뉘라는 말'이 있었기 때문이고, 보들레르가 『악의 꽃』을 쓰고, 랭보가 『지옥에서 보낸 한 철』을 쓴 것도 '볕뉘라는 말'이 있었기 때문이다. 볕뉘란 아주 작은 틈으로 잠시 비쳐드는 햇빛을 말하지만, 이영식 시인의 볕뉘라는 말은 무한히 크고 넓은 말이며, 천지창조의 대폭발과도 같은 힘을 지닌 말이라고 할 수가 있다.

「'별뉘'라는 말」은 아주 작고 따뜻한 말이지만, 그러나 모든 큰 것들의 아버지인 말이라고 하지 않을 수가 없다.

김 성 신
성게

파도가 울수록 가시를 세웠다
그렇게 살았다, 그래야만 살 수 있었다

칼끝이 내 속을 깊숙이 찔렀을 때
나의 바다도 도려지고 있었다
몸을 움츠리고 돌아누운 밤이면
집을 잃은 소라게들이 절룩거렸고,

포말을 검은 가시로 채운 나는
결가부좌 한 단단한 산호처럼
인과 연을 뾰족하게 세우기 시작했다

물속에 가라앉던 날들을 생각한다
모래와 비바람으로 젖은 입을 틀어막고
헛된 것이라 믿었던 것들이

그 무엇도 헛되지 않음을 비로소 알았을 때
가슴부터 발바닥까지 질펀한 갯내가 뿜어졌다

노란 알들이 오래전 당신의 얼굴 같다
그것은 비릿하고 또한 담백하다
뼈 없이 금 간 여름날들이 천천히 오므라질 때
비로소, 번민임을 알겠다

견딜 수 있느냐, 는 선문답에
입속에 박힌 혀를 내밀며
나는 비로소 고개를 끄덕였다

밤이면 해풍을 타고 온 붓다가
우니~ 우니~ 하고 불어온다

모든 종교는 금욕주의에 기초해 있으며, 이 금욕주의는 거세법과 배제법을 양날의 칼날처럼 사용해 왔다고 할 수가 있다. 사랑도 하지 말고 원수도 만들지 말라는 것이 불교의 가르침이라면, 이 세상의 모든 악을 제거하고 이교도와 사귀지 말라는 것은 기독교의 가르침이라고 할 수가 있다. 하지만, 그러나, 사랑을 하지 않아도 살 수가 없고, 원수를 만들지 않아도 살 수가 없다. 하나의 선을 행하면 그 이면에는 악이 도사리고 있고, 이교도와 함께 하지 않으면 그 어떤 일도 할 수가 없다. 따라서, 낙천주의는 이 세상의 삶의 본능에 대한 찬가이며, 사랑과 포용을 기초로 하고 있다고 할 수가 있다. 프리드리히 니체가 모든 "위대함의 정식은 운명에 대한 사랑"이라고 역설한 바가 있듯이, 자기 자신의 운명을 이 세상에 대한 삶의 찬가로 연주하는 것이 최선의 삶이라고 할 수가 있는 것이다.

김성신 시인의 「성게」는 그의 운명에 대한 사랑이며, 그 헛됨—불교와 기독교의 허무주의—을 헛됨으로 끌어안으며, 마치, '노란 성게알'을 슬어 놓듯이, 이 세상의 삶에 대한 찬가를 부른 시라고 할 수가 있다. "파도가 울수록 가시를 세웠"고, "그렇게 살았다, 그래야만 살 수가 있었"던 것이다. 파도가 외부의 적과 모든 장애물의 총체라면 '나의 가시'는 그것들에 대한 방어기제에 지나지 않지만, 그러나 "칼끝이 내 속을 깊숙이 찔렀을 때/ 나의 바다도 도려지고 있었"던 것이다. 무자비한 약탈과 살육 앞에 "몸을 움츠리고 돌아누운 밤이면/ 집을 잃은 소라게들이 절룩거렸고", "포말을 검은 가시로 채운 나는/ 결가부좌 한 단단한 산호처럼/ 인과 연을 뾰족하게 세우기 시작했"던 것이다. 인因도 가시이고, 연緣도 가시이다. 이 가시와 가시 속에 그 모든 것이 "헛된 것"이라고 믿을 수밖에 없었지만, 그러나 그 헛됨 속에 그 헛됨을 뚫고, "가슴부터 발바닥까지 질펀한 갯내가 뿜어졌"던 것이다. 따라서 질펀한 갯내는 인연의 텃밭이 되고, "노란 알들"은 '헛됨의 기적'이 된다.

쾌락은 꿀맛처럼 달콤하지만 그 뒷맛은 몹시 쓰고, 인내는 쓰디 쓰지만 그 뒷맛은 무척이나 달콤하다. '헛되다, 헛되다'라고 인연의 텃밭을 갈다 보니, "노란 알들이"이 슬어지고, 이 "노란 알들에" 의해서 이 세상의 삶에 대한 찬가

가 울려 퍼지게 된다. "노란 알들은 오래전 당신의 얼굴"과
도 같고, 그것은 또한, 비릿하고 담백하다. "뼈 없이 금 간
여름날들"도 고소하고, 가시를 세우고, 또 세우던 수많은
날들도 고소하고, 또 고소하다. "견딜 수 있느냐,는 선문답
에/ 입속에 박힌 혀를 내밀며/ 나는 비로소 고개를 끄덕였
다"라는 시구는 모든 허무주의를 짓밟고 올라선 것을 뜻하
고, 그는 이제 고통을 극복하고 고통을 그의 충신忠臣으로
데리고 살게 되었다는 것을 뜻한다. 이 세상에 이별이 두
려워 사랑을 못하는 자만큼의 바보가 어디 있겠으며, 원수
가 두려워 외나무 다리를 건너지 못하는 자만큼의 바보가
또한 어디 있겠는가? 이별이 있기 때문에 사랑이 아름다
운 것이고, 원수가 있기 때문에 외나무 다리는 건너갈 만
한 것이다. "밤이면 해풍을 타고 온 붓다가/ 우니~ 우니~
하고 불어온다"는 것은 지난 날의 나의 어리석음을 조롱하
는 말이면서도, 크나큰 깨달음을 얻은 '나의 경지'에 무한
한 존경과 경의를 표하는 말이라고 할 수가 있다.

헛되고 헛됨의 기적은 이 세상에 헛된 것은 아무 것도
없다는 삶의 찬가이며, 모든 삶의 찬가는 고통의 가시밭길
에서 씌어진다는 것을 뜻한다. 헛되고 헛됨도 반어이고,
고통의 가시밭길도 반어이며, 이 반어들은 그 어떤 긍정보

다도 더욱더 아름다운 최고급의 찬양이라고 할 수가 있다. 김성신 시인의 「성게」가 가장 달콤하고 맛있는 해산물을 노래하며 그 성게를 인간화시킨 것이라면, 그의 시 「성게」는 우리 한국어로 씌어진 가장 아름답고 달콤한 성게알이라고 할 수가 있다. 김성신 시인은 성게가 되고, 성게는 김성신 시인이 되고, 이 시인과 성게가 하나가 된 기적 속에서 우리들의 샛노란 삶의 찬가가 울려퍼진다.

성게의 숨결, 성게의 사랑, 성게의 사유, 성게의 행동—.

이 세상의 성게는 끊임없이 태어나고, 끊임없이 가시를 세우며, 그 가시들의 노란꽃(성게알)을 피운다.

박 설 하

화요일의 목록

눈이 내릴 것 같다

이웃의 목록에 비닐하우스를 저장한다

택배가 오지 않는 날이다

불현듯 먹고 싶은 짬뽕은 읍내에 있다

나와 읍내 사이에는

배달 불가의 방어벽이 있다

바람을 뚫고 당도한 읍내 장터

중국집 문은 닫혀 있다

눈을 찌르는 앞머리가

낭패로 치렁이는 화요일

미용실마저 쉬는 날이다

불 꺼진 싸인볼 아래

길고양이가 털 고르듯 뭉쳐진 눈발을 굴리고 있다

그러니까 아버지와 엄마가

별거 아닌 일로 다투기 좋은 날이다

치매방지책이라고 동생이 일러준다

꾹꾹 눌러 쓴 트집들이

믿고 싶은 줄거리를 지어내고 있다

친애하는 당신과 나

엄마와 아버지의 다정을

비밀 같은 눈이 날린다

가래와 삽 너머로

택배 안부가 궁금해진다

누가 나에게 요일을 배달시켰나

화요일에 걸린 시계가

여섯 시 칠십오 분을 가리키고 있다

모든 일들이 예측이 가능하고 순풍에 돛 달 듯이 순조롭게 진행되면 그날은 운수가 좋은 날이고, 그 반면에, 모든 일들이 전혀 예측할 수 없게 진행되고 될 일도 안 되는 날은 아주 운수가 사납고 기분이 나쁠 수밖에 없다. 박설하 시인의 「화요일의 목록」은 아주 운수가 사나운 날의 기록이며, 전대미문의 외계의 체험을 노래한 시라고 할 수가 있다.

일설에 의하면 박설하 시인은 공직에서 은퇴를 한 남편과 함께 경남 밀양에서 농사를 짓고 있으며, 따라서 "눈이 내릴 것 같다"라는 시구는 낭만적인 환상이 아니라, 어떤 일에 대한 장애로 작용하고 있다는 것을 뜻한다. 눈이 내릴 것 같고, "이웃의 목록에 비닐하우스를 저장한다"는 것은 비닐하우스의 붕괴에 대한 염려와 함께, 그곳에 출하해야 할 영농상품(농산물)이 저장되어 있다는 것을 뜻하고, "택배가 오지 않는 날이다"라는 시구가 그것을 시사해준다. 택배가 오지 않으니까 마음이 불안해지고, 마음이 불안해지니까 모든 것을 뒤섞은 짬뽕이 먹고 싶어지고, 짬뽕이 먹고 싶어지니까 "배달불가의 방어벽"을 뚫고 읍내로 나간다. 하지만, 그러나, 손수 차를 몰고 "배달불가의 방어벽"을 뚫고 나갔지만, 중국집은 문이 닫혀 있고, "미용실마저 쉬는 날"이라 "낭패로 치렁이는 화요일"을 손질할 수도 없다.

짬뽕은 모든 불행과 우연의 집합체이고, 이 짬뽕같은 날을 잠재우지 않으면 그 어떤 일도 정상적으로 처리를 할 수가 없다. "불 꺼진 싸인볼 아래／ 길고양이가 털 고르듯 뭉쳐진 눈발을 굴리고" 있고, 그러니까 이처럼 운수가 사나운 날은 아버지와 엄마가 아무 것도 아닌 일로 다투게 된다. 아버지와 엄마가 아무 것도 아닌 일로 다투니까 그 싸움의 치졸함에 화가 난 남동생은 "치매방지책"이라고 비아냥대고, 나는 꾹꾹 눌러 쓴 트집과 트집들을 잠재우며, 그 싸움의 바깥에서 "친애하는 당신과 나／ 엄마와 아버지의 다정함을" 생각해 본다. 비밀 같은 우연과 불행의 짬뽕 같은 눈이 내리고, 나는 가래와 삽으로 눈을 치우며, "택배의 안부가 궁금해진다." 이때의 택배는 이중적인 의미를 지니는데, 첫 번째는 내가 보내지 못한 영농상품의 안부—농산물은 생물이니까—이고, 두 번째는 그 영농상품 대신에 누가 나에게 보낸 '화요일'이라는 택배이다. "누가 나에게 요일을 배달시켰나/ 화요일에 걸린 시계가/ 여섯 시 칠십오 분을 가리키고 있다"라는 시구가 바로 그것을 증명해준다.

운수가 좋은 날이 아닌, 운수가 사나운 날은 밖으로 발산하지 못한 본능이 안으로 내면화되고, 이 내면화된 본능이 그 힘을 축적하게 되면 반드시 화산처럼 폭발을 하게 된다. 박설하 시인의 화요일은 지구가 아닌 외계의 화요일이자 시간대이고, 그러니까 박설하 시인의 짜증과 분노가 분출해낸 화요일이라고 할 수가 있다. 외계의 시간대는 1시간이 100분인지, 120분인지 알 수가 없지만, 지구에서의 7시 15분이 그곳에서는 6시 75분이 되고 있는 것이다. 박설하 시인의 「화요일의 목록」은 예측불가능한 일들의 목록이고, 그 뒤죽박죽의 사건들 속에는 인간 역사의 종말과 함께 최후의 심판이 기다리고 있는 것인지도 모른다.

왜, 느닷없이 눈이 내리고, 왜, 택배는 오지 않는 것인가? 비닐하우스는 눈의 하중을 어떻게 견디고, 택배로 보내지 못한 농산물은 어떻게 처리를 해야 하는가? 왜, 오만 가지의 잡탕인 짬뽕이 먹고 싶어지는 것이고, 왜, 중국집과 미용실까지도 문을 닫았단 말인가? 왜, 아버지와 엄마는 아무 것도 아닌 일로 다투고, 왜, 친애하는 당신과 나는 서로가 서로를 소 닭 보듯이 하고 있는가? 왜, 하필이면 따뜻한 남쪽에서 비밀 같은 눈이 내리고, 왜, 어느 누가 그 모든 것이 뒤죽박죽인 화요일을 택배로 보내왔단 말인가?

박설하 시인의 화요일은 모든 일들이 뒤죽박죽인 날이고, 불같이 짜증과 분노가 솟아난 날이며, 박설하 시인의 화요일은 그가 외계의 행성인 화성으로 진입한 날이다. 화요일은 불행이 우연의 머리채를 붙잡고 필연의 쳇바퀴를 돌린 날이며, 그 6시 75분에 나는 그 어떤 대책도 세우지 못하고 속수무책으로 발을 동동 구르게 되었던 날이라고 할 수가 있다.

모든 행운이 짓밟히고 오만가지의 불행의 씨앗이 뿌려진 박설하 시인의 「화요일의 목록」―. 가장 낯익고, 가장 정들었던 고향땅과 집에서, 나는 문득 외계인이 되어, 그 짜증과 분노를 어쩌지 못한다.

왜, 어느 누가 나에게 외계의 화요일을 택배로 보냈단 말인가?

최악의 궁지에 몰린 자들이 히틀러나 스탈린처럼, 내란과 혁명, 또는 이웃국가에 대한 침략으로 그 돌파구를 마런하듯이, 운수가 사나운 날이면 누구나 그 모든 가치를 전도시키고, 새로운 우주를 창조하는 혁명가가 된다고 할 수가 있다. 비극은 더 이상 비극이 아니고, 그 비극의 생산성으로 이처럼 아름답고 뛰어난 「화요일의 목록」을 창출해 내게 되는 것이다.

모든 희극의 기원은 비극인 것이고, 짜증과 분노는 혁명의 힘이 되는 것이다. 새로운 혁명이란 언어의 자유와 시인의 자유가 결합된 것이며, 그 결과, 박설하 시인의 「화요일의 목록」은 새로운 우주의 그 모든 것이라고 할 수가 있는 것이다.

이 병 연

바위를 낚다

낚싯대 하나 들고
제주 바다를 여러 날 거닐었다
수시로 입질이 왔다

질펀히 내려앉은 바위
이름 없이 산 것들 줄지어 낚는다
널뛰는 파도를 품었다 놓느라 울퉁불퉁한데
움푹 팬 가슴엔
햇살과 바람과 눈물이 머물러 있다

허공에 힘껏 줄을 던져
깎아지른 절벽을 낚는다
정을 쪼듯 내리치는 물살에 새겨진 문신
상처가 깊을수록
지느러미의 골이 빛난다

덜컥 입질이 왔다 이번엔 정말 크고 센 놈이다

머리를 하늘로 치켜올리고 기둥처럼 떼로 서 있는 놈

하늘이 같이 끌려 온다

낚싯대가 휘청인다

함께 쉽게 사는 법은 없어서

세로로 그어놓은 금이 햇살에 도드라진다

몸에 새겨진 저마다의 사연

바다에서 낚은 것을 바다로 돌려보내고

당신의 마음이 닿지 못하는 날

바위 낚시를 떠나야겠다

꿈은 이루어질 수도 있고, 꿈은 이루어지지 않을 수도 있다. 낙천주의자는 꿈이 이루어진다고 생각하고, 염세주의자는 꿈이 이루어지지 않는다고 생각한다. 둘 다 맞을 수도 있고, 둘 다 틀릴 수도 있다. 왜냐하면 꿈은 형체가 없고, 꿈이 이루졌다고 생각하는 순간, 그 꿈은 순식간에 달아나고 없기 때문이다. 사랑하는 남녀가 첫눈에 반해 결혼을 하는 순간, 내가 사랑하던 그 사람은 온데간데 없이 사라지고 없게 된다. 남녀는 서로가 서로를 오해하고 있었는데, 왜냐하면 그들은 모두가 다같이 자기 자신의 이상만을 사랑한 것이지, 실제의 그 사람을 사랑한 것이 아니기 때문이다.

이병연 시인의 「바위를 낚다」는 꿈을 낚는 것이며, 그 방법이 신기神技에 가깝고, '도의 경지'에 올라서 있다고 해도 과언이 아니다. "낚싯대 하나 들고/ 제주 바다를 여러 날 거닐었"고, 그때마다 "수시로 입질"을 받았다. "질펀히 내려앉은 바위"에서 "이름 없이 산 것들을 줄지어 낚"아 보았지만, 그러나 그의 낚시는 물고기를 잡는 것이 그 목표는 아니었던 것이다. "널뛰는 파도를 품었다 놓느라 울퉁불퉁한데/ 움푹 팬 가슴엔/ 햇살과 바람과 눈물이 머물러 있다"라는 시구에서처럼, 그는 바위와 하나가 되어 "허공에 힘껏 줄을 던져/ 깎아지른 절벽을 낚"았던 것이다. 이 세상의 삶은 절벽이고, "정을 쪼듯 내리치는 물살에 새겨진 문신"과도 같으며, 궁극적으로는 "상처가 깊을수록/ 지느러미의 골이 빛"나는 그런 삶이었는지도 모른다. 따라서 "덜컥 입질이 왔"고, 전혀 예상하지 못했던 "크고 센 놈"을 잡았지만, 그러나 그는 그 물고기를 그 즉시, 바다로 돌려 보낸다. 머리를 하늘로 치켜올리고 기둥처럼 떼로 서 있는 물고기, 낚싯대를 휘청이게 하며 하늘과 같이 끌려오는 물고기, 그러나 그 물고기는 하나의 환영이며, 이 세상 그 어디에도 없는 당신의 대용품에 지나지 않는다. 그 물고기와 나는 일란성 쌍생아와도 같고, 지금, 이 순간에도, 함께 살고 있는 나와 당신의 관계와도 같다. 널뛰는 파도를 품었다 놓느라고 움푹 패인 가슴도 똑같고, 정을 쪼듯 내리치는 물살에 새겨진 문신도 똑같고, 함께 사는 법이 없어 몸에 새겨진 저마다의 사연이 많은 것도 똑같다.

하지만, 그러나, 내가 사랑하는 것은 당신이지, 그 물고 기가 아니다. 또한, 내가 현재 살고 있는 것은 그 물고기 같은 당신이지, 진정한 당신이 아니다. 이 꿈과 현실, 이 이 상과 현실의 모순 속에서 나의 고민은 깊어지고, 그 꿈을 달성하기 위해서 나의 바위 낚시는 계속 된다. "당신의 마 음이 닿지 못하는 날/ 바위 낚시를 떠나야겠다"라는 시구 에서처럼, 이병연 시인의 바위 낚시는 물고기를 잡는 것이 아니라, 당신의 마음을 낚는 것이 그 목표라고 할 수가 있 다. 당신은 바위이고, 바위는 알 수 없는 당신이고, 따라서 바위 낚시는 반드시 실패를 할 수밖에 없다.

이병연 시인의 「바위를 낚다」는 바위와 파도와 절벽을 인간화시키고, 그 삶의 고통과 비애를 매우 사실적이면서 도 심리학적으로 잘 묘사한 데 그 장점이 있다고 할 수가 있다. 그의 '낚시의 철학'은 과거의 체험을 잘 기억하고, 고 귀하고 위대한 미래의 꿈을 향하여 그 어떤 모험과 전투마 저도 마다하지 않는 천하무적의 정신으로 무장되어 있다 고 할 수가 있다. 꿈은 그를 고독하고 외롭게 만들지만, 불 가능하기 때문에 가능하다는 믿음 하나로 깎아지른 절벽 같은 당신의 마음을 낚고 있는 것이다. 연목구어緣木求魚. 나무 위에서 물고기를 잡는 것처럼 어리석은 일도 없지만,

그 어리석고 우스꽝스러운 바보의 짓이 당신의 마음을 낚은 '낚시의 철학', 즉, 이병연 시인의 「바위를 낚다」로 나타나고 있는 것이다.

당신은 실체가 없고 나와 함께 살고 있으면서도 영원한 타인이고, 따라서 나는 이 영원한 타인과 싸우며, 나의 이상적인 존재로서 '당신'을 찾아 바위를 낚고 있는 것이다.

바위는 가까이 있고, 당신의 마음은 알 수가 없다. 당신은 나와 함께 살고 있지만, 우리들의 사랑은 그 어디에 있는지도 모른다.

「바위를 낚다」.

깎아지른 절벽에서 수없이 거친 물살에 새겨진 문신과 그 세월의 고비 고비마다 새겨진 사연을 듣고 있으면 "덜컥 입질이 온다."

꿈은 우리 인간들의 존재의 유한성과 그 불가능성을 잠재우며, 비록, 잠시 잠깐동안이지만, 무한한 가능성과 충만함으로 이 세상을 아름답고 행복하게 살아가게 해준다. 이것이 「바위를 낚다」의 근본철학이며, 그 전언이라고 할수가 있다. 도는 가까운 데 있고, 우리는 그 가까운 도를 실천하기만 하면 된다.

꿈은 이루어지고, 우리들의 사랑은 영원불멸을 노래한다.

이 진 진

산의 내장

문배마을을 가다가 산의 내장을 보았다

구불거려 잘 보이지 않아

보지 못했던 내장

하루살이도 천년 살이도

삶의 발버둥은 다르지 않아

밤이면 어두움에 컹컹 울다 잠들었을 산

구불구불

산의 내장을 밟고 오면서

내장 속에 든

산딸기와

앵두와

푸른 바람을 맘껏 먹었다

내장은 말없이 다 내주었다

무한재생 주고 생색내지 않는 산

사람들은 산의 창자 밟으며
돌도 캐내고 새소리도 훑어내고
온갖 착취를 한다

흑흑 흐느껴 우는 흙 울음은
범 무서워할 줄 모르는 버들강아지로 피었다

산의 내장이 터지면 인간 내장도 터지는 걸 알까?

내장이란 무엇인가? 내장이란 척추동물의 가슴이나 뱃속에 있는 동물의 기관을 통틀어 이르는 말이고, 우리는 이 내장을 통해 먹고 마시고, 숨을 쉬고, 배설을 하며 살아간다. 소화기관과 호흡기관과 비뇨 생식기관과 내분비계 따위의 여러 기관들이 바로 그것을 말해준다.

이진진 시인의 「산의 내장」은 자연의 내장이며, 산의 내장이 터지면 인간의 내장도 터진다는 종말론적인 경고를 담고 있다고 할 수가 있다. '낯설게 하기'란 매우 친숙하고 일상적인 사건과 사고들을 새로운 관점에서 바라보는 것을 말하고, 관찰자의 시선이 바뀌면 그 모든 일상적인 사건과 사고들이 매우 새롭고 충격적인 사건과 사고들로 바뀌게 된다. 천동설이란 우주의 중심을 지구로 바라본 것을 말하고, 지동설이란 우주의 중심을 태양으로 바라본 것을 말한다. 이 천동설이 지동설로 바뀌게 된 사실에도 수많은 사람들의 희생이 뒤따랐지만, '낯설게 하기'란 전위주의적인 기법이자 모든 가치들을 전복시킨 '혁명적 세계관'의 산물이라고 할 수가 있다.

이진진 시인은 산의 존재를 인간화시켜 "문배마을을 가다가 산의 내장을 보았다"고 말하고, "구불거려 잘 보이지 않아/ 보지 못했던 내장"을 보았다고 말한다. 하루를 살다 가거나 천년을 살다 가거나 그 "삶의 발버둥"은 조금도 다르지 않고, 이 삶의 노역에 지쳐 밤이면 밤마다 어둠 속에서 컹컹 울다가 잠이 들게 되었던 것이다. 산의 내장은 만물의 터전이 되고, 우리는 "구불구불/ 산의 내장을 밟고 오면서/ 내장 속에 든/ 산딸기와/ 앵두와/ 푸른 바람을 맘껏 먹었"고, 그때마다 산의 내장은 그 모든 것을 말없이 다 내어주었던 것이다. "무한재생 주고 생색내지 않는 산"—. 하지만, 그러나 인간은 "산의 창자 밟으며/ 돌도 캐내고 새소리도 훑어내고/ 온갖 착취를" 다했던 것이다. 착취란 힘이 센 자가 힘이 없는 자의 노동이나 재산 따위를 빼앗는 것을 말하지만, 따지고 보면 자연의 세계에서는 사회적 강자도, 사회적 약자도 있을 수가 없는 것이다. 왜냐하면 최상위 포식자인 사자와 고래도 늙고 병들면 개미 한 마리와 기생충 한 마리도 못 이기고, 그 반면에, 최하위 포식자인 개미와 기생충도 최상위 포식자를 뜯어먹고 살아가기 때문이다. 주는 것이 있으면 받는 것이 있어야 하고, 받는 것이 있으면 주는 것이 있어야 한다.

하지만, 그러나, 이 자연의 법칙에 반하여, 우리 인간들은 만물의 영장이란 특권으로 만물의 터전인 자연에다가 "산의 창자 밟으며/ 돌도 캐내고 새소리도 훑어내고/ 온갖 착취를" 다했던 것이다. 오늘날의 지구촌의 위기는 인문주의의 소산이고, 인문주의는 너무나도 잔인하고 뻔뻔스러운 최악의 테러 행위였다고 할 수가 있다. 모든 생명체들의 근본물질이자 그 터전인 흙이 흐느껴 울고 "범 무서워할 줄 모르는 버들강아지"로 피었다는 사실도 슬픈 일이지만, 그러나 "산의 내장이 터지면 인간 내장도 터"진다는 이진진 시인의 경고는 그의 '낯설게 하기의 기법', 즉, 그 충격적인 전언이라고 할 수가 있다.

낡은 것이 새로운 것일까, 새로운 것이 낡은 것일까? 하늘 아래 새로운 것이 없다는 말이 있듯이, "인생은 나그네 길/ 어디서 왔다가 어디로 가는가"라는 최희준의 「하숙생」을 들으면, 그 옛날이나 지금이나 우리들의 인생은 조금도 다르지 않다고 생각된다. 최희준의 「하숙생」의 주제가 '나그네 길'이라면 이진진 시인의 「임대 문의」의 주제는 '임대 인생'이라고 할 수가 있다. 만일, "상가는 5년, 집은 2년"이라면 우리들의 임대 인생은 과연 얼마가 그 적정 기간이라고 할 수가 있을까? 60년일까, 70년일까? 80년일까, 100년일까? 따지고 보면 인간의 한평생은 여성의 생리기간과도 같고, 생리가 끝나면 곧바로 이 세상을 하직해야 하는 것이 자연의 법칙이라고 할 수가 있는 것이다.

그 옛날의 임대 인생의 계약기간은 60년, 오늘날의 임대 인생의 계약기간은 100여 년—. 하지만, 그러나 생리가 끝나고 된서리를 맞고도 4-50년을 더 산다는 것, 바로 이것이야말로 자연의 '임대차법'을 교란시키는 최악의 테러 행위이자 오늘날의 지구촌의 위기의 주범이라고 할 수가 있다. "달력은 9월을 벗고 10월을 입는다/ 왜 자꾸/ 마른개미 숨소리가 신경질적으로 들릴까?"의 「왜 자꾸」, "자다가도/ 자동차 타고 가다가도/ 임대 기간만료 되었다고 혹, 방을 빼라는/ 임대인의 통보 받으면 방 뺄 시간도 없이 빼야 하는/ 인생임대법"(「임대 문의」)의 시들처럼, 우리 인간들은 어차피 임대 인생이자 시한부 인생에 지나지 않는다. 인생은 나그네 길이고, 임대 인생이며, 빈손으로 왔다가 빈손으로 되돌아가는 길에서, '네 것', '내 것'을 따지고, 좀 더 오래 살고 싶어서 그처럼 애걸복걸할 필요가 없는 것이다.

우리들의 인생은 임대 인생, 이 세상에 잠시 머물다가

모든 것을 다 내려놓고 떠나가지 않으면 안 된다. 만물의 터전인 자연을 함부로 훼손하고 사유재산을 신성시하는 자들과 자연과학과 생명공학을 통하여 인간수명을 연장시키는 자들은 모조리 살처분해야 한다는 것이 이진진 시인의 혁명적 세계관, 즉, 삶의 철학의 요체일는지도 모른다.

조 옥 엽

이름 붙이기

무슨 뜻일까

수없이 많은 이름 다
제쳐두고 붙여진 이름

망종화

어떤 이름은 평생 벗어날 수 없는
굴레가 되어 사람을 닦달해대지

음으로
양으로 조종하지

본인의 의사를 묻지도 않고
그저 사람들의 편의에 따라 붙였을 이름

망종화

부를 때마다 미안해지는
호명될 때마다 눈물을 흘릴 것만 같은 꽃

망종화

망종화芒種花는 쌍떡잎식물 물레나물과에 속하는 소관목이고, 원산지는 중국이며, 주로 관상용으로 재배된다. 꽃은 황금색으로 보리 베기와 모내기 철에 핀다고 하여 망종화라고 이름이 붙여졌다고 한다. 꽃말은 정열, 사랑의 슬픔, 변치 않는 사랑이라고 하고, 기독교에서는 성 요한을 로마의 병사로부터 구해준 꽃이라고 하고, 유럽에서는 악마를 퇴치해 주는 꽃이라고 한다. 망종화는 중세 시대부터 생리통과 근육완화에 효과가 있고, 꽃에서 추출한 기름은 신경통과 화상과 신경의 진정에 좋다고 한다.

망종화芒種花는 논 보리와 벼 등의 씨앗을 뿌릴 때 피는 꽃을 말하지만, 조옥엽 시인의 '망종화亡種花'는 아주 행실이 나쁘고 바르지 못한 사람을 뜻한다. 조옥엽 시인의 「이름 붙이기」는 '망종화芒種花'를 '망종화亡種花'로 아주 잘 못 이해하고, "어떤 이름은 평생 벗어날 수 없는/ 굴레가 되어 사람을 닦달해대지// 음으로/ 양으로 조종하지// 본인의 의사를 묻지도 않고/ 그저 사람들의 편의에 따라 붙였을 이름// 망종화"라는 시구에서처럼, 그 이름의 올바르지 못함을 비판한 시라고 할 수가 있다. 인간은 명예에 살고 명예에 죽는 만큼, 나쁜 이름과 잘 못 붙여진 이름은 한 평생 그를 짓누르고 옥죄이는 굴레가 된다. 이른바 더럽고 추한 이름으로 낙인 찍힌 사람은 그가 아무리 정의를 외치고 순진무구함을 주창한다고 하더라도 여간해서 고쳐지지 않으며, 따라서 그는 그 불명예의 치욕을 뒤집어 쓰고 '떠돌이—나그네'처럼 살다가 가지 않으면 안 된다.

조옥엽 시인의 「이름 붙이기」는 '망종화'에 대한 오해에서 비롯된 시이기는 하지만, 그러나 그의 「이름 붙이기」는 우리 인간들의 고정관념과 편견, 그리고 특정한 사건과 사고에 대한 '낙인찍기'에 대한 너무나도 날카롭고 예리한 비판의 산물이라고 할 수가 있다. 동이東夷, 서융西戎, 남만南蠻, 북적北狄이라는 중국인들의 낙인찍기, 조센징, 사기꾼이라는 일본인들의 낙인찍기, 왜놈, 쪽발이라는 우리 한국인들의 낙인찍기 등은 이민족에 대한 족쇄(굴레)로 작용하고, 전라도와 경상도, 예수쟁이와 중놈과 상놈 등은 특정 지역과 종교와 계급에 대한 족쇄로 작용한다. "본인의 의사를 묻지도 않고/ 그저 사람들의 편의에 따라 붙였을 이름// 망종화", "부를 때마다 미안해지는/ 호명될 때마다 눈물을 흘릴 것만 같은" "망종화"는 조옥엽 시인의 너무나도 착한 시적 천성과 그 도덕적 정당성을 말해주고 있다고 할 수가 있다.

한 현 수
사과꽃이 온다

어느 산골 마을 농부는 사과꽃이 핀다고 말하지 않고 사과꽃이 온다고 말한다 사람이 오는 것처럼 저만치 사과꽃이 온다고 말한다 복을 빌어 줄 때도 너에게 사과꽃이 온다고 말한다 하늘이 열리길 바라는 것처럼 사과꽃을 말한다 정성을 다했는데 사과꽃이 오지 않으면 한 해 쉬어 가라는 뜻이라고 말한다 보내 주는 분을 아는 것처럼 사과꽃을 기다리고 사과꽃의 배후를 말한다

부처, 예수, 마호메트, 호머, 괴테, 셰익스피어, 공자, 맹자, 장자, 소크라테스, 플라톤, 칸트, 알렉산더, 나폴레옹, 줄리어스 시이저, 베토벤, 바그너, 모차르트, 보들레르, 랭보, 반 고호, 폴 고갱, 뉴턴, 아인시타인 등은 그 이름만 들어도 너무나도 고귀하고 거룩한 전 인류의 스승들이며, 이 전 인류의 스승들이 있기 때문에 우리는 오늘도 이처럼 아름답고 행복한 삶을 살아간다.

동양이나 서양, 혹은 아프리카나 북중미 등, 우리 인간들이 꿈꾸는 것은 아름답고 행복한 삶이며, 우리 인간들은 모두가 다같이 '오점 없는 삶'을 살고 싶어한다. 전 인류의 스승들은 인류의 역사에 있어서 가장 아름답고 행복한 삶을 살다가 간 사람들이며, 우리는 말을 배우고 뛰어 놀 때부터 그 스승들의 책을 읽으며, 그 스승들과 함께 살아가고 있다고 할 수가 있다. 부처라는 사과꽃이 오고, 예수라는 사과꽃이 오고, 마호메트라는 사과꽃이 온다. 호머라는 사과꽃이 오고, 괴테라는 사과꽃이 오고, 셰익스피어라는 사과꽃이 온다. 공자라는 사과꽃이 오고, 소크라테스라는 사과꽃이 오고, 칸트라는 사과꽃이 온다. 부처와 예수와 마호메트와 함께 천국이 오고, 호머와 괴테와 셰익스피어와 함께 아름답고 행복한 삶이 펼쳐진다. 한현수 시인의 「사과꽃이 온다」는 가장 거룩하고 성스러운 소식 중의 하나이며, 모든 걱정과 근심이 다 사라지는 기쁜 소식이라고 할 수가 있다. 사과꽃은 농부의 생명이자 피이며, 사과꽃은 농부의 꿈이자 행복이고, 그 모든 것이라고 할 수가 있다.

씨앗을 뿌린 대로 싹이 나고, 그 가꾼 정성만큼 열매를 수확할 수가 있다. 꽃은 모든 존재의 결정체이자 그 존재의 증명이라고 할 수가 있다. 꽃은 정직하고 순수하며, 꽃은 그 무엇 하나 숨길 수가 없다. 영양이 부족해도 흠이 있고 비바람을 맞았거나 걱정과 근심이 있어도 흠이 있고, 그 모든 것이 제대로 갖추어져 있어야 꽃의 아름다움은 그 절정을 이룰 수가 있다. 그러니까, "어느 산골 마을 농부는 사과꽃이 핀다고 말하지 않고 사과꽃이 온다고 말"하는 것이다. "사람이 오는 것처럼 저만치 사과꽃이 온다고 말"하고, "복을 빌어 줄 때도 너에게 사과꽃이 온다고 말한다." 사과꽃으로 하늘이 열리고, 사과꽃으로 태양이 떠오르고,

사과꽃으로 구원의 말씀이 쏟아진다. 사과꽃은 전 인류의 스승이고, 사과꽃은 전 인류의 지혜이고, 사과꽃은 전 인류의 양식이다.

독서는 농부가 밭을 갈고 씨앗을 뿌리는 행위와도 똑같다. 독서는 농부가 풀을 뽑고 거름을 주며, 지극정성으로 사과나무를 가꾸는 것과도 똑같다. 예수와 부처를 공부하며 예수와 부처를 심고, 공자와 소크라테스를 공부하며 공자와 소크라테스를 심는다. 데카르트와 칸트를 공부하며 데카르트와 칸트를 심고, 뉴턴과 아인시타인을 공부하며 뉴턴과 아인시타인을 심는다. 전 인류의 스승은 인간 중의 인간이며, 어릴 때부터 이 스승들의 책을 읽으며, 그 스승들과 함께 살아가지 않으면 안 된다. 친구를 사귀어도 전 인류의 스승을 존경하는 친구들과 사귀며, 그들과 상호토론과 상호비판을 통해서 모두가 다같이 전 인류의 스승이 되어가지 않으면 안 된다.

사과꽃이 온다. 이 세상에서 가장 맛있고 영양가가 풍부한 사과꽃이 온다.

나의 작품 중에 『짜라투스트라는 이렇게 말했다』는 나에게 특별한 의미가 있다. 그것으로 나는 인류의 역사상

가장 위대한 선물을 안겨준 것이다. 앞으로 수백 년 동안 퍼져나갈 목소리를 가진 이 책은 현존하는 최고의 책이며, 그것은 바로 저 높은 산의 공기이며, 인간에 대한 모든 사실이 이 고산의 저 밑바닥에 놓여 있다. 그것은 또한 가장 심오하고 진리의 가장 깊숙한 보고에서 탄생하였고, 아무리 퍼내도 마르지 않은 샘이며, 그 샘에 두레박을 내리면 황금과 선이 가득 올라오지 않을 수 없는 것이다(니체, 『이 사람을 보라』).

어느 누가 그의 스승이고, 어느 누가 그의 친구이고, 그가 어떤 책을 썼는가를 알면 그의 인생이 행복했는지, 아닌지를 알 수가 있다. 전 인류의 스승을 섬기고, 전 인류의 스승인 친구와 사귀며, 자기 자신을 전 인류의 스승으로 끌어올리는 것처럼 아름답고 행복한 삶은 없다.

사과꽃이 온다. 이 세상에서 가장 고귀하고 위대한 시인이 탄생한다.

2부

김길중 김자향 정영선 강은희
민정순 채종국 김명인 안정옥
박분필 박지현 유계자 이향이
권기선 주경림 문　영 이외현
　　　　　　　　 김려원

김 길 중
꾹꾹 누른다

머리에 수건을 두르고
풍덩한 몸빼 바지를 입은 할머니가 쪽 마늘을 심는다

밭고랑
간격을 맞춰 뚫어 놓은 작은 구멍에
쪽 마늘을 하나씩 넣고 손가락으로 꾹꾹 누른다

누가 먹는다고 그렇게 많이 심냐 물으니 큰 딸년은 삼
겹살 먹을 때 싸하게 매운 마늘이 최고라고 지랄하고 작은
딸년은 반찬으로 마늘쫑만 한 게 없다고 지랄이니 하는 수
없이 해마다 이 지랄하고 있다며 나를 힐끗 쳐다본다

애들 학비 때문에 밭 담보 잡히며 꾹 누르던 그 손으로
집안 돌보지 않던 바깥양반 때문에 본인 가슴 꾹 누르던
그 손으로

꾹꾹 눌러 심으며

젊어서는 그 양반이 나를 꾹꾹 눌러주었는데 늙어서는
내가 딸년들을 위해 꾹꾹 누르고 있다고 씩 웃으신다

참 맑다

시는 언어의 예술이고, 언어는 사회적 약속이다. 시는 공동체 사회의 행복과 번영을 위해 존재하고, 따라서 시인은 불의에 항거하며, 온몸으로 온몸으로 시를 쓰지 않으면 안 된다. 시를 쓴다는 것은 타인의 마음을 사로잡는다는 것이고, 타인의 마음을 사로잡는다는 것은 하늘을 감동시킨다는 것이다. 하늘을 감동시키지 못한다면 그는 시인의 자격이 없는 사람인데, 왜냐하면 시인은 전 인류의 아버지이자 스승이며, 이 세상의 그 모든 가치들을 판단하는 최후의 심판관이기 때문이다.

김길중 시인의 「꾹꾹 누른다」는 '일의 사회학'에 기초한 시이면서도 그 일의 사회학이 '사랑의 시학'으로 승화된 시라고 할 수가 있다. "머리에 수건을 두르고/ 풍덩한 몸빼 바지를 입은 할머니가 쪽 마늘을 심는다"는 것과 "밭고랑/ 간격을 맞춰 뚫어 놓은 작은 구멍에/ 쪽 마늘을 하나씩 넣고 손가락으로 꾹꾹 누른다"는 것이 그것을 말해주고, 또한, "누가 먹는다고 그렇게 많이 심냐 물으니 큰 딸년은 삼겹살 먹을 때 싸하게 매운 마늘이 최고라고 지랄"한다는 것과 "작은 딸년은 반찬으로 마늘쫑만 한 게 없다고 지랄이니 하는 수 없이 해마다 이 지랄하고 있다"는 것이 그것을 말해준다.

할머니는 시골 농부이고 혼자서 살지만, 그러나 큰 딸과 작은 딸, 즉, 두 딸들을 위해서 매우 많은 마늘을 심고 있는 것이다. 왜냐하면 큰 딸년은 삼겹살 먹을 때 싸하게 매운 마늘이 최고라고 지랄하고, 작은 딸년은 반찬으로 마늘쫑만 한 게 없다고 지랄하기 때문이다. 이때에 '지랄하다'는 말이나 행동을 미치광이처럼 제멋대로 하는 것을 뜻하지 않고, 아주 능글능글하고 애교 만점인 아첨으로 친정 어머니에게 간청한다는 것을 뜻한다. 따라서, '지랄하다'는 '사랑스럽다'는 뜻이 되고, 바로 이 지점에서 '일의 사회학'이 '사랑의 시학'으로 승화되고 있는 것이다. 젊어서는 아이들 학비 때문에 밭을 담보로 잡히며 도장을 꾹꾹 눌렀던 손, 집안을 돌보지 않던 바깥양반 때문에 자기 자신의 한 맺힌 가슴을 꾹꾹 눌렀던 손, 하지만, 그러나 젊어서는 바깥양반이 나를 꾹꾹 눌러주었던 그 사랑을 생각하며, 두 딸년을 위해 마늘을 꾹꾹 눌러 심는 할머니의 사랑의 손길과 그 마음처럼 더 맑고 아름다운 것은 없을 것이다.

　김길중 시인의 「꾹꾹 누른다」의 사회학이 사랑의 시학이 되고, 이 사랑의 시학이 만인들의 심금을 울리며 하늘을 감동시키게 된다. '지랄하다'는 두 딸들의 애교 만점의 아첨이 되고, '지랄하다'는 그 두 딸들에 대한 어머니의 사랑이 된다. 어머니와 딸, 또는 아버지와 아들 등—, 이처럼 상호 간에 사랑과 믿음이 있으면 일은 놀이가 되고, 도저히 사용할 수 없는 막말이나 욕마저도 사랑의 말로 승화된다. 말과 언어는 단일한 의미나 몇몇의 의미로 고정되어 있는 것이 아니라, 이처럼 그 사용 주체들간의 사랑과 믿음과 장소와 위치와 시간에 따라서 끊임없이 새롭게 도약을 하며, 그 날개를 펼쳐보이는 것이다.

　큰 딸년과 작은 딸년과 할머니의 지랄과 김길중 시인의 시적 지랄이 사랑의 힘이 되고, 이 사랑의 힘이 '꾹꾹 누른다'의 일(놀이)의 생산성으로 이어진다.

　김길중 시인의 '꾹꾹 누른다'가 '지랄의 날개'를 달고, 그 '지랄의 힘'으로 새로운 신세계로 날아간다.

　꾹꾹 누른다는 것은 마늘을 심는다는 것이고, 마늘을 심는다는 것은 두 딸과 함께 할머니의 가족들의 먹거리를 마련한다는 것이다. 꾹꾹 누른다는 것은 아들 딸들의 학비 때문에 밭을 담보로 잡히고 도장을 찍었다는 것이고, 꾹꾹 누른다는 것은 집안을 돌보지 않았던 바깥양반 때문에 한 맺힌 가슴을 진정시켰다는 것이고, 꾹꾹 누른다는 것은 젊어서 바깥양반이 할머니를 그토록 사랑해 주었다는 것이다. 「꾹꾹 누른다」는 것은 일이면서도 놀이이고, 이 놀이의 역사가 아들과 딸과 남편으로 확산되면서 '가화만사성家和萬事成의 행복'으로 완성되고 있다고 할 수가 있다.

김길중 시인의 「꾹꾹 누른다」는 발단, 전개, 절정, 대단원의 결말이 있는 이야기 시의 재미와 함께, '지랄하다의 4중주'가 울려퍼지고 있다고 할 수가 있다. 일과 놀이의 기쁨도 있고, 인간과 인간의 정도 있고, 그 사랑의 나눔도 있다. '꾹꾹 누른다'는 역동적인 문체와 '지랄하다'의 애교 만점과 익살스러운 문체가 만나 이 세상 그 어디에도 없는 '참 맑은 문체'로 김길중 시인과 할머니와 할머니의 가족들의 '행복의 세계'를 연출해낸다.

참 맑다. 금시초문의 문체이고, 금시초문의 신세계이다.

김 자 향

아버지의 술래

꼭꼭 숨겨둔 여인이 참다못해 전화했을까?

돌아가신 아버지 찾는 낯선 전화에
화들짝 놀란 친정엄마,

이미 저세상 사람 되었다는 말에도
막무가내 매달리던,
수도관 곧 터질 듯 울먹이는 소리에
돌아가신 아버지 살아오신 줄 착각되더란다

"그렇게 보고 싶으면 저승으로 전화해보던가!"

관뚜껑 닫듯 전화기 탁 내려놓으며
엄마 억장이 또 무너진다.
울 아버지, 이승의 종점에서

막차 타고 내리신 지 석삼년이 지났어도 시들지 않는 바
람기

꼭꼭 숨어라 머리카락 보일라

죽어서도 계집질이라는
시퍼런 질투가 꽃 져도 떨어지지 않는 장미 가시 같다

어떤 유태인 녀석이 입만 열면 '현모양처요, 아름다운 아내'를 자랑하기에 바빴다고 한다. 어느 날 그 친구의 '아내 자랑'을 더 이상 듣고만 있을 수 없었던 친구들이 "이 친구야, 제발 정신 좀 차려! 네 아내는 천하제일의 바람둥이이고, 현재의 애인만 해도 네 명이나 된다네"라고 쏘아붙이자 그 친구는 껄껄껄, 웃으며 이렇게 대답했다고 한다. "여보게들, 나도 그것을 잘 알고 있다네. 그런데 깡통주 100%를 갖고 있는 것이 더 좋은가, 아니면, 우량주 20%를 가지고 있는 것이 더 좋은가?" 따지고 보면, 그 친구들은 바람둥이 아내의 남편에게 단 한 방에 K.O패를 당한 것이고, 모든 선남선녀들은 천하제일의 바람둥이라고 할 수가 있다.

밥만 먹고 공부를 하며, 이 세계와 우주를 논하고, 정치와 경제와 철학과 문학과 예술을 논하는 철학자는 연애시장에서 가장 인기가 없는 싸구려 상품이고, 따라서 대부분의 철학자들은 데카르트와 칸트와 니체와 쇼펜하우어처럼 한평생을 독신으로 살다가 죽었다고 할 수가 있다. 이에 반하여, 언제, 어느 때나 다정다감하고 친절하며, 자기 자신보다는 타인들에 대한 배려를 더 잘해주는 사교계의 신사는 바람둥이이며, 연애시장의 주인공이라고 할 수가 있다. 천하제일의 사기꾼이자 바람둥이인 돈 주앙과 카사노바와 제우스에게는 그러한 나쁜 소문들과 온갖 기행에도 불구하고 언제, 어느 때나 수많은 미모의 여성들이 소문난 맛집처럼 문전성시를 이루게 된다.

김자향 시인의 「아버지의 술래」의 아버지는 천하제일의 바람둥이이며, 그 바람기는 이 세상을 떠난 지 "석삼 년이 지났어도 시들지"가 않았던 것이다. 왜냐하면 아버지가 돌아가신 지 석삼 년이 지난 어느 날 아버지를 찾는 전화가 걸려왔던 것이고, 아버지가 돌아가셨다는 말에도 불구하고 막무가내로 그 여인이 수도관이 터지듯이 울고불고 하소연을 해왔기 때문이다. 아마도 그 여인은 아버지의 바람기에 희생된 여인이고, 아버지의 그럴듯한 사탕발림의 말에 속아서 자나깨나 자식들을 키우며 그토록 가혹하고 혹독한 삶을 살아왔던 것인지도 모른다. "이미 저세상 사람이 되었다는 말에도/ 막무가내 매달리던" 여인, "수도관이 곧 터질 듯 울먹이던" 여인은 천하의 바람둥이인 아버지에게 영혼과 육체와 그녀의 인생까지도 유린당한 것이지만, 그러나 그녀에게 돌아간 것은 "그렇게 보고 싶으면 저승으로 전화해보던가!"라는 조강지처의 문전박대와 조롱뿐이었던 것이다.

사랑은 어떤 사람을 끊임없이 그 대상을 찾아 헤매게 하고, 사랑은 사랑을 빼앗긴 사람을 그토록 질투의 화신이 되게 하고, 꼭꼭 숨어버린 사랑은 그 모든 사람들을 모두가 다같이 어리석고 우매하게 만든다. "울 아버지, 이승의 종점에서/ 막차 타고 내리신 지 석삼 년이 지났어도 시들지 않는 바람기"와 "죽어서도 계집질이라는/ 시퍼런 질투가" 부부 싸움의 절정을 이루고, 아버지를 찾아 헤매는 술래의 한숨 소리—"이미 저세상 사람 되었다는 말에도/ 막무가내 매달리던/ 수도관 곧 터질 듯 울먹이는 소리에/ 돌아가신 아버지 살아오신 줄 착각되더란다"—는 깊어만 간다.

아버지의 여인과 엄마, 그리고 아버지와의 삼각관계는 그러나 우리 인간들의 연애사의 중심축이며, 이 삼각관계의 균형이 무너지면 이 세상의 모든 삶은 다 끝장이 난다. 티없이 맑고 순수한 사랑이 있으면 더럽고 추한 사랑도 있어야 하고, 더럽고 추한 사랑이 있으면 티없이 맑고 순수한 사랑도 있어야 한다. 이루어질 수 없는 사랑 때문에 너무나도 가슴 아픈 사람이 있으면, 이루어져서는 안 될 사랑 때문에 너무나도 불행한 사람도 있어야 하고, 검은 머리가 파뿌리가 되도록 백년해로를 하는 사람이 있으면 너무나도 빨리 헤어진 사랑 때문에 청상과부가 된 사람도 있어야 한다. 너도 술래이고, 나도 술래이고, 우리는 모두가 다같이 이 술래잡기의 놀이터에서 우리들의 인생 전체를 다 불태우게 된다.

　남자는 벌과 나비와 같고, 여자는 벌과 나비를 기다리는 꽃과도 같다. 남자는 종의 건강과 행복을 위해 더욱더 많은 꽃을 찾아다니며 씨를 뿌릴려고 하고, 여자는 어떤 남자든지 오직 자기 자신만을 사랑해 주기를 바란다. 남자의 공격적인 파토스는 적의 숨통을 끊으려고 하고, 여자의 공격적인 파토스는 힘이 없는 만큼 끊임없이 헐뜯고 증오하며 함정에 빠뜨리고자 한다. 여자의 복수심의 결정체는 질투이며, 이 질투는 오뉴월에도 찬바람과 함께, 된서리가 내리도록 살기를 띠게 된다. "꼭꼭 숨어라 머리카락 보일라"의 무자비한 조롱과 성원 뒤에는 "죽어서도 계집질이라는/ 시퍼런 질투가" "장미 가시"처럼 도사리고 있는 것이다.

　사랑은 술래잡기이고, 이 세상의 삶도 술래잡기이다.

머리카락 보일라 꼭꼭 숨은 사랑을 움켜쥐기 위하여 너와 나, 즉, 우리들 모두는 그토록 깊이 있고 잔인한 최고급의 지식으로 무장을 하고, 서로가 서로에게 한 치도 양보할 수 없는 사랑의 혈투를 벌이고 있는 것이다.

아버지의 바람기는 종의 건강과 종의 행복을 증진시키기 위한 종족의 명령이자 우월에의 의지이며, 어머니와 그 여인과의 싸움은 더욱더 건강하고 뛰어난 자식을 얻으려는 눈물겨운 사투(모성의 원리)라고 할 수가 있다. 이 종족의 명령 앞에서는 모두가 다같이 천하무적의 용사가 되고, 그 어떤 선악이나 역사와 전통 따위도 무섭지 않게 된다. 사랑은 천하제일의 바람둥이이고, 사랑은 너무나도 당당하고 뻔뻔스럽기 때문에, 또한 그만큼 순수하고 해맑고 아름답게 피어난다.

김자향 시인의 「아버지의 술래」는 너무나도 아름답고 잔혹한 연애시의 진수이며, 제일급의 명시라고 하지 않을 수가 없다.

정 영 선
예언의 책

가난해서 꿈은 꿈으로 흘러 갔다

몇 대의 가문이 흘러갔다

아랍터번을 두른 자칭 예언자가

의령과 함안 사이 남강에 떠있는

바위 솥을 두고 예언을 했다

철다리가 녹 슬기까지 이루어지리라는

잠속인 듯 자는 마을 반경에

나라를 다 먹이고도 남는

솥이 꾸는 꿈의 사람이 나올 거는

낙엽송에는 둥지를 튼 검은 새가 보고 있었다 증언자처럼

공중을 흘러 다닌 그 말

예언은 예언을 실현시킬 사람을 찾아다닌 걸까

솥이 꾸는 꿈을 이룬 사람들이 나왔다
별이 점지한 걸까 효성금성삼성
노동을 무한대로 지불하고서 솥에서 국밥은 퍼 날라졌다
무명바지에서 청바지로 바꿔 입고

골목 사이 앞집 뒷집 옆집 옆집
집 위에 집들, 방위에 방들로 층층 높아졌다
보랏빛 자운영의 논은 잇었다
마음 속 행복의 은신처엔 거미들이 주인 행세

누구는 불가해한 미궁의 세계에 빠진 걸 늦게야 알았다
스스로 걸어 들어가거나 음모에 물렸다
보이는데 나갈 수 없는 유리벽
자유로운 데 강제된 느낌
아드리아네 실에 대한 예언은 없었다

환상 한잔을 마시며 마주 앉아서
스마트폰을 대마초처럼 흡입한다
공중의 계단에 떠있는 아슬아슬함
AI에 대한 꿈이 향수처럼 뿌려지고

낙천과 두려움이 혼종하는

신세계는 안개 속

모든 역사는 정의의 역사이며, 이 정의의 역사 위에서 우리 인간들의 삶이 시작된다. 서로가 서로의 손을 잡고 우리는 한 배를 탄 공동운명체이며, 하늘이 무너져 내려도 사랑과 우정과 신뢰를 무너뜨리지 않겠다는 약속의 토대 위에서 자기 자신의 삶과 공동체의 삶을 운영해나간다. 나는 공동체 사회 속의 우리일 뿐이고, 우리는 공동체 사회 속에서 살아가는 개인들의 총체라고 할 수가 있다. 우리 인간들이 만물의 영장이 된 것은 이 약속의 토대, 즉, 분업과 협업 속에서 학문을 연구하고 산업을 발전시켰기 때문이다. 자유와 평등과 사랑—. 인간은 한없이 나약한 존재이지만, 우리 인간들은 더없이 고귀하고 위대한 존재라고 할 수가 있는 것이다. 어느 누구도 개인의 자유를 위하여 인간 사회를 뛰쳐나갈 수가 없었던 것이고, 따라서 사회적 약속을 파기한 자는 사형제도를 비롯한 최고급의 형벌로 다스리지 않을 수가 없었던 것이다. 모든 영웅들은 정의에 기초한 인물들이고, 모든 죄인들은 자기 자신의 사적인 이익을 위해 정의를 훼손한 반사회적인 인물들이다. 세계적인 문화제국을 건설하고자 했던 알렉산더 대왕과 "내가 잘못했구나! 피 위에 세워진 토대는 확고하지 못하지"라는 존왕의 후회와 탄식이 바로 그것을 증명해준다.

　참으로 부끄럽고 민망한 일이지만, 대한민국은 아직도 국가라고 할 수조차도 없다. 오천 년의 역사를 자랑하면서도 당나라와 원나라와 명나라와 청나라와 일본과 미국에게 모든 주권을 다 빼앗겼고, 세계 제10대 교역국을 자랑하는 이 21세기에도 미국의 명령을 국시國是로 받들며, 남북통일의 꿈은 꿈조차도 꾸지 못한다. 이민족의 말발굽에 짓밟히고, 이민족에게 개와 돼지처럼 학대를 받아온 것은 작은 국가라는 지정학적 한계 이외에도 그 한계를 극복해낼 수 있는 정의를 확보해낼 수가 없었기 때문이다. 단군조선과 홍익인간의 이념으로 중국과 러시아를 정복하고, 일본과 미국을 정복하고, 우리 한국인들의 정신과 사상으로 전 인류의 스승들을 배출해냈다면 오늘날과도 같은 남북분단과 미국의 식민지배는 면했을 것이다. 정의는 강자의 힘이며, 최고급의 인식의 제전에서 승리하지 못하면 그 어떤 정의도 실천할 수가 없는 것이다.

    정영선 시인의 「예언의 책」은 "의령과 함안 사이 남강에 떠있는/ 바위 솥"의 "예언을" 노래한 시이지만, 그러나 대단히 안타깝게도 그 "예언의 실현"이 정의에 기초해 있지 않다는 것을 노래한 시라고 할 수가 있다. "가난해서 꿈은 꿈으로 흘러"갔지만, "아랍터번을 두른 자칭 예언자가/ 의령과 함안 사이 남강에 떠있는/ 바위 솥을 두고 예언을" 했던 것이다. "공중을 흘러 다닌 그 말/ 예언은 예언을 실현시킬 사람을 찾아다닌 걸까," "솥이 꾸는 꿈을 이룬 사람들" 나타났던 것이다. 효성의 창업주 조홍제(1906)는 경남 함안 출신이고, 금성의 창업주 연암 구인회(1907)는 경남 진주 출신이고, 삼성의 창업주 호암 이병철(1910)은 경남 의령 출신이다. 효성, 금성, 삼성의 창업주들은 나라를 다 먹이고도 남을 만큼의 큰 부자들이 되었고, 그들은 그야말로 하늘의 별이 점지한 사람들이었는지도 모른다.

    하지만, 그러나 효성과 금성과 삼성의 발전에 따라서 "골목 사이 앞집 뒷집 옆집 옆집/ 집 위에 집들, 방위에 방들로 층층 높아"졌지만, 그들을 키운 "보랏빛 자운영의 논"은 묵정밭이 되었고, 그들을 배출해낸 고향마을은 "거미들이 주인 행세"를 하게 되었다. 부자와 가난한 사람들의 빈부 격차와 계층 갈등, 도시와 농촌 사이의 빈부격차와 중앙집중화 현상, 그리고 지방도시 소멸 현상 등, 누군가는 "불가해한 미궁의 세계에 빠진 걸" 뒤늦게 깨달았지만, 그러나 그 미궁을 빠져나갈 비책묘계와 아리아드네의 실이 없었던 것이다. "보이는데 나갈 수 없는 유리벽"은 출구가 없는 한국적 자본주의의 함정을 말하고, "자유로운 데 강제된 느낌"은 환상과 스마트폰과 AI 등에 아편처럼 취해서 자기 자신의 주체성과 그 모든 것을 다 잃어가고 있다는 것을 뜻한다. 어떻게 하면 빈부격차와 지방을 발전시키고, 어떻게 하면 일제식 암기교육을 폐기하고 독서중심의 글쓰기 교육으로 전 인류의 스승들을 배출해낼 수 있을까? 어떻게 하면 저출산 고령화와 함께 부의 대물림을 뿌리 뽑고 미군을 철수시키고 남북통일을 이룩해낼 수 있을까? 효성, 금성, 삼성은 세계적인 기업이 되었지만, 그러나 그들의 부의 세습과 족벌주의의 폐해는 대만민국 전체를 썩고 병들게 만들고 있는 것이다.

원래 도덕과 법률은 사회적 천민들을 다스리기 위한 것이고, 부자와 귀족과 군주들은 도덕과 법률을 초월해 있다고 생각한다. 부자와 귀족과 군주들은 불교와 기독교 등의 내세의 천국을 믿지도 않으며, 그들은 오직 자나깨나 이승에서의 행복과 불로장생의 삶을 선호하는 개인주의자들일 뿐이다. 이 야수들, 이 개인주의자들이 무서워하는 것은 사회적 천민들, 즉, 우리 국민들이 깨어 있을 때 뿐인 것이고, 따라서 우리 국민들이 그들에게 도덕과 법률을 강제하고 그것을 일벌백계의 규율 아래 감시할 때만이 공동체 사회의 정의가 세워지게 된다. 효성, 금성, 삼성 등, 우리 재벌들의 부의 대물림을 뿌리 뽑는 것, 즉, 이 부의 대물림을 뿌리 뽑고 누구나 열심히 일을 하면 오늘날의 미국처럼 부자가 될 수 있다는 꿈을 심어주지 않으면 안 된다. 몇 십억으로 구멍가게를 마련하고 그 구멍가게에 일감을 몰아주는 것, 그룹 내의 상호 순환출자와 고객의 예탁금으로 주식을 사고 경영권을 방어하는 것, 자사주를 소각하여 주식의 가치를 극대화하기는커녕, 가장 잘 나가는 회사를 분할하여 신주를 발행하고 상속세의 재원을 마련하는 것, 평화시에는 족벌체제를 고수하다가도 외국자본이 기업사냥을 시도하면 국민기업이라고 하소연을 하며 국민연금으로 경영권을 방어하고 상속세를 마련하는 우리 재벌들의 행태는 반드시 뿌리 뽑지 않으면 안 된다.

정영선 시인의 「예언의 책」은 반재벌주의의 시이며, 우리 한국인들의 역사가 정의에 기초하지 않으면 안 된다는 것을 노래한 시라고 할 수가 있다. 우리 대한민국을 대표하는 기업은 세계적인 기업이며, 그 기업들은 이제는 특정한 창업주나 그 후손들의 기업이 아닌 우리 한국인들의 기업이 되지 않으면 안 된다. 효성, 금성, 삼성 등, 우리 재벌들이 불법과 탈법과 온갖 편법을 동원하지 않고는 상속세를 마련할 수가 없다는 것을 깨닫고 부의 대물림을 포기할 때, 바로 그때에는 대한민국은 자유와 평등과 사랑에 기초한 국가가 되고, 전 인류가 존경하는 일등국가가 될 수가 있을 것이다. 효성, 금성, 삼성 등이 이제는 족벌체제를 유지할 수가 없다는 것을 깨닫고 '부의 대물림'을 포기하면 '부자로서 죽는 것은 부끄러운 일이다'라는 말의 참뜻을 실천하게 될 것이다. 우리 재벌들이 사회에서 은퇴하고 죽을 때가 되면 삼성은 수원에서, 금성은 청주에서, 효성은 부산에서, 현대는 울산에서, 금호는 광주에서, 한화는 대전에서 최고급의 명품도시를 만들고, 우리의 아이들이 자연의 학교에서 뛰어놀며, 독서중심, 철학중심의 글쓰기 교육을 통해 전 인류의 스승으로 자라나게 할 수가 있는 것이다. 윗물이 맑아야 아랫물이 맑듯이, 우리 부자들이 나라를 사랑하고 국민을 사랑할 때만이 남북통일을 이룩하고 세계 일등국가가 될 수가 있는 것이다.

국민이 훌륭하면 일 년 열두 달 해가 뜨고 전 인류의 스승이 나타나지만, 국민이 도덕적으로 타락하고 무식하면 일 년 열두 달이 부정부패의 온상이 되고, 전 인류의 수치처럼 표절밥과 뇌물밥과 부패밥만을 좋아하게 된다. 효성, 금성, 삼성 등의 타락은 그들만의 타락에 있지 않고, 우리 한국인들의 부정부패와 도덕적 타락에 기초해 있다고 할 수가 있다.

정영선 시인의 「예언의 책」은 모든 역사는 정의에 기초해 있다는 것을 노래한 시이며, 우리 대한민국의 미래를 예언한 시라고 할 수가 있다. "낙천과 두려움이 혼종하는/ 신세계의 안개 속"에서—.

강은희

말

손끝으로 세상을 읽는 것은
사람의 마음이 보이지 않는 사람이나
마음이 어두운 사람이나 별반 다르지 않다

환한 세상에서도 환하게 읽히지 않는 문장
슬픈 얼굴에서도 슬픈 눈빛을 읽지 못하는
깨어진 글자들의 상처를 우리는 알지 못한다

훔쳐 오고 싶을 만큼 아름다운 말들이
봄날 민들레꽃처럼
여기저기에서 살아났으면 좋겠다

슬퍼도 아름다운
살아서 더 눈부신

이 땅의 말들이 어둡지 않은 글자로

온전하게 살아 있었으면 좋겠다

말은 우리 인간들의 생명이고, 우리는 말로써 숨을 쉬고 말로써 밥을 먹는다. 말로써 세상을 읽고, 말로써 소통을 하며, 말로써 아름다운 시와 문화유산을 남기고 죽는다.

"환한 세상에서도 환하게 읽히지 않는 문장/ 슬픈 얼굴에서도 슬픈 눈빛을 읽지 못하는/ 깨어진 글자들의 상처를 우리는 알지 못"하지만, 그러나 자유와 평등과 사랑의 말들을 찾아내어 말의 생명을 되살려 놓지 않으면 안 된다. "훔쳐 오고 싶을 만큼 아름다운 말들이/ 봄날 민들레꽃처럼/ 여기저기에서" 피어나지 않으면 안 되고, "슬퍼도 아름다운/ 살아서 더 눈부신" "이 땅의 말들이 어둡지 않은 글자로/ 온전하게 살아"있게 하지 않으면 안 된다.

「말」은 강은희 시인의 생명이고, 숨소리이며, 그녀는 이처럼 티없이 맑고 깨끗한 말로 예술품 자체가 된 삶을 산다.

인간은 유한하지만, 말은 영원하고, 그녀는 '말의 꿈'을 꾸며 살아간다.

민 정 순
개똥 나비

나비야!
개똥철학이라도 하는 거니?

네가 앉은 자리가

절대, 가볍지 않구나

개란 포유동물인 갯과에 속한 짐승을 말하지만, 그러나 이 '개'라는 말은 갯과의 동물과는 다르게 매우 다양한 뜻으로 변주되어 사용되고 있다고 할 수가 있다. 일부 식물이나 인간의 명사 앞에 붙어 '야생의', 또는 '질이 떨어지는'의 뜻으로 사용되기도 하고, 추상적인 일을 나타내는 명사 앞에 붙어 '헛된', '쓸데없는'의 뜻으로 사용되기도 하며, 부정적인 뜻을 지닌 일부 명사 앞에 붙어 '정도가 심한', '엉망진창인'의 뜻으로 사용되기도 한다. 개당귀, 개망초, 개똥참외 등은 첫 번째의 예에 해당되고, 개 같은 세월, 개 같은 시대 등은 두 번째의 예에 해당되고, 개백정, 개망초, 개차반 등은 마지막 세 번째의 예에 해당된다. 일반적으로 '개'라는 말이 갯과의 동물이 아닌 다른 뜻으로 사용될 때는 더럽고 추하고 그만큼 부정적인 뜻으로 사용되지만, 때로는 개당귀와 개복숭아처럼 그 식물의 효용성이 인정되어 진짜를 누르고 진짜보다 더 귀하신 몸이 될 때도 있다.

말이란 사회적 약속이고, 그 더럽고 추한 누명이 씌워지면 좀처럼 그 누명을 벗고 올바른 가치를 인정받기가 힘들어 진다. 민정순 시인의 「개똥 나비」는 더럽고 추한 배설물에서 먹이를 취하는 나비를 말하지만, 이 세상에는 더럽고 추한 물질이 따로 있는 것도 아니고, 그 더럽고 추한 물질이 고정불변한 것도 아니다. 개똥에 앉은 나비는 이 세상의 자연의 질서와 사물의 이치를 탐구하는 것도 아니고, 단지 그 더럽고 추한 배설물 앞에서 먹이활동을 하는 나비일 수도 있다.

먹이활동—, 하지만, 그러나 이 먹이활동보다 더 고귀하고 거룩한 일이 이 세상 그 어디에 있단 말인가? 그 옛날의 봉건군주 시대나 자본주의 시대인 오늘날에도 모든 전쟁은 먹이활동에서 비롯된 것이고, 이 먹이활동만큼 잔인하고 피비린내 나는 싸움은 없었던 것이다. 함박눈에서 하얀 떡가루를 생각하고, 하얀 이팝꽃에서 흰 쌀밥을 연상해낸 것도 절대적인 빈곤과 기아 선상에서 벗어나기 위한 원망이었다는 것을 생각해보면, 이 세상에서 먹이활동보다 더 고귀하고 거룩한 일은 없다고 할 수가 있는 것이다. 고전주의, 낭만주의, 현실주의, 초현실주의, 자본주의, 구조주의, 탈구조주의 등의 모든 철학은 개똥철학이며, 이 개똥

철학을 통해서 모든 종교와 신앙이 탄생되었다고 할 수가 있다.

우리 인간들이 이 첨단과학의 시대에도 제대로 경험하고 체험할 수 없는 세 가지가 있다. 첫 번째는 우리 인간들의 언어이고, 두 번째는 이 지구촌의 요리문화이고, 세 번째는 이 지구촌의 모든 곳을 다 가볼 수가 없는 것이다. 하나의 언어에 하나의 먹이가 대응할 만큼 이 지구상에는 수많은 먹이가 있고, 제아무리 교통수단과 통신수단이 발달되었다고 하더라도 이 지구촌을 다 다녀볼 수 있는 사람은 없다. 먹이활동은 생산활동이고, 음식요리는 소비활동이다. 이 생산과 소비의 장을 둘러싸고 상호 경쟁과 싸움이 일어나고, 이 싸움에서 최종적인 승리를 하기 위해서 철학이 생겨난다. 철학은 학문 중의 학문이고, 모든 학문의 기초이며, 이 철학을 정복한 국가와 민족이 이 세계를 지배하게 된다. 개똥철학과 진짜 철학은 따로 없고, 이 먹이활동의 전쟁터에서 최종적인 승리를 거둘 수 있는 철학이 진짜 철학이라고 할 수가 있다.

시는 세계의 아름다움을 찬양하고 그 아름다움을 생산하지만, 궁극적으로는 '개똥철학'(진짜 철학)의 토대 위에서만이 가능하다. 자기 자신의 존재와 이 세상의 존재의 근거를 마련하고, 그 요리문화를 창출해내는 것이 개똥철학인 것이다. 먹이는 물질적인 식재료이고, 지혜는 정신적인 식재료이다. 이 물질과 지혜, 이 육체와 정신이 만나 하나가 되면 그것은 궁극적으로 요리문화로 탄생하게 된다. 정치, 경제, 문화, 예술, 역사, 사회, 학문 등, 그 모든 분야는 요리문화의 토대 위에서 자라나며, 모든 문화의 최종심급은 요리문화라고 할 수가 있다. 먹는다는 것과 미식취향─, 이것보다 더 고귀하고 위대한 것은 없다.

민정순 시인의 "나비야!/ 개똥철학이라도 하는 거니?"라는 시구는 반어反語이며, 이 철학적 질문보다 더 깊이가 있고, 심오한 것은 있을 수가 없다. "네가 앉은 자리가// 절대, 가볍지 않구나"라는 시구가 그것을 말해주며, 따라서 이 먹이활동의 역사가 우리 인간들의 역사라는 것을 너무나도 정확하고 확실하게 말해주고 있는 것이다. '흑묘백묘黑猫白猫'를 따질 것도 없이 쥐를 잘 잡는 고양이가 가장 우수하고 훌륭한 동물이듯이, 먹이활동을 가장 잘하는 나비가 모든 생명체의 스승인 개똥철학자인 것이다.

아름다운 꽃밭보다도, 넓고 비옥한 평야보다도, 온갖 과일이 풍부한 무릉도원보다도, 민정순 시인의 「개똥 나비」에게는 개똥밭이 최고급의 비옥한 텃밭인 것이다.

민정순 시인은 전천후 개똥 나비이며, 그 어떤 대상과
위치를 가리지 않는 종합예술가, 즉, 최고급의 개똥철학자
라고 할 수가 있다.

채 종 국
시나무

시를 쓰는 나무가 있다

연과 연 사이 가지를 펼치고

행과 행 사이 잎새를 드리웠다

생각 한 줄을 위해

생살 같은 잎을 버리기도 한다

몸통 사이 부름켜를 열어

계절을 열고 꽃을 피운다

뿌리 깊은 생각과 초록이 열린

수런대는 말을 가지에 매달았다

잎에 새겨진 문장엔 강이 흐른다

실핏줄 같은 문장 사이를

두근대며 속살거리는

여린 생명의 이야기가

파란 하늘로 흘러 바다에 이르는,

반짝이는 노래를 찾아

아름드리 대지를 펼치고

별빛 한 페이지와

달빛 한 줄을 몸에 새긴

들판의 생각 한 잎이

푸른 허공에 시를 쓰고 있다

국가에 있어서 법률은 아주 소중하고, 법률은 법치국가의 근본토대라고 할 수가 있다. 하지만, 그러나, 법률보다 더 소중한 것은 대통령이고, 대통령보다 더 소중한 것은 국민이라고 할 수가 있다. 법률은 인간이 만든 저작물이고, 따라서 법률로써 시시때때로 변하고 살아 움직이는 인간의 행동을 다 통제하고 다스릴 수는 없다. 대통령은 인간의 마음과 국민들의 행동양식을 꿰뚫어보고, 법률의 적용과 법률을 제정하고 운용하는 통치철학자이자 최후의 심판관이 되지 않으면 안 된다. 따라서 모든 국민들의 지적 수준도 뛰어나야 하고 선진국민의 자격이 있어야 하며, 대통령의 권력의 남용과 그릇된 탈선을 언제, 어느 때나 바로잡고 감시할 수 있지 않으면 안 된다.

시는 언어의 사원이고, 시인은 언어의 사원을 가꾸는 사람이고, 독자는 언어의 숲을 거닐며 그 열매(사상)들을 먹으며 살아가는 사람들이다. 한 나라의 국가가 얼마나 훌룡한가, 아닌가는 그 나라의 언어와 시인과 독자의 수준을 보면 그 모든 것을 다 알 수가 있다. 훌륭한 법률이 있으면 훌륭한 국가가 있고, 훌륭한 국가가 있으면 훌륭한 국민이 있다. 이와 마찬가지로, 훌륭한 언어가 있으면 훌륭한 시인이 있고, 훌륭한 시인이 있으면 훌륭한 독자(국민)가 있다. 문학적으로 국가를 정의하면 국가란 언어의 사원이고, 언어의 열매, 즉, 사상의 열매(책)로 그 국가의 부유함과 위대함의 크기가 결정된다. 마르크스, 니체, 칸트, 아인시타인, 호머, 셰익스피어, 스티븐 호킹, 일론 머스크, 빌게이츠, 스티브 잡스 등도 다 시인이고, 그들의 한 마디, 한 마디는 사상이 되어 이 세계를 지배하게 된다. 언어 영역의 확대는 세계 영역의 확대이고, 세계 영역의 확대는 그 언어의 소유권을 가진 사람들의 영원한 제국이 된다.

국민 한 사람, 한 사람이 시를 쓰고, 소나무처럼, 참나무처럼, 삼천리 금수강산을 채종국 시인의 「시나무」의 숲으로 만들지 않으면 안 된다. 채종국 시인의 「시나무」는 시를 쓰는 나무이고, 연과 연 사이의 가지를 펼치고, 행과 행 사이에 잎새를 활짝 펼친다. 시 한 줄을 위해 생살 같은 잎을 버리고, 시 한 줄을 위해 몸통 사이의 부름켜를 열어 계절을 열고 꽃을 피운다. "뿌리 깊은 생각과 초록이 열린/ 수런대는 말을 가지에 매달"고, "잎에 새겨진 문장"에는 강이 흐른다. 실핏줄과 실핏줄, 문장과 문장 사이의 두런대는 여린 생명의 이야기가 파란 하늘로 흘러 바다에 이른다.

오늘도, 지금 이 순간에도, 시나무와 시나무는 "반짝이는 노래를 찾아/ 아름드리 대지를 펼치고", "별빛 한 페이지와/ 달빛 한 줄을 몸에 새긴/ 들판의 생각 한 잎"을 틔우며, "푸른 허공에 시를" 쓴다.

모든 나무는 사상의 꽃을 피우고, 모든 사상의 꽃은 시의 열매를 맺는다.

나무는 시인이 되고, 시인은 사상가가 되고, 사상가는 가장 이상적인 미래의 인간이 된다.

채종국 시인의 「시나무」는 시의 공화국의 대들보이며, 시의 공화국에는 도덕과 법률이 없어도 군더더기가 하나도 없는 시인과 독자들이 산다.

시와 나무와 인간은 하나이며, 푸르고 푸른 시의 사원에 산다.

김 명 인

차견借見*

지금 내 눈앞에 펼쳐진 시간은

입동에 떠밀린 고요니

묽어진 가을 산과 거기 잇댄

능선을 나는 빌렸다

무료조차 덤이라면 이 풍경,

혼자 누리다가 동지冬至 편으로 네게 보내겠다

한때 지천을 부풀리던 초록이여,

나는 맘과 셈의 낭비가 심한 사람

물려줄 생각보다 빌려 쓸 궁리가 앞선 사람

어느새 탕진하고 여기 서 있다

이로부터 내 표적은 지워질 것이니

누가 남아 눈에 파묻힐

적막을 들춰보겠느냐!

* 남의 서화 따위를 빌려서 봄.

이 세상의 삶을 생물학적이나 자연과학적 측면에서 바라보면 어느 것 하나 싸우거나 다툴 일이 없게 된다. '내가 있고 세계가 있다'라는 자아중심적이고 인간중심적인 사고방식도 다 부질없고, 인간은 물론, 그 모든 생명체들도 다 차용 인생이자 시한부 인생에 지나지 않는다. 우리는 태어날 때부터 죽게 되어 있는 것이고, 이 세상을 살아간다는 것은 다른 생명체에게 빚을 지는 것에 지나지 않는다. 어느 누구도 영원히 살아갈 수는 없고, 어느 누구도 차용금을 상환하지 않고 공짜 인생을 살아갈 수는 없다. 돈한 푼을 가져갈 수도 없고, 땅 한 평을 가져갈 수도 없으며, 그의 생명체를 이루던 원자(물질)들을 다 토해놓고 죽어가지 않으면 안 된다. 이 세상은 잠시 잠깐 수많은 생명체들의 생명을 빌려 소풍 온 것이고, 이 세상의 소풍이 끝나면 즐겁고 기쁘게 돌아가지 않으면 안 된다.

김명인 시인의 「차견借見」은 시한부 인생과 차용 인생을 노래한 시이며, 입동을 지나 동지로 들어가는 길목에서 그 고요와 적막을 노래한 시라고 할 수가 있다. "지금 내 눈앞에 펼쳐진 시간은/ 입동에 떠밀린 고요니/ 묽어진 가을 산과 거기 잇댄/ 능선을 나는 빛"린 것이다. 입동도 나의 소유물이 아니고, 묽어진 가을 산과 거기 잇댄 능선도 나의 소유물이 아니다. 무료조차도 덤이고, 풍경조차도 덤이고, 그러니까 이 고요와 무료조차도 덤으로 혼자 누리다가 곧 다가올 동지편에 돌려보내지 않으면 안 된다. 입동이란 11월 초, 늦가을에서 초겨울로 들어가는 시기를 말하고, 동지란 일 년 중 밤이 가장 길고 낮이 가장 짧은 동면의 시기를 말한다. 입동이란 된서리가 내리는 시기가 되고, 동지란 그러니까 저승사자가 문지방을 넘어오는 시기가 된다.

한때는 꿈도 많았고, 할 일도 많았고, 초록으로 부푼 시절을 보낸 적도 있었을 것이다. 시간도 영원하고, 공간은 무한대로 확대되고, 나는 속절없이 "맘과 셈의 낭비가 심한 사람"으로 살았을 것이다. 왜냐하면 물려줄 생각보다 빌려 쓸 궁리가 앞섰고, 바로 그렇기 때문에, 모든 가능성을 다 탕진하고 말았던 것인지도 모른다. 오만방자함은 쓰디쓴 회한을 남기고, 후회는 깊고, 떠나갈 시간은 얼마 남지 않았다.

차견僭見: 시한부 인생과 차용 인생 앞에서는 만인이 평등하고, 어느 누구도 예외가 없다. 인생은 잠시 다른 생명체들에게 빚을 진 것이며, 후회 없이, 불평 없이, 더 이상 떼 쓰지 말고, 아름답고 깨끗하게 다 상환하고 돌아가지 않으면 안 된다. 나와 우리들의 인생은 '먼지'와 '때'에 지나지 않으며, 물방울처럼, 낙엽처럼, 이윽고 그 흔적조차도 없이 사라져 갈 것이다.

적막과 고요—. 옛 세대가 가고 새 세대가 태어난다.

차견僭見: 이 아름답고 풍요로운 세상에 태어났으니, 모두들 다같이 불평 불만 없이 떠나가기를 바란다.

안 정 옥
빗자루는 흔한 것이잖아

날아다니는 빗자루가 혼란스러운 적 있지 내 방문을 잡
아채려는 마녀, 그들 빗자루를 그냥 두길, 내가 빗나갈 때
빗자루로 맞기도 했지 늘 세워둬 그러나 밤이 되면 빗자루
타고 어디든 날아가야 해, 이것저것 몸소 겪은 뒤, 내 안에
도 나를 지켜주려 애쓰는 이가 있다는 걸 알아볼 줄도

지금도 마녀 탓에 죽어가긴 해 내가 죽은 후 화형을 당
하긴 마찬가지 원래의 뜻과 상관없이 삶은 함부로 뒤섞여
있지 풀려 하면 더 엉켜 그러니 흔하고 보잘것없는 빗자루
나 타고 날아갈 상상이나 할 수밖에

나를 지켜주는 이의 이름을 부를 때 있어 가파름을 건
널 때 내 양 어깨를 잡아준 지도 모르지 그렇지 않고 어떻
게 밤이 지나면 상심의 무게가 반으로 줄었겠어 눈물의 반
도 누군가 울컥 삼켰어 혼자여서 잘 버틸 수 있었던, 그러

니까 내가 달빛을 받으며 빗자루를 타고 멀리 날아가는 걸

목격해도 못 본 척해

빗자루는 먼지나 쓰레기를 치우는 청소도구이고, 일본에서는 그들의 전통의상인 기모노에서 알 수 있듯이, 그들의 도덕성의 상징이라고 할 수가 있다. 쓸고, 쓸고, 또 쓴다는 것은 자기 자신의 몸과 마음을 깨끗이 하고, 그가 소속된 국가와 공동체 사회를 모두가 다같이 사랑하고 행복하게 살 수 있게 하겠다는 꿈과 의지가 담겨 있는 것이라고 할 수가 있다. 일을 하고 공동체 사회를 건설하며 쓰레기를 배출하지 않을 수는 없지만, 그러나 빗자루가 있기 때문에 그 모든 문제들을 다 해결할 수가 있었던 것이다.

빗자루는 일상생활의 필수품이고, 청결성(도덕성)의 상징이기 때문에 빗자루와 관련된 꿈은 대부분이 좋은 꿈이라고 한다. 빗자루로 청소하는 꿈은 훌륭한 인재와 훌륭한 며느리를 얻고 재물의 운이 따르는 것을 말하고, 빗자루를 사는 꿈은 귀인이나 조력자를 만나 어려운 난제들을 해결할 수 있다는 것을 뜻한다. 빗자루를 줍는 꿈은 어떤 단체나 모임에서 인정을 받게 되는 것을 뜻하고, 빗자루를 주는 꿈은 타인의 문제를 해결해주거나 도와주는 것을 뜻한다. 이와 반대로, 빗자루가 부러지는 꿈은 가세가 기울거나, 빗자루를 타고 날아가는 꿈은 어떤 나쁜 짓을 하고 도망가는 것을 뜻한다고 한다.

안정옥 시인의 말대로, '빗자루는 흔한 것'이지만, 우리는 빗자루 없이는 살 수가 없고, 이 빗자루를 로봇이나 진공청소기로 대체할 수도 없다. 쌀도, 배추도, 금은보화도 너무 흔하면 귀한 줄을 모르듯이, 우리는 이 빗자루를 아주 우습게 알고 빗자루의 유용함과 소중함을 잊고 지낸다. 오죽하면 빗자루로 얻어 맞고, 빗자루가 내 방문을 잡아채는 마녀라고 생각했던 것이고, 오죽하면 정든 고향 땅과 부모 곁을 떠나 빗자루를 타고 날아다니는 꿈을 꾸게 되었던 것이란 말인가? 흔하거나 친숙하면 지겹고, 지겹고 싫증이 나면 멀어진다. 친구도 가까운 데에 있고, 원수도 가까운 데에 있다. 소중한 것도 가까운 데에 있고, 쓸모 없는 것도 가까운 데에 있다. 친구와 원수의 상징도 빗자루이고, 소중한 것과 쓸모 없는 것의 상징도 빗자루이다. 빗자루는 도덕성의 상징이면서도 반도덕성의 상징인데, 왜냐하면 도덕과 정의가 채찍, 즉, 타인을 구속하고 학대하는 채찍이 될 수도 있기 때문이다.

　마녀란 온갖 이상하고 괴이한 짓을 다 연출하고, 도덕과 법률을 파괴하는 것은 물론, 신성모독적인 그 모든 짓을 다하게 만든다. 따라서 동양과 서양을 막론하고 나라에 큰 기근이 들거나 대역죄인들이 나타나면 마녀 사냥을 하게 되고, 그 마녀에게 모든 죄를 다 뒤집어 씌우면 그 재앙들이 사라진다고 믿어 왔던 것이다. 마녀란 가공의 인물이며 실체가 없는 것이지만, 조루다노 브로노와 갈릴레이 갈릴레오, 또는 데카르트와 장 자크 루소와 프로이트와도 같은 인물들마저도 이 마녀 사냥의 희생자들이라고 해도 지나친 말이 아니다.

　나는 지금도 마녀 탓에 죽어가고, 내가 죽으면 시대를 잘못 태어난 죄로 화형을 당할 것이다. 애시당초 모든 것은 내 뜻과는 상관없이 함부로 엉켜있고, 그것을 풀려고 하면 그 일들이 더욱더 뒤죽박죽으로 엉켜버린다. 그러니까 바로 이처럼 일이 꼬이고 뒤죽박죽으로 엉켜버릴 때, 그 흔하고 보잘것없는 빗자루는 탈 것이 되고, 나는 구속과 억압의 굴레에서 벗어나는 자유를 맛보게 되는 것이다.

　안정옥 시인을 늘, 항상 지켜준 사람이 누구인지는 모르겠지만, 그러나 안정옥 시인이 어렵고 힘들 때마다 그의 이름을 부르면 그가 달려와 그의 양 어깨를 잡아주었는지도 모른다. 바로 그렇기 때문에 그의 "상심의 무게가 반으로 줄고", 수많은 밤도 잘 지낼 수가 있었던 것이다. "눈물의 반도" 그가 울컥 삼켜주었고, "혼자"여도 잘 버틸 수 있게 해주었던 그는 영원한 나의 수호천사, 즉, "빗자루"였다고 할 수가 있다.

빗자루는 먼지나 쓰레기를 치우는 청소도구이며, 생활필수품이다. 빗자루는 청결성과 도덕성의 상징이자 그 어느 누구의 잘못도 단죄할 수 있는 채찍이라고 할 수가 있다. 빗자루는 우리들을 유혹하는 마녀이자 새로운 세계로 인도해주는 수호천사이고, 그 모든 문제들을 풀어주는 해결사라고 할 수가 있다. 빗자루는 흔한 것이기 때문에 소중한 것이고, 빗자루는 소중한 것이기 때문에 흔하지 않은 것이다. 빗자루를 타고 시를 쓰고, 빗자루를 타고 도덕과 관습을 꾸짖고, 빗자루를 타고 그 더럽고 추한 모든 것을 다 쓸어버린다. 빗자루를 타고 연애를 하고, 빗자루를 타고 아이를 낳고, 빗자루를 타고 푸르고 푸른 하늘을 마음껏 날아다닌다.

이 세상에서 가장 흔한 빗자루를 타고 빗자루와 함께 소꿉놀이를 하고 있는 안정옥 시인은 상상력의 천재이자 그 상상력의 행복을 산다고 할 수가 있다. 상상력은 감성보다 더 뛰어나고, 상상력은 이성보다도 더 힘이 세다. 상상력이 없는 감성은 피상적이고, 상상력이 없는 이성은 그 뿌리조차도 내릴 수가 없다. 상상의 힘은 이 세계와 우주를 구상하고, 가장 충직한 이성과 감성으로 하여금 끊임없이 사유하고, 느끼고, 실천하도록 빗자루를 타고 다니며 채찍질을 해댄다.

상상력의 힘은 전지전능하고, 모든 시와 이 세계와 이 우주, 그리고 그 어느 것도 우리 시인들이 창조하지 않은 것이 없다.

박 분 필

푸른 말

푸른 들판을 종일 떠돌던 하얀 말 한 마리 뜨거운
방황의 숨결이 내게로 손을 뻗는다

하얀 말을 그려달라는 의뢰를 받고 푸른 말이
좋아 푸른 말을 그려 거절당했다는 고갱의 그림에서
탈출한 푸른 말일까

무명베에 푸른 풀물이 배어들 듯 하얀 말이
푸른 말로 변해가는 저 한 폭의 명화

슬픔을 지닌 슬픔
슬픔을 삭여낸 슬픔

가지고 있던 많은 조건들을 다 버리고 떠나온 그 길과
저 길을 잠시 더듬어 보는 듯, 그는 마치 눈만 커다랗게

살아있는 것처럼, 뻣뻣하고 긴 속눈썹을 꿈틀거린다

해질녘 으슴푸레한 빛이
현실과 환상을 넘나든다

스물 스물 기어오르는 찬 기운을 견디며 넓은 초원의
풍경을 굶주린 듯 응시하는 저 갈망은 아마도 증오나
욕망이 아닌 새롭고도 강렬한 호기심일 것이다

말은 인간과 아주 가까운 동물이며, 아름다운 머리와 갈기와 그 건강하고 튼튼한 두 다리는 하룻밤에도 천리를 달린다. 옛이야기와 신화 속에서의 말은 날개가 달렸고, 그 천마를 탄 인간은 천하무적의 영웅으로 만인들의 존경과 찬양의 대상이 된다. 비록, 옛이야기와 신화 속의 주인공은 아니지만, 백마를 탄 기사는 우리들의 꿈과 이상을 실현시켜 줄 영웅이며, 모든 연애 소설과 영화의 주인공으로 등장하기도 한다. 검은 말이나 갈색의 말보다 하얀 말이 더 우월하고 우수한 종일는지는 모르지만, 하얀 말은 순수함과 정결함의 상징이며, 모든 고귀하고 위대한 영웅들이 좋아했던 말이라고 할 수가 있다.

만일, 그렇다면 박분필 시인의 「푸른 말」이란 어떤 말이란 말인가? 실제로 폴 고갱이 푸른 말을 그렸는지는 모르겠지만, 푸른 말은 젊고 건강하고 영원한 청춘의 말이며, 푸르고 푸른 초원의 야성을 지닌 말이라고 생각된다. "푸른 들판을 종일 떠돌던 하얀 말 한 마리 뜨거운/ 방황의 숨결이 내게로 손을" 뻗고, "하얀 말을 그려달라는 의뢰를 받고 푸른 말이/ 좋아 푸른 말을 그려 거절당했다는 고갱의 그림에서/ 탈출한 푸른 말"이 그것을 말해준다.

하지만, 그러나 "무명베에 푸른 풀물이 배어들 듯 하얀 말이/ 푸른 말로 변해가는 저 한 폭의 명화"처럼 푸른 말은 상상 속의 존재에 지나지 않으며, 따라서 "슬픔을 지닌 슬픔/ 슬픔을 삭여낸 슬픔"으로 박분필 시인은 이「푸른 말」을 쓰게 되었던 것인지도 모른다. 아무튼, 어쨌든, 하얀 말로서의 미모와 건강과 영광과 찬사, 즉, 수많은 조건들을 다 버리고 떠나온 푸른 말, 그가 떠나온 길을 잠시 더듬어보는 것처럼 큰눈의 긴 속눈썹을 꿈틀거리는 푸른 말―, 박분필 시인은 그 푸른 말을 바라보면서 "해질녘 으슴푸레한 빛"과 함께, "현실과 환상을 넘나든다."

인간과 짐승의 생애는 단 한 순간이며, 그 짧은 순간임을 깨달았을 때는 깊고 깊은 회한이 남는다. 아차, 하고 잘못 살았다는 생각과 함께 이 삶의 이치를 깨닫지 못하고 매우 어리석고 우매하게 살았다는 자기 책망과 질책이 하얀 말의 삶을 버리고 푸른 말을 꿈꾸고 있는 것인지도 모른다. "스물 스물 기어오르는 찬 기운을 견디며"가 그것을 말해주고, "넓은 초원의/ 풍경을 굶주린 듯 응시하는 저 갈망은 아마도 증오나/ 욕망이 아닌 새롭고도 강렬한 호기심일 것이다"가 그것을 말해준다.

강렬한 호기심은 「푸른 말」의 꿈의 원동력이고, 그 꿈이 해질녘의 으슴푸레한 빛으로 타오르며, 내일의 아침을 약속한다. 「푸른 말」의 기사는 꿈이 큰 자이며, 꿈이 큰 자는 그 어떤 고통도 다 받아들여 그의 충신으로 삼는다. "슬픔을 지닌 슬픔"을 "슬픔을 삭여낸 슬픔"으로 발효시키고, 그는 이 세상과 저 세상, 땅과 하늘을 천마 페가수스처럼 자유자재롭게 날아다닌다. '나'는 나 자신의 주연배우이고, '나'의 행복의 연주자이다. 우리 시인들은 모두가 다같이 짧고 슬픈 인생을 영원하고 아름다운 인생으로 변모시키기 위하여 고통을 충신(호위무사)으로 거느리며, 전지전능한 신의 역할을 맡지 않으면 안 된다. 나는 시바이고 마호메트이며, 나는 부처이고 예수이고, 나는 호머이고 셰익스피어이다. 우리는 모두가 다같이 "한 폭의 명화"처럼 푸른 말을 타고, 넓고 넓은 초원과 이 우주의 주인공이 되지 않으면 안 된다.

나는 가정 속의 존재이고, 사회 속의 존재이다. 나는 인간과 인간의 관계 속의 존재이고, 국가 속의 존재이다. 우리는 모두가 다같이 '한 폭의 명화'처럼 푸른 말을 타고 가야하지만, 그 모든 점에서 솔선수범하고 사회 속의 인간임을 잊어서는 안 된다. 개인은 유한하고 인간은 영원하다. 시는 낙천주의를 양식화시킨 것이고, 우리는 아름다운 삶과 행복한 죽음을 죽어가지 않으면 안 된다.

박 지 현

고등어의 유언

칼을 들어
머리를 치려는데
깊고 푸른 눈동자가
나를 쳐다본다

조심해
죽고 사는 게 한 끗 차이야
사방이 덫이고 아차 하면 나락이야

나도 한때는 잘나갔었어
등 푸른 생선 가문에 태어난 데다
윤기 흐르는 매끈한 몸매에
눈빛까지 깊고 그윽하다고 인기가 하늘을 찔렀지
나 때문에 물 만난 물고기라는 말이 생길 정도였다니까

세상은 넓고
어디든 갈 수 있다 믿었어
뭐든 내가 하고픈 대로 다 했었지

내가 아는 세상이 다가 아니라는 걸
너무 늦게 깨달았어

정신 바짝 차리고 살아
지금 칼자루 잡고 있다고 그게 영원할 거라 착각하지 마
칼날이 어디로 향할지는 아무도 모르는 거야
누가 언제 도마 위에 오를지도

이른 아침 도마 위에서
고등어가 내게 남긴
서늘한 유언

천하도 좁다고 그토록 지랄발광을 하던 황제도 그가 죽
으면 기껏해야 한 줌의 흙에 지나지 않는다. 인생이란 죽
음 이전에 결정되어 있고, 어느 누구도 이 운명의 굴레를
벗어날 수는 없다. "죽고 사는 게 한 끗 차이"이고, "사방이
덫이고 아차 하면 나락"으로 떨어질 수밖에 없다.

　부자일 때는 가난한 자를 욕하고, 가난할 때는 부자를
욕한다. 권력을 가졌을 때는 타인들의 존재와 권리를 짓밟
고, 권력을 갖지 못하였을 때는 공정한 권력과 만인평등을
강조한다. 인간은 누구나 자기 중심의 이기주의자이며, 따
라서 자기 자신의 입신출세와 이익을 위해서라면 그때 그
때마다 배신과 변절을 밥 먹듯이 하게 된다. 인류의 역사
는 배신과 변절의 역사이며, 이 배신과 변절의 역사 속에
우리 인간들의 삶이 있는 것이다.

　황박지현 시인의 「고등어의 유언」은 "등 푸른 생선 가
문", 소위 지배계급의 회한이 담겨 있는 시이며, 자기 자신

의 삶을 반성하고 성찰하며 '함부로 권력을 행사하지 말라'
는 금언을 노래한 시라고 할 수가 있다. "나도 한때는 잘
나갔"고, "나 때문에 물 만난 물고기라는 말이" 생겨났다고
해도 틀린 말이 아니다. 왜냐하면 등 푸른 가문에서 태어
난 데다가 윤기가 흐르는 매끈한 몸매와 함께, "눈빛까지
깊고 그윽하다고 인기가 하늘을 찔렀"기 때문이다. 요컨대
세상은 더없이 넓고, 어디든지 다 갈 수가 있고, 이 세상에
서 모든 일들을 다 할 수가 있다고 믿고 있었던 것이다.

하지만, 그러나 "내가 아는 세상이 다가 아니라는 걸/ 너
무 늦게 깨달았"고, 그 결과, 도마 위에 놓인 고등어의 신
세에 지나지 않게 된 것이다. "정신 바짝 차리고 살아/ 지
금 칼자루 잡고 있다고 그게 영원할 거라 착각하지 마/ 칼
날이 어디로 향할지는 아무도 모르는 거야"라는 「고등어의
유언」은 때늦은 후회와 때늦은 만각, 즉, 그의 뼛속까지 파
고드는 회한의 소산일 수도 있지만, 그러나 이 세상의 배
신과 변절의 역사는 좀처럼 변하지 않는다. 왜냐하면 권력
은 좋은 것이고, 눈앞의 이익은 더욱더 좋은 것이기 때문
이다.

무리를 짓는 동물들의 특성상, 만인들 위에 군림을 하며
명령을 내린다는 것도 즐겁고 기쁜 일이고, 권력의 본보기

로서 타인들의 재산을 빼앗고 괴롭히는 일도 즐겁고 기쁜 일이다. 순간을 영원하다고 믿으며, 이 권력자의 망상 속에서 살아간다는 것은, 비록, 배신과 변절의 역사 속에 도마 위의 고등어처럼 난도질을 당하게 될지라도 더욱더 즐겁고 기쁜 일이 아닐 수가 없는 것이다.

내가 있고, 세계가 있다. 내가 존재하지 않는다면 이 세계도 존재하지 않는다. 이 자기 중심사상이 이기주의의 토대가 되고, 이 이기주의를 통해서 그의 권력욕망이 싹튼다. 권력은 약이면서도 독약이고, 이 권력을 제대로 사용할 줄 아는 자는 전 인류의 스승인 사상가일 수밖에 없다.

황박지현 시인의 「고등어의 유언」은 등 푸른 생선의 '서늘한 유언'이며, 우화로서의 최고급의 지혜의 소산이라고 할 수가 있다.

돈과 명예와 권력, 배신과 변절, 사생결단식의 승리와 패배—.

대부분의 권력은 인류의 아편이고, 너무나도 어리석고 크나큰 파멸이 약속되어 있는 것이다.

유 계 자
등꽃 목욕탕

꽃 뭉치가 샤워기 같다
일 년에 단 열흘만 개장한다는 등꽃 목욕탕

강변의 사각정에 올려놓은 등꽃, 사방에서 틀어놓은 샤
워기처럼 보라색 물이 쏟아진다

등꽃 그 뜨신 향기에 먼저 민들레가 몸을 담그고 멧비둘
기도 날개를 적시고 바람은 털썩 바닥에 앉아 신을 벗는다
막 들어온 햇살이 꽃뭉치 샤워기를 끝까지 틀어놓는다

어질어질 물길은 깊어져 온통 보라빛 향기 속으로
자주 응급실을 들락거리던 한 여자가 시든 몸을 담근다
부은 발을 주무르고 훈김 오르는 물방울이 안경 속으로
후드득 떨어진다
돌아앉은 그녀의 등을 멧비둘기가 꾸욱꾸욱 밀어주고

있었다

　풀어진 여자가 탕 속에서 나오자 참새 몇 마리 슬픔의
각질들을 서둘러 치우고 등꽃 목욕탕은 노을을 받을 채비
를 하고 있었다

유계자 시인의 「등꽃 목욕탕」은 그가 최초로 명명한 시이자 자연의 목욕탕이라고 할 수가 있다. 때는 어느 봄날이고, 장소는 어느 강변의 사각정이다. 일 년에 단 열흘만 개장하는 「등꽃 목욕탕」은 자연의 목욕탕이자 만물의 목욕탕이라고 할 수가 있다. 보랏빛 꽃송이는 샤워기가 되고, 사방에서 틀어놓은 샤워기에서 보라색 물이 쏟아지면 민들레가 몸을 담그고 멧비둘기가 날개를 적신다. 바람도 털썩 신발을 벗고 바닥에 앉고, "어질어질 물길은 깊어져 온통 보라빛 향기 속으로/ 자주 응급실을 들락거리던 한 여자가 시든 몸을 담근다." "부은 발을 주무르고 훈김 오르는 물방울이 안경 속으로 후드득 떨어"지면 "멧비둘기가" "그녀의 등을" "꾸욱꾸욱 밀어"준다. 목욕을 마친 여자가 등꽃 목욕탕을 나오면 참새 몇 마리가 "슬픔의 각질들을 서둘러 치우고" 유계자 시인의 「등꽃 목욕탕」은 저녁 노을을 받을 채비를 서두른다.

천의무봉—. 푸른 하늘, 푸른 들판, 자연의 「등꽃 목욕탕」에는 어느 것 하나 부자연스럽거나 흠결이 있는 것이 없다. 강변의 사각정은 등꽃 목욕탕이 되고, 수많은 등꽃들이 샤워기가 되어 보라색 물을 쏟아내면 민들레가 몸을 담그고 멧비둘기가 날개를 적신다. 바람도 털썩 신발을 벗고 바닥에 앉고, 한 여자의 시든 몸을 멧비둘기가 꾸욱꾸욱 밀어준다. 멧비둘기가 여자의 몸을 꾸욱꾸욱 밀어주면, 몇 마리의 참새들이 그녀의 슬픔의 각질들을 서둘러 치워주고, 유계자 시인의 「등꽃 목욕탕」은 저녁 노을을 받을 채비를 한다. 자연과 동물, 인간과 자연, 동물과 식물, 아침과 저녁 노을 등이 조화를 이루며, 이 세상의 때묻은 마음과 병든 몸이 다 치유된다.

'시간의 일치'와 '장소의 일치'와 '연기의 일치'가 너무나도 아름답고 너무나도 완벽하게 조화를 이루고 있는 유계자 시인의 「등꽃 목욕탕」—. 시는 천국이 되고, 천국은 만물들의 삶의 터전이 된다. 「등꽃 목욕탕」은 유계자 시인의 상상력의 산물이라는 점에서 그의 열정의 소산이 되고, 그의 열정이 극적인 사건의 전개로 이어진다는 점에서 대서사시가 된다. 이 세상의 삶은 보랏빛 등꽃처럼 화려하지만, 그러나 그 화려함은 화무십일홍花無十日紅의 슬픔으로 귀결될 수도 있다. 아니, 아니, 이 세상은 화무십일홍의 유한성이 있기 때문에, 그 아름다움이 영원성으로 이어지고 있는 것인지도 모른다.

오늘은 2023년 10월 9일, 세종대왕께서 1446년 이 세상에 최초로 훈민정음을 반포하셨고, 그 결과, 이 세상에서 가장 아름답고 뛰어난 한글이 탄생하게 된 것이다.

유계자 시인의 「등꽃 목욕탕」은 모든 것이 가능하고 어느 것 하나 부족한 것이 없는 우리 한국어의 아름다움과 그 진수라고 하지 않을 수가 없다.

이 향 이
말 농장

원래 농장의 말들은 다정하고 한가로웠다
언제부터인지 모양도 다르고 색깔도 다른 말들이
농장에 점점 넘쳐났다

더러는 따뜻해 온 몸이 훈훈하기도 하고
다정해 다가가면 싸늘한 냉기로 돌아오는 말도 있었다

누군가의 마음을 훔쳐
신 신을 발도 없는 말이 천리 길을 다녀오는 동안
먼지만 했던 말이
눈덩이처럼 커져서 돌아 오고는 했다

맹수의 포효처럼 요란한 소리로
주변의 고요를 해치는 말도 있었는데
그런 말 주변에는 눈가 거무스레한 피곤이 넘쳐났다

뾰족한 내 말은 어디를 다니고 있을까

가야 할 길을 벗어난 말은 좌충우돌
상대를 상하게 한다

구겨진 마음을 반듯하게 펴주는 말
한 마디 말로 천냥 빚을 갚는 말은
봄비처럼 촉촉이 주변을 적시고

따뜻한 말에는 꽃이 핀다

인간이 있고 말이 있는 것일까? 말이 있고 인간이 있는 것일까? 말은 인간과 돈의 관계와도 똑같은데, 왜냐하면 인간이 있고 말이 있는 것이지만, 그러나 우리 인간들은 '말의 우주'에서 말이 없으면 살아갈 수가 없기 때문이다. 우리가 태어나면서 제일 먼저 배운 것도 말이고, 우리가 이 세상을 떠나갈 때 남기고 가는 것도 말이다. 말이 돈보다 더욱더 소중한데, 왜냐하면 말의 운행궤도에 따라서 돈은 운동하는 재화가치에 지나지 않기 때문이다. 말은 우리 인간들의 대동맥이고 실핏줄이고, 말은 우리 인간들의 삶의 양식이고 삶의 의지이다. 말은 건강이고 요양원이고, 말은 운동장이고 놀이기구이다. 말은 생명이고 호흡이고, 말은 병이고 죽음이다. 아마도 어떤 언어학자도 말의 기능과 그 본질을 다 꿰뚫어보고 최종적인 언어학을 완성할 수는 없을 것이다.

말은 시도 때도 없이 태어나고 죽으며, 똑같은 말과 똑같은 말(문자)도 그 사용하는 사람과 듣는 사람에 의하여 수없이 변하고 다르게 들린다. 친구라는 말도 적으로 들릴 때가 있고, 적이라는 말도 친구라는 말로 들릴 때가 있다. 쌍욕과 헛소리도 즐겁고 유쾌하게 들릴 때도 있고, 사랑한다는 말도 너무나도 소름이 끼치고 싫을 때도 있다. 말은 장소, 위치, 시간, 그 주체자들의 마음과 건강 상태에 따라 천변만화하는 얼굴을 지녔으며, 이 지구상의 80억 명이 사용하는 말보다도 더 많은 말들이 살아 움직이고 있다고 할 수가 있다. 아직 태어나지 않았지만 배냇짓을 하는 말, 숨 죽인 말, 호시탐탐 기회를 노리며 매복해 있는 말, 잠 자는 말, 잠 들은 척 하고 내숭을 떨고 있는 말, 상대방의 목을 단숨에 비틀기 위해 전략과 전술을 연마하는 말, 수많은 생명과학자와 인공지능에게 말을 가르치고 있는 말, 수천 번을 듣고 수십 년 동안이나 사용했으면서도 그 의미가 불분명한 말 등―. 아아, 어쩌다가 말이 말을 부르고, 말이 말의 새끼를 치며 이처럼 수천 년, 또는 수억 년의 시간과 공간을 초월하여 그토록 수많은 말들이 살아 움직이게 된 것일까? 아마도 이 세상의 모든 도서관의 장서와 모든 컴퓨터와 인공지능도 다 기록하고 사용할 수 없는 것이 우리 인간들의 말과 말의 의미일 것이다. 이 세계는 말의 대지이고 말의 바다이며, 말의 우주라고 할 수가 있다.

이향이 시인에 의하면 "원래 농장의 말들", 즉, 최초의 말들은 다정하고 한가로웠지만, "언제부터인지 모양도 다르고 색깔도 다른 말들이/ 농장에 점점 넘쳐"나게 되었다. "더러는 따뜻해 온몸이 훈훈"해 지는 말도 있었고, "다정" 하지만 은밀히 다가가면 "싸늘한 냉기로 돌아오는 말도 있었다." "누군가의 마음을 훔쳐/ 신 신을 발도 없는 말이 천리 길을 다녀오는 동안/ 먼지만 했던 말이/ 눈덩이처럼 커져서 돌아 오고는 했다." "맹수의 포효처럼" 사납고, "주변의 고요를 해치는 말도 있었는데/ 그런 말 주변에는" 항상 "눈가가" "거무스레한 피곤이 넘쳐났"던 것이다.

이향이 시인은 그의 「말 농장」에서 이처럼 수많은 말들과 그 역사를 기록한 후, "뾰족한 내 말은 어디를 다니고 있을까"라고 그 행방을 찾고 있는 것이다. 뾰족한 말은 못이나 송곳처럼 흉기가 될 수도 있고, 따라서 "가야 할 길을 벗어난 말들"은 "좌충우돌", 수많은 타인들을 해칠 수도 있다. 말은 내 몸과 마음, 또는 내 두뇌에만 머무르는 말이 아니며, 우리가 사용하고 뱉어놓은 말들은 내 의지와 내 뜻과는 다르게 제멋대로 타인들을 헐뜯고 이간질을 하며 상처를 입게 한다. 내가 한 말은 나의 말이 아니고, 내가 기르고 사육하고 있는 말도 나의 말이 아니며, 궁극적으로 우리들이 사용하고 있는 말은 우리들의 말이 아니다. 나의 주인은 말이고, 나는 말의 명령에 따라 때로는 예의바르게, 때로는 미친듯이 길길이 날뛰거나, 또는, 때로는 아주 다정하고 정숙하게, 때로는 우울하고 쓸쓸하게 살아간다.

말은 온순하고 착하고, 말은 상냥하고 따뜻하다. 말은 차갑고 사악하고, 말은 무뚝뚝하고 사납다. 말은 그 무엇보다도 뜨거운 열정으로 만인들을 감동시키고, 말은 그 무엇보다도 분노와 흥분으로 길길이 날뛰며 그 모든 것을 다 때려 부순다. 사랑의 말, 평화의 말, 행복의 말, 친교와 우정의 말, 사기꾼의 말, 배신의 말, 험담의 말, 증오의 말, 쓸쓸하고 우울한 말, 너무나도 슬프고 불행한 말 등―. 우리는 누구나 다같이 자기 자신의 「말 농장」의 주인이고, 언제, 어느 때나 아주 훌륭하고 멋진 말들을 타고 다니는 백기사처럼 보일 수도 있다.

이 세상의 근본 이치는 생존경쟁이고 투쟁이지만, 그러나 때로는 싸우지 않고 경쟁하지 않고 살고 싶을 때도 있을 것이다. 구겨진 말도 반듯하게 펴줄 수도 있고, 한 마디의 말로 천냥 빚을 갚을 수도 있다.

말, 말, 봄비처럼 촉촉이 주변을 적시고, 따뜻한 말들로 우리 인간들의 사랑과 평화와 행복을 꽃 피울 수도 있다.

　이향이 시인은 평화주의자이고, 그의 「말 농장」은 참으로 많은 것을 생각하게 해준다.

권 기 선
if 빙하기

그날 지구에는 밀가루처럼 눈이 내렸다. 나쁜 마음을 먹기도 해야 하는 일일까. 쌓이는 눈을 보면서 생각했다. 사람은 다 이렇게 살아, 평범하게 살아가라는 말 그것이 정답이 될 수는 없었다. 목적지 없이 맴돌고 있을 뿐이라는 생각

심호흡하고 나면 하늘의 자세가 불편해 보였다. 사람에 상처받아 일을 그만둔 나는 빙하기 같았다. 세상 모든 일을 짊어지기라도 한 것처럼 굴다
미친 사람들이 있다,
그렇게 되지는 말아라, 아버지와 술을 마시다 혼자 술잔을 이어간 날

내 방에도 밀가루처럼 눈이 내렸다. 사람을 탓했고 사람들을 원망했다. 아무와도 만나고 싶지 않은 기분으로

내가 아닌 사람들은 모두 잘 살고 있는 것처럼 보일 때
가 있었고 사람과 대화를 나눈 계절은 끝나 빙하기가 시작
된 것 같은,

　지구가 얼어붙고 이제 건조한 영화가 시작된 것 같은,
　사랑하는 일을 말하고 기억하는 것의 온도가 깨진,

　사람과 멀어지는 계절과 사람이 싫어지는 계절만 있는
나라

　따뜻한 사람이고자 했던 내가 약해지는 모습으로 점점
추락하고 마는 시간이었던,

　차가운 눈이 내리는 방
　내 방에서 가장 슬픈 눈물이 뭉치고 있다.

　아름다운 일만 있는 것이 아닌
　마음의 빙하기

그날 지구는 폭포수 같은 눈을 계속해서 내렸다. 나쁜 행성이 되어가는 것만 같았다.

우리 세대, 즉, 농경민의 세대인 우리들에게는 하얀 눈이 쌀가루처럼 내린다고 생각했지만, 서양식 음식문화에 익숙한 요즈음 젊은이들에게는 하얀 눈이 밀가루처럼 생각되는 것도 자연스러운 일일 것이다. 하얀 눈이 쌀가루처럼 내리거나, 또는 밀가루처럼 내리거나 그것은 가난과 관련이 있고, 그 옛날의 농경사회나 요즈음의 산업사회나 절대로 없어지지 않는 것은 부유함과 가난이라는 양극화 구조 속에 가난한 사람들일 것이다. 부유한 사람들에게 이 세상은 더없이 아름답고 풍요롭게 보이지만, 가난한 사람들에게 이 세상은 더없이 서럽고 슬프게만 보인다. 부유한 사람들에게 세상은 넓고 할 일도 많지만, 가난한 사람들에게는 세상은 좁디 좁고 할 일도 없다.

권기선 시인의 「if 빙하기」는 "아름다운 일만 있는 것이 아닌/ 마음의 빙하기"이며, "사람에 상처받아 일을 그만둔" 자기 자신의 처지와 그 마음을 '빙하기'로 표현한 매우 아름답고 슬픈 시라고 할 수가 있다. "사람은 다 이렇게 살아, 평범하게 살아가라는 말"과 "세상 모든 일을 짊어지기라도 한 것처럼 굴다/ 미친 사람들이 있다" 사이의 갈등과 고민도 있고, "내가 아닌 사람들은 모두 잘 살고 있는 것처럼 보일 때"도 있고, "사람과 멀어지는 계절과 사람이 싫어지는 계절만 있는 나라"에서 "따뜻한 사람이고자 했던 내가 약해지는 모습으로 점점 추락하고 마는 시간"도 있다. 우리는 어디에서 와서 무엇을 하며, 우리는 어디로 가고 있단 말인가? 우리는 먼지처럼 왔다가 먼지처럼 떠돌다가 우리는 기어코 먼지처럼 사라지고 있는 것인지도 모른다. 흙수저와 금수저, 명문학교와 비명문학교, 고위공직자와 하급관리, 회장과 사원, 실업자와 대통령 등─. 하지만, 그러나 누구나 다같이 먼지처럼 왔다가 먼지처럼 사라져간다면 이 모든 것은 뜬구름 속의 소꿉장난과도 같은 것이다. 평범하게 살고 싶지만 평범하게 살 수도 없고, 이 세상의 모든 짐을 다 짊어지고 영웅호걸처럼 살고 싶지만 그럴 수도 없다. 평범과 비범, 가난과 부유함, 취업과 실직 사이의 수많은 갈림길에서 권기선 시인의 고민은 깊어지고, 그어떤 출구도 없다는 것이 그의 마음을 「if 빙하기」로 만들고 있는 것인지도 모른다.

이 세상의 삶의 의지는 꿈이고, 꿈은 그 어떤 병도 다 치료할 수 있는 만병통치약이다. 꿈이 있으면 단 하나뿐인 목숨을 걸고서라도 그 길을 가고, 꿈이 있으면 십자가에 못 박혀 죽거나 벼락거지가 되었어도 행복하다고 말한다. 모든 의지는 꿈이고, 모든 병은 꿈을 잃어버린 마음의 병이다. 권기선 시인의 「if 빙하기」는 꿈을 상실한 자로서의 마음의 병의 산물이며, 아직 젊고 건강하고 수많은 가능성이 있는 젊은이로서 암중모색의 시라고 할 수가 있다. 빙하기는 모든 것이 다 얼어붙고 그 어떤 기적도 일어나지 않는 시기이지만, 그러나 모든 것을 참고 견디며 꿈을 찾는다면 반드시 아름다운 일들이 일어날 것이다.

사람이 좋아지고 사람과 가까워지는 마음의 해빙기, 이 해빙기에서 무한한 성실성을 연주하며 "따뜻한 사람이고자 했던" 권기선 시인이 모든 젊은이들에게 꿈과 용기를 북돋아주고, 우리 한국어의 영광 속에 가장 고귀하고 위대한 시인의 둥지를 틀 수도 있을 것이다.

이 지구상의 가장 아름다운 대한민국에서 밀가루 같은 눈이 쏟아지고, 어서 빨리 "나쁜 행성이 되어가는" 지구의 질병이 퇴치되고, 모두가 다같이 밝고 명랑하고 행복하기를 바랄 뿐이다.

주 경 림

사슴 모양 뿔잔 토기

눈매가 천진한 사슴이 뒤를 돌아보며

"주인님, 제 등에 오르세요."

쫑긋한 귀에, 뿔이 없어 더 착해 보이는

사슴 표정에 그만 끌리어

등허리에 내 영혼을 올려 태웠다

그러자,

나를 태운 사슴이 달리기 시작했다

엉덩이에 붙어있던 짧은 꼬리가

위로 들렸다가 내리치면서 속도가 더 빨라졌다

사슴 등 위의 V자 모양의 뿔잔이

날개로 펼쳐졌다

함안 말이산 정상, 아라가야의 45호 무덤에서

나를 태운 사슴 모양 뿔잔이 하늘로 날아올랐다

날개 달린 말, 페가수스 별자리가

오늘 밤에는,

날개 펼친 사슴 별자리로 보인다.

우리 인간들은 모두가 다같이 학생들이며, 우리가 이 세상을 살아가는 동안 끊임없이 책을 읽고 공부를 하지 않으면 안 된다. 끊임없이 새로운 학문을 공부한다는 것은 앎(지식)을 축적한다는 것이고, 앎을 축적한다는 것은 이 앎의 힘으로 상상력의 날개를 펼쳐나갈 수가 있다는 것이다. 앎은 상상력의 날개를 지녔고, 상상력의 날개는 우리가 이제껏 경험해보지 못한 새로운 세계로 안내를 해준다.

제우스 신은 독수리의 날개를 달고 날아 다녔고, 그의 사신使臣인 헤르메스는 샌달을 신고 날아다녔으며, 벨레로폰은 천마 페가수스를 타고 날아 다녔다. 이 고귀하고 위대한 신들, 즉, 이 고귀하고 위대한 인간들은 최고급의 인식의 제전인 앎의 투쟁에서 최종적인 승리를 거두었으며, 그 결과, 자유자재롭게 하늘을 날아다녔던 것이다. 이 세상에서 가장 힘이 센 것은 상상력이고, 이 세상에서 가장 빠른 새도 상상력이다. 모든 싸움은 앎, 즉, 상상력의 싸움이고, 이 상상력의 싸움에서 패배를 하면 개인이나 민족이나 국가는 미래의 희망이 없게 된다. 오직 그는 타인의 말과 명령에 복종을 해야 하고, 주인의 허락 없이는 자기 자신이 태어나고 부모형제가 살고 있는 고향 땅에도 가지 못하게 된다.

모든 선생은 선생이라는 탈을 벗고 학생이 되지 않으면 안 되고, 늘, 항상, 몸과 마음을 깨끗하게 하고 앎을 배우고 실천하는 자세로 살아가지 않으면 안 된다. 앎은 언제, 어느 때나 "눈매가 천진한 사슴이" 되어 "주인님, 제 등에 오르세요"라고, 그의 "등허리에 내 영혼을 올려" 태워주게 될 것이다. "나를 태운 사슴이 달리기 시작"하고, "엉덩이에 붙어있던 짧은 꼬리가/ 위로 들렸다가 내리치면서 속도가 더 빨라"지고, "사슴 등 위의 V자 모양의 뿔잔이/ 날개로 펼쳐"진다.

'제일급의 좋은 시냐, 아니냐'의 싸움은 상상력의 싸움이고, 이 상상력이 어떠한 수준에서 그 날개를 펼쳐 보이느냐에 따라서 그 운명이 결정된다고 할 수가 있다. 유선통신에서 무선통신으로, 전자계산기에서 컴퓨터로, 단순 전화기에서 스마트폰으로, 단순 로봇에서 인공지능으로의 변모에는 최고급의 인식의 제전, 즉, 상상력의 혁명이 작용했던 것이며, 그것이 오늘날 현대문명의 성과라고 할 수가 있다. 이러한 현대문명의 성과는, 그러나 고대인들의 신화적 상상력에 기초를 두고 있는 것이며, 제우스와 헤르메스와 벨레로폰이 하늘을 날아다니지 않았다면 전혀 가능하지가 않았을 것이다.

주경림 시인은 "함안 말이산 정상, 아라가야의 45호 무덤"을 그의 시적 상상력, 즉, 우주발사기지로 삼고, 이처럼 아름답고 뛰어난 「사슴 모양 뿔잔 토기」를 쏘아올린 것이다. 이제 우리는 "날개 달린 말, 페가수스 별자리가" 아닌 「사슴 모양 뿔잔 토기」의 별자리를 볼 수 있게 된 것이다.

앎은 상상력의 날개를 달아주고, 상상력은 국가와 민족과 개인의 성장과 발전을 돕는 원동력으로 작용을 한다. 앎(지혜) 없이는 날 수도 없고, 상상력 없이는 어떠한 세계도 얻지 못한다.

시인은 상상력의 날개를 타고, 날이면 날마다 혁명을 꿈꾸며, 새로운 신세계를 창출해낸다.

선생은 늙고 한순간의 삶을 살지만, 시인은 영원한 청년의 삶을 산다.

문 영

돌의 카톡

자, 이제부터 머물거나 구르거나
시작이야
시작은 끝이 없어
시작은 끝이 없는 시작이야
시작이라 말하면 시작은 사라져
시작은 시작하지 않은 말이야

자, 이제부터 멈추거나 섰거나
끝이야
끝은 시작이 없어
끝은 시작하지 않아
끝은 시작이 없는 끝이야
끝이라 말하면 끝은 사라져
끝은 끝나지 않는 말이야

자, 머물거나 구르거나 멈추거나 섰거나 살거나 죽거나

시작 없는 끝이야 끝이 없는 시작이야 자, 돌의 카톡이야

우주도 둥글고, 지구도 둥글고, 그 모든 것이 다 둥글다. 중심도 없고, 주변도 없다. 시작도 없고, 끝도 없다. 모든 것이 가고 모든 것이 되돌아 오는 곳에서 우리 인간들은 시작과 끝, 중심과 주변을 나누지만, 그러나 언제, 어느 때 나 혁명은 일어난다.

혁명은 언어의 혁명이고, 언어의 혁명은 시의 혁명이다. 대한민국 울산에서 11명—박종해, 신춘희, 강세화, 문영, 임윤, 장상관, 황지형, 이강하, 박정옥, 강현숙, 김려원—의 '변방 동인들'이 제38집 『돌의 카톡』을 쏘아 올린다. "시작 없는 끝", "끝 없는 시작"의 "돌의 카톡"으로 언어의 혁명을 이룩하고, 이 언어의 혁명을 통해서 한국 현대시의 새역사 를 쓰고 있는 것이다.

문영 시인의 「돌의 카톡」: 시작이라고 말하면 시작은 사 라지고, 끝이라고 말하면 끝은 사라지지만, 그러나 시작과 끝은 둥근 원의 그것과도 같다. 시작도 없고, 끝도 없다. 중심도 없고, 주변도 없다.

　내가 서 있는 곳이 세계의 중심이고, 나의 시는 전 인류의 애송시가 될 수도 있다. 나는 대서사시, 즉, 「돌의 카톡」의 영원한 주인공이고, 나의 행복론은 만인들의 존경과 사랑을 받는다.

이 외 현
라면과 텐데

엄마 말대로 열심히 공부했더라면 엄친아가 되었을 텐데.
삼촌 말대로 손바닥을 잘 비볐더라면 출세를 했었을 텐데.
친구 말대로 재테크에 신경 썼더라면 건물이 있었을 텐데.

카드를 쓰지 않았더라면 이런 신용불량은 아니었을 텐데.
보증을 서지 않았더라면 그런 집안 망신은 없었을 텐데.
가게를 하지 않았더라면 저런 고리 대출은 없었을 텐데.

챗봇에게 라면과 텐데에 대한 생각을 물어보려고 했더니
앱에서 다짜고짜 청구서부터 내민다. 짜증 나고 배가 고파
라면 속 점점이 떠다니는 텐데 건더기를 건져 씹어 먹는다.

이외현 시인의 「라면과 텐데」는 가정어법과 그 결과에 대한 시이며, 매우 이채롭고 독특한 시라고 할 수가 있다. '라면'은 가정어법의 조건이 되고, '텐데'는 가정어법의 결과가 된다. 대부분의 가정어법은 '공부를 열심히 했더라면 전 인류의 스승이 되었을 텐데'처럼 후회에 기초를 두고 있으며, 그 반성과 성찰이 아무리 철저하고 통렬하다고 할지라도 그것은 도로아미타불의 헛수고에 지나지 않는다.

엄마 말대로 열심히 공부했더라면 엄친아가 되었을 것이고, 삼촌 말대로 손바닥을 잘 비볐더라면 출세를 했을 것이다. 친구 말대로 재테크에 신경 썼더라면 대형빌딩의 소유주가 되었을 것이고, 카드를 쓰지 않았더라면 신용불량자가 되지는 않았을 것이다. 보증을 서지 않았더라면 패가망신은 없었을 것이고, 가게를 하지 않았더라면 고리 대출은 없었을 것이다.

자본주의 사회에서 최종 심급은 경제이고, 돈이 없다는

것은 그의 생존의 근거가 위태롭게 되었다는 것이다. 따라서 막다른 골목에 몰린 자가 점을 보듯이, "쳇봇에게 라면과 텐데에 대한 생각을 물어보려고 했더니/ 앱에서 다짜고짜 청구서부터 내민다"는 것이다. 하지만, 그러나 쳇봇은 최고급의 사기꾼인데, 왜냐하면 쳇봇이 '라면'과 '텐데'에 대한 인과관계를 알 리가 만무하기 때문이다. 경제적인 궁핍은 어떤 사실을 가정하여 조건으로 삼는 보조사 '라면'을 우리들의 음식인 '라면'으로 둔갑시키고, 또한, 어떤 가정어법의 결과를 나타내는 '텐데'를 둔갑시켜서, "라면 속 점점이 떠다니는 텐데 건더기를 건져 씹어 먹"게 만든다.

김 려 원

후회 氏

후회 氏가 나타나면 다들 외면한다.

그의 징후를 얘기하는 건 어느 집안에서나 금기 사항이라 낮밤 피해 다니는데도 이유를 불문, 불문을 곡직하고 찾아온다. 문서 끝자리에 이름 석 자를 빌려주거나 섣부른 단호함이 뛰어든 결정들, 그런 일엔 어김없이 나타나는

노상 아우성 후회 氏

후회 氏를 앉혀놓고 잔을 드는데 문득, 지난 일을 말소시키자고 투덜대는 후회 氏. 후회 氏는 모든 후회 氏의 집결지라서 오랜 가장의 약점이면서 오랜 아내의 효율적 공격력이라서 잔을 내려놓는데 문득, 돌이킬 수 없는 발을 걸고넘어지며 뒤엉키는 후회 氏

한때는 재바른 결정을 했다는 거니까 빛나는 확신이 있었다는 거니까

오래 앓은 후회 氏를 곁에서 지켜온 건 언제나 후회 氏니까

후회 氏는 변함없이 오늘의 방문자니까 후회 氏는 바로 당신이니까

📖

예수가 이스라엘 왕을 자처하지 않았다면 '하나님 아버지, 어찌하여 나를 버리시나요'라고 후회하지 않았을 것이고, 안토니우스가 클레오파트라의 사타구니 속으로 도망을 가지 않았더라면 자기 자신의 왕국을 말아먹지는 않았을 것이다. 아버지가 친구의 사탕발림의 말에 속아 빚보증을 서지 않았더라면 전 재산을 잘 지켰을 것이고, 고리오 영감이 두 딸들에게 전 재산을 다 나누어 주지 않았더라면 그처럼 쓰디쓴 후회는 하지 않았을 것이다.

레토의 여신에게 도전했다가 일곱 명의 아들과 일곱 명의 딸들을 모두 잃어버린 니오베의 후회, 제우스와 올림프스의 신들에게 그의 아들 펠로프스를 삶아 먹였다가 '물이 있어도 마실 수가 없고 과일이 있어도 먹을 수가 없었던' 탄탈루스의 후회, 아르테미스 신전에다가 장녀 이피게니아를 제물로 바치고 비명횡사를 하게 되었던 아가멤논 대왕의 후회, 만지는 것마다 모든 것이 황금이 되게 해달라고 간청했던 미다스 왕의 후회, 언제, 어느 때나 주색잡기로 일관하다가 더없이 초라하고 비참한 일생을 마쳐야만 했던 바람둥이들의 후회—. 후회는 쓰디쓴 반성과 자기비판의 산물이지만, 그러나 이 세상에 후회없는 삶은 있을 수가 없다. 왜냐하면 언제, 어느 때나 올바른 길만을 가고, 언제, 어느 때나 자기 자신의 선택과 그 판단에 후회하지 않는 사람은 없기 때문이다. 시간은 사시사철 쉬지 않고 흘러가며 나의 수명을 단축시키고, 단 한 번의 그릇된 판단과 과오마저도 그것을 되돌릴 수는 없는 것이다. 어느 누구도 천재지변과도 같은 재앙을 피할 수는 없고, 우리는 언제, 어느 때나 늙고 병들고 죽는다는 것이 두려워 부들부들 떨면서 살아간다.

인류의 역사는 실패의 역사이자 후회의 역사이다. 어떻게 사느냐가 아니라 얼마나 잘 사느냐가 문제이지만, 그러나 우리들의 인생에는 정답도 없고, 오답도 없다. 노상 똑같은 실수와 똑같은 후회를 되풀이하지만, 그러나 이 후회는 죽음만큼이나 낯설고 두려울 뿐인 것이다. 언제, 어느 때나 "후회 氏가 나타나면 다들 외면"하고, "그의 징후를 얘기하는 건 어느 집안에서나 금기 사항"이지만, 그러나 후회 씨는 이유를 불문하고 반드시 나타난다. "문서의 끝자리에 이름 석 자를 빌려주거나 섣부른 단호함"에 따른 반작용이 그것이라고 할 수가 있다. 계약을 잘못하거나 연대보증을 섰을 때에도 후회 씨는 나타나고, 너무나도 단호하게 보수와 진보의 편을 들거나 반여성주의와 광신적인 믿음에 빠졌을 때에도 후회는 나타난다.

언제, 어느 때나 불평과 불만뿐이고, 언제, 어느 때나 더럽고 추해서 못 살겠다고 아우성을 치는 후회 씨, "후회 氏를 앉혀놓고 잔을" 들 때마다 "지난 일을 말소시키자고 투덜대는 후회 氏", 하지만, 그러나 후회 씨는 단 한 명의 후회 씨가 아니라 "모든 후회 氏의 집결지"가 되고, 아내는 남편을, 남편은 아내의 약점을 물고 늘어지는 싸움의 장소가 된다. 후회 씨가 후회 씨의 멱살을 움켜쥐고 싸우고, 후회 씨가 후회 씨의 뒤통수를 치거나 발목을 걸고 넘어지며, 언제, 어느 때나 사생결단식으로 싸운다.

한때는 후회 씨도 천하의 넓은 땅에 살며 천하의 대로를 걷고 싶어 했고, 한때는 후회 씨도 눈앞의 이익을 보면 정의를 생각했고, 그 어떤 권력 앞에서도 무릎을 꿇지 않겠다고 맹서를 한 적도 있었다. 전 인류의 스승들의 책을 읽고 공부를 하면서 물이 흐르듯이 자연스럽게 살며, 더 이상 추하거나 비겁하지 않게 이 세상을 떠나가리라고 생각했었다. 이 세상은 넓고 풍요롭고, 자기 자신의 꿈과 희망에 대한 확신이 있었기 때문에, 생사를 초월하여 더없이 아름답고 행복한 삶을 살아가고자 했었다.

천하의 대로도 없고, 단 하나뿐인 목숨을 걸만한 정의도 없다. 돈과 명예와 권력도 다 부질없고, 아름답고 행복한 삶도 없다.

후회 씨에 곁에 후회 씨가 있고, 후회 씨를 간병하고 있는 것도 후회 씨 뿐이다. 후회 씨는 오늘의 방문자이고, 후회 씨는 너도 아니고, 나도 아니고, 후회 씨는 우리들 모두가 된다.

김려원 시인의 「후회 氏」는 영원한 인생의 주연 배우이며, 이 세상에서 후회 씨만큼 건강하고 행복한 사람도 없을 것이다. 인간 탄생의 최초의 기원은 후회 씨이며, 우리는 모두가 다같이 전지전능한 후회 씨의 자손일 뿐인 것이다.

3부

함기석 박성우 김종삼 최병근

유계자 정구민 정동재 김종삼

최금녀 최도선 한이나 탁경자

김홍희 장정순 정해영 김병수

사공경현

함 기 석

걷는 사람

그림자가 계속 뒤를 따라온다

내가 일생을 똑바로 걸어가서

배고픈 무덤에 잘 들어가는지

검안하라고 빛이 보낸 검시관

시인의 자격은 이 세상에서 가장 아름다운 시 한 편을 쓰기 위하여 자기 자신의 목숨을 걸어야 하고, 언어로 숨쉬고, 언어로 밥을 먹으며, 붉디붉은 피로 시를 써야 한다. 자기 자신이 자기 자신의 아버지이자 스승이며, 최후의 심판관이 되지 않으면 안 된다. 자기 자신의 사상과 이론으로 고귀하고 위대한 인물들의 성전이 되어야 하고, 따라서 명예와 생명이 하나인 시인만이 전 인류의 스승이 될 수가 있는 것이다.

『탈무드』에 의하면 우리 인간들에게는 세 가지의 이름이 있다. 첫 번째는 아버지가 지어준 이름이고, 두 번째는 친구들이 부르는 이름(별명)이고, 마지막으로 세 번째는 그의 사후死後에 평가받는 명성이다. 나는 이 세 가지의 이름 중에 사후의 이름이 가장 소중하다고 생각하는데, 왜냐하면 그는 전 인류의 스승으로서 가장 훌륭한 시인의 길을 걸어갔기 때문이다.

함기석 시인의 「걷는 사람」은 명예와 생명이 하나인 것을 아는 사람이며, 그는 이익과 손해 따위는 아예 거들떠보지도 않으며, "배고픈 무덤" 속으로 너무나도 즐겁고 기쁘게 걸어 들어간다.

이 세상에서 가장 즐겁고 행복한 사람은 누구인가? 「걷는 사람」이다.

함기석 시인은 '걷는 사람'이고, 붉디붉은 단풍처럼 온몸으로 시를 쓰는 사람이다.

이 세상에서 가장 아름답고 훌륭한 집은 사상의 신전이다. 천년, 만년, 전 인류의 스승으로서 모든 사람들을 다 불러들이고 행복하게 해준다.

박 성 우

은행나무 길목

초저녁 마을버스를 타고 집으로 간다
두 정거장 더 가서 하차해야 하지만
나는 은행나무 사거리에서 내려 걷는다

이 길을 걷는 일도 오늘이 마지막이구나,
길을 가다가 걸음을 멈추고
은행나무정육점에 들러 삼겹살 한 근 산다

결혼을 하면서부터 17년을 살아온
서울 금천구 시흥동 은행나무 길목,
서른 중반에 신혼살림을 차려
딸애 하나 낳아 그냥저냥 잘 살다가
쉰 살을 넘겨 떠나려 하니 생각이 많아진다
아빠, 해가 꼭 사과 같아!
뜨겁고 달콤한 것들만 품고 이곳을 떠나야지

쉬는 날 오후면 세 식구가 함께 다녀오던
은행나무시장을 뒤돌아보니, 불빛 환하다
은행나무떡집도, 은행나무반찬집도 안녕
17년을 오갔으니 정이 안 들면 이상한 일,
한결같이 다니던 미용실로도 자꾸 눈길이 간다

지금은 사라진 가게들이 왜 자꾸 떠오르지?
주말부부를 하던 신혼 때 들르던 빵집이며
겨울엔 붕어빵을 팔기도 하던 분식집이며
언제 찾아가든 문이 열려있던 집 앞 세탁소까지

저녁 식탁 위에 도란도란 꺼내놓고
이사 가기 전 마지막으로 삼겹살을 굽는다

은행나무는 고생대부터 존재해온 '살아 있는 화석'과도 같은 나무이며, 암수가 다른 나무로서 병충해에 강하고, 보기 드물게 정자精子를 생산해낸다고 한다. 은행나무 목재는 결이 곱고 광택이 있어 고급가구의 목재로 사용되는 것은 물론, 열매는 식용으로 쓰이고, 가을단풍과 그 모습이 아름다워 가로수와 녹음수로도 많이 심는다. 만산홍엽滿山紅葉의 산책길 중에서 은행나무 단풍길은 가장 아름답고 좋은 길이 되고, 그야말로 천국으로 올라가는 길과도 같다. 이 세상에서 가장 키가 크고 오래 사는 것도 그렇지만, 샛노란 은행나무잎은 돈과 명예와 권력 등, 그 모든 것을 다 초월한 황금의 색과도 같다. 사랑도, 미움도, 질투와 시기도 다 사라지고, 모든 더럽고 추악한 죄와 음모도 다 씻어지고, 순수함이 순수함 자체로 살아 있다고 할 수가 있다. 은행나무 단풍길은 천국으로 올라가는 길이며, 너와 내가 자아를 잃어버리고 '우리 모두'로서 손을 잡고 걸어갈 수 있는 길이라고 할 수가 있다.

인간은 그 어디에다가 둥지를 틀어야 하는가? 자기 자신의 꿈과 희망이 다 이루어지고, 무한한 행복이 자라는 곳이지 않으면 안 된다. 박성우 시인은 전북 정읍에서 태어났고, 원광대학교 문예창작학과를 졸업했으며, 2001년, 중앙일보 신춘문예로 등단한 바가 있다. 시집으로는 『거미』와 『가뜬한 잠』과 『웃는 연습』 등이 있고, 윤동주문학상 젊은 신인상, 신동엽창작상, 백석문학상 등을 수상했으며, 현재 원광대학교 문예창작학과 교수로 재직중이다. 박성우 시인의 「은행나무 길목」은 그의 신혼의 꿈과 시인의 꿈이 자라나던 둥지이며, 그는 그곳에서 "딸애 하나"를 낳고, 중견 시인으로서 그 모든 것을 다 이룬 곳이라고 할 수가 있다.

서울시 금천구 시흥동 은행나무 길목, 전라도 출신의 시골사람에게는 모든 것이 낯설고 어렵고 힘들었겠지만, 이제는 지난 17년이 너무나도 크나큰 축복과도 같고, 차마 발걸음이 떨어지지 않는다는 것이 「은행나무 길목」의 주제라고 할 수가 있다. "쉬는 날 오후면 세 식구가 함께 다녀오던" "은행나무떡집도, 은행나무반찬집도 안녕"이고, "겨울엔 붕어빵을 팔기도 하던 분식집"도 그렇고, 언제, 어느 때나 찾았던 "미용실"과 "집 앞 세탁소"도 안녕이다. "17년을 오갔으니 정이 안 들면 이상한 일/ 한결같이 다니던 미용실로도 자꾸 눈길이 간다"라는 시구와 "쉬는 날 오후면 세 식구가 함께 다녀오던/ 은행나무시장을 뒤돌아보니, 불빛 환하다"라는 시구가 그것을 말해주고, 또한, "지금은 사라진 가게들이 왜 자꾸 떠오르지?"라는 시구와 "이 길을 걷는 일도 오늘이 마지막이구나"라는 시구가 그것을 말해준다. 이러한 시구들과 시구들은 작별의 시간에 마주하는 회상의 무늬와 그 색깔들이며, 이때에 '안녕'이란 슬픔의 그것이 아니라 너무나도 정겹고 그리운, 차마 발걸음이 떨어지지 않는 '안녕'이라고 할 수가 있다.

삶이 상승곡선을 타고 있을 때는 그가 살고 있는 장소와 시기와 그의 삶이 일치하고, 삶이 하강곡선을 그릴 때에는 그 모든 것이 어긋나고 일그러지며 불협화음을 내게 된다. 추억은 모든 것을 미화시키고, 대한민국 사회에서 소위 상승곡선을 타고 있는 시인에게는 그 추억은 샛노란 황금빛 정원과도 같다고 하지 않을 수가 없다. 울울창창한 은행나무 길목에서 샛노란 황금빛 주단綢緞이 떨어지고, 마치 '최고의 선과 신들의 경지'와도 같은 황홀함으로 그 대관식의 길(시인의 길)을 걸어가게 된다. 박성우 시인의 「은행나무 길목」은 그의 신혼생활부터 제일급의 시인이 되기까지의 역사가 담겨 있는 장소이며, 박성우가 박성우 시인으로서 우뚝서기까지의 수많은 명시들이 탄생했던 곳이라고 할 수가 있다. '배산임수背山臨水'와 '좌청룡우백호左青龍右白虎'라는 말이 있듯이, 장소와 기후와 무대배경은 한 인간의 성장신화의 문제이며, 따라서 우리들의 보금자리가 얼마나 고귀하고 소중한 것인가를 알 수가 있는 것이다.

서울시 금천구 시흥동 은행나무 길목—. 추억은 사과같은 아침 해를 떠오르게 하고, 이별은 아름답고 달콤한 추억을 안고 떠나가게 만든다. 과거는 추억 속에 보존되고, 현재는 그 추억의 힘으로 모든 시련을 극복해 내고, 미래는 이 세상에서 가장 크고 아름다운 은행나무가 박성우 시인을 보호해 줄 것이다. 은행나무는 우리 인간들의 자유와 평화와 행복을 보호해 주는 세계수이자 영원불멸의 삶을 보장해 준다. "이 길을 걷는 일도 오늘이 마지막이구나"라고 안녕을 고하지만, 그러나 그 '안녕'은 이별과 망각의 안녕이 아니라, 영원한 '은행나무 길목의 행복'에 맞닿아 있다고 할 수가 있다.

인간은 어디에다가 그 둥지를 틀어야 하는가? 자기 자신이 아버지가 되고 전 인류의 조상이 될 수 있는 「은행나무 길목」이다. 자유와 평화와 행복이 자라나고, 삼천리 금수강산이 전 인류의 지상낙원이 될 수 있는 곳─, 바로 그런 곳이지 않으면 안 된다.

　시인과 천재가 손을 잡고, 천재와 시인이 손을 잡으며, 우리 한국어의 영광과 우리 한국인들의 영광이 무한히 울려 퍼지고 자라날 수 있는 그런 천하제일의 명당이지 않으면 안 된다.

김 종 삼
생일生日

꿈에서 본 몇 집밖에 안 되는 화사한 小邑을 지나면서

아름드리 나무보다도 큰 독수리가 날아가는 것을 보면서

來日에 나를 만날 수 없는
未來를 갔다

소리없이 출렁이는 물결을 보면서
돌부리가 많은 廣野를 지나면서

책을 읽지 않는 자는 두 눈이 퇴화되어 앞 못 보는 장님과도 같고, 책을 읽어도 그것이 무슨 책인지 알지 못하는 자는 자기 발전이 불가능한 이 세상의 어중이떠중이들과도 같다. 책을 읽으면서 저자와 무한한 대화를 나누며 자기 자신의 사유를 창출해내는 자는 진정한 학자, 즉, 전 인류의 스승이 될 수가 있다.

독서는 모든 학문의 근본토대이고, 학문은 인간 성장의 원동력이자 전 인류의 스승들의 조국이다.

이 세상에서 가장 고귀하고 위대한 사람은 누구인가?

사상가(시인)이다.

이 세상에서 가장 고귀하고 위대한 나라는 어떠한 나라인가?

'사상가와 예술가의 나라'이다.

날이면 날마다 생일을 맞이하고 있는 사람이 있으니, 그는 시인(사상가)이다. 시인은 날이면 날마다 "꿈에서 본 몇 집밖에 안 되는 화사한 小邑을 지나면서" "아름드리 나무보다도 큰 독수리가" 되어 날아간다.

　내일에 만날 수 없는 나를 만나고, 어느 누구도 갈 수 없는 미래로 날아간다.

　모든 물결들마저도 소리없이 출렁이고, 돌부리가 많은 광야마저도 넓디 넓은 대자연의 옥토가 된다.

　날이면 날마다 생일을 맞이하는 시인, 언제, 어느 때나 자기 자신을 새롭게 경신하며, 아름드리 나무보다도 큰 독수리가 되어 날아가는 시인—.

　이러한 시인과 사상가들이 있어, 전 인류의 축제가 열리고, 우리 인간들은 즐겁고 기쁘게 살아간다.

최 병 근
우리의 소유권

곱창집 구석자리 소주를 마시다
다 드러낸 속내를 젓가락으로 집는다
그래, 생은 간보다 가는 거야
양념장에 곱창 한 점 찍을 때마다 사연들이 흥건하다

말하면 뭣해 다 사는 얘긴데
잔이나 받으시오
비운 잔을 옆자리에 건넨다

리시버와 스마트폰으로 중무장하고
훔쳐보는 관심과 소리조차 지워버리며
저 만치 골목을 돌아가는 외인용병 둘이서 세상을 비웃
고 있다

얼마나 많은 입술들이 닿았을까 이 술잔

얼마나 많은 말들이 앉았다 갔을까 이 의자
얼마나 많은 살점들이 지글거렸을까
이 불판

머지않아 비워줘야 할 자리
털고 일어나
포만의 시간을 삼킨 배 두드리며
여직 살아 있다고
어두운 바깥으로 몰려들 나간다

골목은 끝이 있어도 내 골목은 없다

곱창이란 소의 내장을 말하고, 한국에서는 주로 곱창구이와 곱창전골과 곱창볶음 형태로 소비된다. 곱창에는 탄력 섬유가 많아 맛이 쫄깃하고 곱창전골과 곱창구이는 우리 애주가들의 술안주로서 수많은 사랑을 받고 있다고 하지 않을 수가 없다.

최병근 시인의 「우리의 소유권」의 무대는 곱창집이고, 그 주제는 '우리의 소유권'이고, 그 결말은 어느 것도 소유할 수가 없다는 것이다. 이 세상에 태어났으면 먹이활동을 해야 하고, 먹이활동을 해야 하니까 영역다툼(소유권 싸움)을 해야 한다. 우리와 우리, 너와 나, 아니, 우리가 만나고 헤어지는 모든 사람들과 '네 것'과 '내 것'의 영역다툼을 해야 하니까, 수많은 지식들로 무장을 하고, 최고급의 전략과 전술을 펼쳐 나가지 않으면 안 된다.

그 옛날의 소유권 다툼은 아주 단순했고, 가부장적인 권위와 장유유서의 예법에 따라 폭력적인 서열제도가 정해졌지만, 오늘날의 소유권은 아주 복잡해졌고, 수많은 경제 법칙에 따라 그 다툼이 진행되고 있다고 할 수가 있다. 부부 사이에도 소유권 싸움이 일어나고, 형제와 형제 사이에도 소유권 싸움이 일어난다. 친구와 친구 사이에도 소유권 싸움이 일어나고, 적과 동지 사이에도 소유권 싸움이 일어난다. 더욱더 좋은 자리를 잡고 자기 자신의 권리와 행복을 연주하기 위한 싸움인 만큼, 그 싸움의 대상에는 한계도 없고, 어느 누구를 제외하거나 특별히 용서해주는 법도 없다. "곱창집 구석자리"에 앉아 "소주를 마시다"가도 "다 드러낸 속내를 젓가락으로 집"으며, 그 사람들의 생을 "간보다 가는" 것이다. 이 친구는 부동산 투기에 혈안이 되어 있고, 저 친구는 주식투자에 혈안이 되어 있다. 이 친구는 신용불량자의 신세를 면하기 위하여 안간힘을 쓰고 있고, 저 친구는 타인들의 재산을 강탈하기 위하여 모든 지혜와 중상모략을 다 연출해 내고 있다. "양념장에 곱창 한 점 찍을 때마다" 수많은 사연들이 홍건하지만, "말하면 뭣해 다 사는 얘긴데/ 잔이나 받으시오"라고 그 어떤 성과도 얻어 내지 못한다.

하지만, 그러나 "그래, 생은 간보다 가는 거야/ 양념장에 곱창 한 점 찍을 때마다 사연들이 홍건하다"라는 시구에서 알 수가 있듯이, 시인은 이미 이 세상의 삶의 이치를 다 알아버린 듯, 이 무차별적인 소유권 싸움이 다 부질없다고 결말을 내린다. 어차피 우리들의 인생은 속내 다 드러낸 곱창처럼 빈손으로 왔다가 빈손으로 돌아가는 것이고, 우리들의 인생은 간을 보다가 끝장이 나게 되어 있는 것이다. "간을 보다"는 "짠가/ 아닌가", 또는 "맛이 제대로 들었는가/ 아닌가"라고 그 맛을 볼 때 사용하는 말이기는 하지만, 그러나 "생은 간보다 가는 거야"는 그 '맛보기의 한계'를 초월하여 역사 철학적인 의미로 확대된다.

인간 존재란 무엇이고, 삶이란 무엇인가? 일이란 무엇이고, 소유권이란 무엇인가? 행복이란 무엇이고, 죽음이란 무엇인가? "생은 간보다 가는 거야"는 이러한 역사 철학적인 질문에 대한 대답이면서도, 그만큼 허무주의적인 결론이라고 할 수가 있다. 인간 존재가 무엇인지도 알 수가 없고, 삶이 무엇인지도 알 수가 없다. 일이 무엇인지도 알 수가 없고, 소유권이 무엇인지도 알 수가 없다. 행복이 무엇인지도 알 수가 없고, 죽음이 무엇인지도 알 수가 없다. 플라톤적인 의미에서 이데아(본질)를 상정할 수는 있지만, 그 본질은 다만 환영이고 껍데기일 뿐, 그저 '맛보기용' 간이나 보다가 이 세상의 삶은 끝장이 나게 되어 있는 것이다. 우리들의 이야기나 소유권 싸움은 다만, 공연한 소음일 뿐, 외국인 용병들이 "리시버와 스마트폰으로 중무장"을 하고, 너무나도 어처구니가 없고 하찮다는 듯이 비웃으며 사라져 간다. "얼마나 많은 입술들이 닿았을까 이 술잔/ 얼마나 많은 말들이 앉았다 갔을까 이 의자"라는 시구가 그것을 말해주고, 또한, "얼마나 많은 살점들이 지글거렸을까/ 이 불판"이라는 시구가 그것을 말해준다.

최병근 시인의 「우리의 소유권」은 역사 철학적인 반성과 성찰의 산물이며, 그는 이 반성과 성찰을 통하여 모든 신화와 종교, 또는 모든 성인군자와 모든 철학자들의 행복론을 다 뒤집어 버린다. '아침에 도를 들으면 저녁에 죽어도 좋다'라는 공자는 무엇을 깨달은 것이고, '도는 가까운 데 있는데 그것을 먼 데서 찾는다'는 노자는 무엇을 깨달은 것일까? '철학자는 모든 것을 다 할 수 있다'는 탈레스는 무엇을 이룬 것이고, '호탕한 사람은 예술가와도 같다'라는 아리스토텔레스는 무엇을 이룬 것일까? '내 꿈은 세계 통일이요'라던 알렉산더 대왕은 무엇을 이룬 것이고, 부처와 예수는 왜, 인간의 한계를 극복하지 못하고 영원한 삶을 살지 못하고 있는 것일까?

인생은 속내 다 드러낸 곱창이고, 영원한 간보기에 지나지 않는다. 인생은 술잔 비우기이며, 영원한 미완성에 지나지 않는다. 모든 자리는 "머지않아 비워줘야 할 자리"이고, '포만의 배' 두드리며 일어나지만, 그러나 우리가 살아가야 할 골목은 없다. 우리의 소유권이란 자연의 재화에 지나지 않으며, 우리가 진정으로 깨달아야 할 것은 모든 탐욕을 다 버리고 너무나도 당연하고 명확하게 빈손으로 돌아가는 것이다.

우리의 소유권이란 탐욕의 산물이고, 탐욕이란 늙고 병든 사자의 이빨과도 같은 것이다. 인생은 끝이 있어도 영원한 삶은 없다. 속내 다 드러낸 곱창집에서 소주잔이나 핥다가 탈탈탈, 자리 털고 일어나 가는 것이다.

유 계 자

물마중

그녀의 굽은 등에 파도가 친다
오롯이 숨의 깊이를 다녀온 그녀에게
둥근 테왁 하나가 발 디딜 곳이다

슬픔의 중력이 고여 있는
물의 그늘 속에 성게처럼 촘촘히 박힌 가시
물옷 속으로 파고드는 한기엔 딸의 물숨이 묻어있다

끈덕진 물의 올가미
물숨을 빠져 나온 숨비소리가 휘어진 수평선을 편다

바다의 살점을 떼어 망사리에 메고
시든 해초 같은 몸으로 갯바위를 오를 때
환하게 손 흔들어 물마중 해주던 딸,

몇 번이고 짐을 쌌다가
눈 뜨면 골갱이랑 빗창을 챙겨 습관처럼 물옷을 입었다

납덩이를 달고 파도 밑으로 들어간 늙은 어미가
바다를 끌고 집으로 돌아오면
테왁 같은 낡은 집이 대신 손을 잡는다

저녁해가 바닷속으로 자맥질하고 있다

마중이란 말은 우리 한국어 중에서 가장 아름답고, 즐겁고, 기쁜 말이라고 할 수가 있다. 마중의 대상은 아버지와 어머니일 수도 있고, 아들과 딸일 수도 있다. 친구와 친구일 수도 있고, 스승과 제자일 수도 있다. 오랫동안 만나지 못하고 떨어져 살던 사람이거나 머나먼 여행이나 힘든 일을 끝내고 돌아오는 사람을 만난다는 것은 무척이나 마음이 설레이고, 어떠한 기대나 희망을 갖게 한다.

하지만, 그러나 유계자 시인의 「물마중」은 해녀의 슬픔의 무게에 짓눌려 있고, "환하게 손 흔들어 물마중 해주던 딸" 대신에, "테왁 같은 낡은 집이 대신 손을 잡"아주게 된다. 산다는 것은 힘든 일이고, 산다는 것은 슬픈 일이며, 산다는 것은 더없이 외롭고 쓸쓸한 일이다. '물숨'이란 해녀들이 물질을 할 때 숨을 참았다가 쉬는 것을 말하고, 물질을 할 때마다 10m 내외의 깊이에서 해산물을 채취하고, 1분에서 2분 내외에 물숨을 쉬러 나오게 된다. 바다는 힘찬 일터이며 자연의 텃밭일 수도 있지만, 때때로 수많은 고통과 함께 죽음의 공포를 마주하지 않으면 안 된다. 바위와 바위 사이에 끼어 다칠 때도 있고, 잠수병에 걸려 죽을 수도 있고, 그토록 무섭고 사나운 파도와 싸울 때도 있다. '저승에서 일을 하며 이승의 가족들을 먹여 살린다는 것', 따라서 유계자 시인의「물마중」의 경제권은 대부분이 어머니가 움켜쥐고 살아가게 된다.

오늘도 그녀의 굽은 등에는 파도가 치고, "오롯이 숨의 깊이를 다녀온 그녀에게"는 "둥근 테왁 하나가 발 디딜 곳이" 된다. "슬픔의 중력이 고여 있는/ 물의 그늘 속에"는 "성게처럼 촘촘히" 가시가 박혀 있고, "물옷 속으로 파고드는 한기엔 딸의 물숨이 묻어있다." 물의 올가미는 그처럼 끈덕지고, "물숨을 빠져 나온 숨비소리가 휘어진 수평선을 편다." 얼마나 힘들고 고통스러웠으면 물의 올가미가 그토록 끈덕지고 물숨을 빠져 나온 숨비소리가 휘어진 수평선을 바로 펴겠는가? 또한, 얼마나 쓸쓸하고 희망이 없었으면 "바다의 살점을 떼어 망사리에 메고/ 시든 해초 같은 몸으로 갯바위를 오를 때/ 환하게 손 흔들어 물마중 해주던 딸"도 가고 이 세상에 없단 말인가?

유계자 시인의「물마중」은 단어 하나, 토씨 하나에도 시인의 영혼과 숨결이 살아 있는데, 왜냐하면 시인은 해녀와 일심동체가 되어 해녀의 삶과 체험을 온몸으로 육화시켜 나가고 있기 때문이다. 시는 삶이고 체험이고, 그것을 온몸으로 육화시켜 나갈 때, 천하제일의 풍경처럼 한 편의 아름다운 시는 저절로 씌어지게 된다. 시는 기교가 아니고 삶이며, 삶의 열정과 고통과 진정성이 그 생명력이라고 할 수가 있다. 삶의 공포와 죽음의 공포와 맞서 싸우며, "몇 번이고 짐을 쌌다가/ 눈 뜨면 골갱이랑 빗창을 챙겨 습관처럼 물옷을" 입는다는 시구도 아주 일상적이고, "납덩이를 달고 파도 밑으로 들어간 늙은 어미가/ 바다를 끌고 집으로 돌아오면/ 테왁 같은 낡은 집이 대신 손을 잡는다"는 시구도 아주 일상적이다. 시와 삶은 둘이 아닌 하나이며, 모든 아름다운 것과 시적인 것은 일상적일 수밖에 없는 것이다.

삶은 고통이고, 고통은 모든 예술의 아버지이다. 고통의 원인은 첫 번째로 인간의 유한성(죽음)이고, 그 두 번째로는 재화의 부족(결핍성)이다. 만인들이 삶의 공포와 죽음의 공포와 맞서 싸울 때 유유자적하게 음풍농월을 일삼는다는 것은 어느 누구도 감동시킬 수가 없지만, 그 고통과 맞서 싸우며 그 고통 속에서 삶의 환희를 창출해낼 때는 만인들을 감동시키게 된다. 오늘도, 내일도 시인과 해녀가 자맥질을 하며 만인들의 마음을 감동시킬 때는 "저녁해가 바닷속으로 자맥질하고 있다"와도 같은 천하제일의 명구를 탄생시키게 된다.

유계자 시인의 「물마중」의 시적 성과는 유계자 시인과 해녀가 하나가 되어 "저녁해가 바닷속으로 자맥질"을 하는 기적을 창출해낸 것이라고 할 수가 있다.

정 구 민

문어

물갈피에 글을 쓰는 선비

먹고
먹히는
ㄱ ㄴ ㄷ ㄹ
ㅏ ㅑ ㅓ ㅕ
홀소리와 닿소리

문어 발끝마다 흘러나오는 먹물냄새
행간에서 물비늘로 반짝인다

끊임없이 미끄러지는 글자들
누가 문어를 뼈 없는 동물이라 말했는가?

마르기도 전에 지워버리는 글이랑

한국에서 태어난 문어는

한글밖에 몰라

시를 번역하는 물고기를 만나지 못해

머리 가득 까만 먹물이 고인다

붓을 꺾어야 할까?

바다 환경 살리려 마지막 먹물까지 짜낸다

펄펄 끓는

기적의 도서관

홉반처럼 빼곡한 도서들

인류와 동행하는 문어文語

인류에 기록되어 문화유산으로 남을 문어의 생태시

언어는 모든 혁명의 씨앗이며, 이 세상의 최고급의 인식의 제전은 언어를 통해 연출된다. 세계가 있고 언어가 있는 것이 아니라 언어가 있고 세계가 있는 것이다. 산과 들과 강과 바다는 자연 그대로의 존재이지만, 그러나 사유하는 우리 인간들에게는 단지 하나의 언어에 지나지 않는다. 언어는 대상을 인식하고 대상을 사유하며, 이 사유의 힘으로 대상의 이름과 가치와 진리를 명명한다. 모든 혁명은 언어(사상)의 혁명이며, 언어 없이는 그 어떤 혁명도 일어날 수가 없다. 총과 칼을 만든 것도 언어이고, 우리 인간들이 자연을 파괴하고 상호 간에 피비린내 나는 이전투구를 벌이게 된 것도 언어의 명령 때문이다. 우주선과 비행기와 항공모함을 움직이는 것도 언어이고, 컴퓨터와 인공지능(AI)과 스마트폰을 움직이는 것도 언어이다. 우리 인간들은 언어 속에서 태어나 언어의 젖을 먹고 자라나며, 언어의 씨앗을 뿌리고 언어의 열매와 유산을 남겨 놓고 이 세상을 떠나가게 된다. 언어는 인간 성장의 원동력이며, 언어의 힘이 없다면 그 어떠한 사상과 이론의 정립은커녕, 오늘날의 문명과 문화도 창출해내지 못했다. 언어가 있고 이름이 있고, 언어가 있고 권력이 있으며, 언어가 있고 소유권이 있다. 우리는 언어를 통해 자기 자신을 높이 높이 끌어올리며, 언어를 통해 최고급의 인식의 제전을 연출해내며, 그것이 공산주의이든지, 낭만주의이든지, 낙천주의이든지 간에 모든 신세계를 창출내게 된다.

정구민 시인의 「문어」는 책갈피가 아닌 "물갈피에 글을 쓰는 선비"이며, "먹고/ 먹히는/ ㄱ ㄴ ㄷ ㄹ/ ㅏ ㅑ ㅓ ㅕ/ 홀소리와 닿소리"의 힘으로 "바다 환경 살리려 마지막 먹물까지 짜낸다." 동양에서는 문어文魚를 글을 아는 선비의 상징으로 여겼지만, 선비란 몸과 마음을 청결히 하고 앎을 육화시켜 나간 사람을 뜻한다. 문어의 발끝마다에는 먹물냄새가 배어 있고, 문어가 살아가는 바다에는 언제, 어느 때나 물비늘이 반짝인다. 문어는 홀소리와 닿소리, 또는 모음과 자음으로 언어의 먹물을 뿌리며, "바다 환경 살리려" "펄펄 끓는/ 기적의 도서관"을 창출해낸다. 바다에는 "흡반처럼 빼곡한 도서들"이 있고, 또한, "인류와 동행하는 문어文語"들이 있다. 비록, 「문어」는 정구민 시인처럼 한국에서 태어났고, 한국밖에 몰라 그가 쓰는 시는 번역되기가 쉽지 않겠지만, 그러나 언젠가, 어느 때는 하늘을 감동시키고 전 인류의 문화유산으로 기록될 수도 있을 것이다.

누가 문어를 뼈 없는 동물이라 말했던가? 문어는 뼈 없는 대신 "물갈피에 글을 쓰는 선비"이며, "끊임없이 미끄러지는 글자들"로 "펄펄 끓는/ 기적의 도서관"을 창출해낸 최초의 시인이자 최후의 시인이라고 할 수가 있다. 문어의 바다는 펄펄 끓는 기적의 도서관이고, 문어의 다리는 펜이고, 문어의 피는 먹물이다. 문어의 머리는 사유의 총체이고, 문어의 흡반은 빼곡한 도서들이고, 문어의 심장은 "인류와 동행하는 문어文語"들이다.

정구민 시인은 온몸으로, 온몸으로 시를 쓰는 문어이며, 그는 끊임없는 사유와 자기 희생으로 이 세계와 만물의 터전을 되살려 놓는다. 이것이 정구민 시인의 힘이고, 그가 창출해낸「문어」의 힘인 것이다.

정 동 재
돌의 세계 일주

1% 영감과 99%의 노력이라는 말은 발에 차이는 흔한 돌이다

날아와 머리통 후려친 이 돌이 내 인생의 시발점이다

정확히 1%의 영감이 그 돌이다

홍익인간 뜻 받들어 돌들을 이끌고 가 산업혁명 도화선이 되었을 돌

서양에서 다시 제집으로 찾아들었을 돌

하느님이 보우하사 정동재 만세라는 돌

지구를 말안장에 앉힌 강남스타일이라는 돌

세계를 들었다 놨다 하는 BTS 블랙핑크 기생충 오징어 게임이라는 돌

　한국어가 세계 공용어가 될 것이라는 돌

　하늘이 내리셨다는 한글이라는 돌

　김치 깍두기 비빔밥 불고기 천국의 맛이라는 돌

　문화강대국이 곧 일류국가라는 김구라는 돌

　더딘 세상

　원수도 사랑해 준다는 명부冥府전에 복덕을 빌어줬다는 명복이라는 돌

돌이란 무엇일까? 돌이란 백과사전적인 의미로 광물질의 덩어리이고, 모래보다는 크고 바위보다는 작은 것을 말한다. 광물질이란 철, 인, 황, 구리, 금, 은, 동의 무기물질을 말하지만, 이 세상의 근본물질은 원자이기 때문에 광물질과 광물질이 아닌 것을 구분하는 것은 매우 자의적이고 임의적일 수밖에 없다. 정동재 시인의 「돌의 세계 일주」는 매우 이채롭고 독특한 돌이며, 이 돌은 정동재 시인의 역사 철학적인 사유의 산물이지 실제로 존재하는 돌이 아니다. 돌은 기호이고 상징이며, 우리 인간들처럼 사유하는 생명체이며, 두 발에 날개를 달고 이 지구촌 곳곳을 자유자재롭게 날아다니는 '현자의 돌'이라고 할 수가 있다.

우선 정동재 시인의 돌은 "1% 영감과 99%의 노력이라는 말"처럼 흔하디 흔한 돌이며, 수많은 사람들의 발에 차이는 돌이다. 하지만, 그러나 이 돌은 사유하는 돌이며, 사유함으로써 그 생명력을 얻고, 마치 전지전능한 현자처럼 다양한 얼굴과 그 모습으로 우리 한국인들의 삶과 죽음을 주재한다. "홍익인간의 뜻 받들어" "산업혁명의 도화선이 되었"던 돌이기도 하고, 서양으로 유학을 떠났다가 다시 사랑하는 조국으로 돌아왔던 돌이기도 하다. "하느님이 보우하사 정동재 만세라는 돌"이기도 하고, "지구를 말안장에 앉힌 강남스타일이라는 돌"이기도 하다. "세계를 들었다 놨다 하는 BTS 블랙핑크 기생충 오징어게임이라는 돌"이기도 하고, "한국어가 세계 공용어가 될 것이라는 돌"이기도 하다. 이 세계에서 가장 우수하고 훌륭한 한글이라는 돌이기도 하고, "김치 깍두기 비빔밥 불고기 천국의 맛이라는 돌"이기도 하다. 요컨대 "문화강대국이 곧 일류국가라는 백범 김구라는 돌"이기도 하고, 원수마저도 사랑해준다는 "명부冥府전"의 "명복이라는 돌"이기도 하다.

정동재 시인의 돌은 우리 한국인들의 초상이자 단군 시조의 '홍익인간의 초상'이라고 할 수가 있다. 수많은 신들과 수많은 진리의 표정을 하고 있는 돌, 천재생산의 교수법으로 우리 한국인들을 후려치고 '홍익인간의 위업'을 가르치고 있는 돌, 동서양의 사상과 이론을 다 배우고 이 '앎에의 의지'로 한류문화를 창출해내고, 우리 한국어를 전 인류의 자랑인 세계 공용어로 이끌어 내라는 돌이 정동재 시인의 「돌의 세계 일주」의 역사 철학적인 전언이라고 할 수가 있다.

정동재 시인의 「돌의 세계 일주」는 그의 역사 철학적인 사유의 산물이자 우리 한국인들의 영광과 번영에 기초해 있다고 할 수가 있다. 우리 한국인들의 영광은 우리 한국인들의 언어에 기초해 있고, 이 세계에서 가장 우수하고 훌륭한 한글을 통해서 전 인류의 영광인 '홍익인간의 사상의 신전'을 짓지 않으면 안 된다. 이웃 민족이 하듯이 가치 판단을 해서는 안 되고, 이웃 민족의 역사 철학은 물론, 그들의 종교와 신화에 의지해서도 안 된다. 홍익인간, 즉, 단군도 전 인류의 스승과 아버지가 되지 않으면 안 되고, 세종대왕도 전 인류의 스승과 아버지가 되지 않으면 안 된다. 전라도도 세계 교육의 중심지가 될 수 있고, 경상도도 오늘날과 미래의 한류문화의 중심지가 될 수 있다.

어느 개인이나 국가의 고귀함과 위대함의 크기는 그가 소속된 국민의 숫자와 영토의 크기에 있지 않고, 그와 그가 소속된 국가가 전 인류의 스승들을 얼마나 많이 배출해냈는가에 달려 있다고 할 수가 있다. 아인시타인은 26세 때 상대성 이론을 발표했고, 니체는 27세 때 그의 『비극의 탄생』을 출간했다. 근대 철학의 아버지 데카르트, 정신

분석학의 아버지 프로이트, 공산주의 사상의 마르크스, 염세주의 사상의 쇼펜하우어 등, 그들은 모두가 다같이 2-30대에 그들의 사상의 신전을 짓고 전 인류의 스승으로 등극했던 것이다. 최고급의 사상과 문화를 창출해내지 못한 민족은 일등민족이 아니며, 끊임없이 공부를 하고 그 사유를 통해서 전 인류의 지상낙원을 창출해내지 않으면 안 된다.

나는 우리 한국인들에게 정동재 시인의 「돌의 세계 일주」를 끊임없이 외우고 암송하기를 권한다. 정동재 시인의 돌은 현자의 돌이며, 우리 한국인들을 높이 높이 끌어 올리고 전 인류의 초상인 고급문화인으로 인도해 줄 것이기 때문이다.

'현자의 돌'ㅡ. 나는 시바 신이다. 나는 부처이고, 예수이다라고 외치고 있는 현자의 돌, 나는 알라 신이고, 홍익인간이고, 전 인류의 스승이다라고 외치고 있는 '현자의 돌'ㅡ.

「돌의 세계 일주」는 '앎의 세계 일주'이며, 이 세계를 홍익인간의 지상낙원으로 건설하기 위한 고귀하고 위대한 꿈의 산물이라고 할 수가 있다.

김 종 삼

추모합니다

작곡가 윤용하 씨는

언제나 찬연한 꽃나라

언제나 자비스런 나라

언제나 인정이 넘치는 나라

음악의 나라 기쁨의 나라에서

살고 있을 것입니다.

遺品이라곤 遺產이라곤

오선지 몇 장이었습니다

허름한 등산모자 하나였습니다

허름한 이브자리 한 채였습니다

몇 권의 책이었습니다

날마다 추모합니다

윤용하(1922-1965)는 황해도 은율에서 태어났고, 황해도 은율에서 보통학교를 5학년까지 다니다가 만주의 심양에서 졸업했다고 한다. 만주의 가톨릭 교회에서 합창단원으로 활동하며 심양 관현악단의 지휘자인 가네코로부터 틈틈이 작곡과 화성학 등을 배웠으나 거의 독학으로 수많은 합창곡과 동요를 작곡했다고 한다. 국민가요인 「민족의 노래」와 「광복절의 노래」 등도 있지만 그의 대표작으로는 「보리밭」과 「동백꽃」 등이 있다. 서정적인 감수성과 멜로디가 그 특색이지만, 그의 가난한 생활과 지나친 음주벽 때문에 1965년 43세의 나이로 이 세상을 떠나가게 되었던 것이다.

음악이란 무엇인가? 음악이란 박자와 가락과 음성과 화성 따위를 결합하여 인간의 사상이나 감정을 노래로 창출해내는 것을 말한다. 그 옛날 문자가 없거나 문자가 보편화되지 않았을 때는 모든 시는 노래였고, 모든 노래는 시였다고 할 수가 있다. 시와 음악이 본래 하나였지만, 이제 시는 문학으로, 노래는 음악으로 서로가 다른 분야로 자리를 잡게 되었다. 시와 음악은 서로가 다른 분야이기는 하지만, 그러나 시와 음악은 동조동근同祖同根, 즉, 서로간에 분리될 수 없는 그 기원을 지녔다고 할 수가 있다.

모든 천재들은 대부분이 재승박덕의 운명을 타고 났는데, 그것은 흔히들 '신들의 질투' 때문이라고 말한다. 너무나도 불완전하고 유한한 인간이 전지전능한 신들의 지위와 권위에 도전한다는 것은 도저히 용납할 수가 없는 것이고, 그 결과, 대부분이 그야말로 비명횡사를 하고 말았던 것이다. 보들레르와 랭보도 비명횡사를 했고, 나폴레옹과 알렉산더 대왕도 비명횡사를 했다. 이상과 윤동주도 비명횡사를 했고, 모차르트와 베토벤도 비명횡사를 했다.

하지만, 그러나 천재란 하늘이 빚어낸 비범한 존재도 아니고, 신들의 질투를 받아 비명횡사를 한 사람도 아니다. 천재란 인간의 한계, 즉, 불가능한 일에 도전했던 사람들이고, 그 도전적이고 야심만만한 꿈 때문에 어느 누구도 시도할 수 없었던 업적을 이룩해내고 죽어간 사람을 말한다. 천재란 자기가 좋아하고 자기가 하고 싶은 일에 단 하나뿐인 목숨을 걸었던 사람들이고, 그 결과, 어느 누구도 흉내낼 수 없는 비범하고 장렬한 삶을 살다가 갔던 사람들이었던 것이다. 예술은 사치와 오락도 아니고, 돈과 명예와 권력을 위한 경제학도 아니며, 오직 자기 자신이 단 하나뿐인 목숨을 걸고 온몸으로, 온몸으로 시(노래)를 쓰는 것이다.

작곡가 윤용하 씨는 언제나 찬연한 꽃나라와 언제나 자비스런 나라에 살고 있고, 또한, 작곡가 윤용하 씨는 언제나 인정이 넘치는 나라와 음악의 나라와 기쁨의 나라에 살고 있다. 비록, "遺品이라곤 遺產이라곤/ 오선지 몇 장"과 "허름한 등산모자 하나"와 "허름한 이브자리 한 채" 뿐이었지만, 그러나 그의 「보리밭」과 「동백꽃」은 만인들의 심금을 울리고, 이처럼 김종삼 시인으로 하여금 '추모의 시'를 쓰게 하고 있는 것이다.

'추모'는 우리 인간들의 역사와 전통의 기원이며, 최고급의 인식의 제전의 원동력이다. 추모는 단순히 죽은 사람을 그리워하는 사적인 영역이 아니라, 우리 인간들의 삶을 끊임없이 찬양하고 옹호하는 예배(제사)의 형식이라고 할 수가 있다. 부모형제와 고귀하고 위대한 사람들을 끊임없이 기억하고 그리워하며 그 위업을 이어나가겠다는 것이 모든 사상과 이론으로 나타나며, 이 추모의 형식이 집대성된 것이 종교라고 할 수가 있다. 모든 신들은 인신人神이며, 이 인신에 대한 찬양과 찬송이 정치, 경제, 문화, 예술, 종교 등에 각인되어 있다고 할 수가 있다. 신에 대한 예배는 인간의 자기 찬양과 찬송에 지나지 않으며, 모든 종교는 '날마다 추모합니다'의 예배의식이 집대성된 결과라고 하지 않을 수가 없다.

윤용하를 추모하고, 윤용하의 고귀함과 위대함이 크나큰 울림을 얻으면 그것은 '윤용하 축제'로 승화될 것이고, 만일 그 울림을 얻지 못하면 자그만 소규모적인 축제에 지나지 않게 될 것이다.

보리밭 사잇길로 걸어가면/ 뉘 부르는 소리 있어 나를 멈춘다/ 옛생각이 외로워 휘파람 불면/ 고운 노래 귓가에 들려온다/ 돌아보면 아무도 뵈이지 않고/ 저녁노을 빈 하늘만 눈에 차누나/ 옛 생각이 외로워 휘파람 불면/ 고운 노래 귓가에 들려온다/ 돌아보면 아무도 뵈이지 않고/ 저녁노을 빈 하늘만 눈에 차누나.

보리밭, 보리밭, 더없이 푸르고 푸른 보리밭을 보면 윤용하 작곡가와 김종삼 시인이 생각난다.

날마다 추모하고, 날마다 또, 추모합니다.

최 금 녀
서쪽을 보다

우리는 동쪽에 있다

남편은 늘 동쪽 벽에 기대어 앉아
서쪽 벽을 보고 있다

액자 속 인물들은 표정을 바꿀 생각이 없다
40년 된 소철은
현관문 열리는 소리에도 놀라지 않는다

반가운 적이 없는 기억들이
꽃 진 화분에서 기어 나와
틈새를 찾아다니며 핀다

르누아르의 여자는 그림 속에서도 르누아르를 사랑한다
꼭 하고 싶은 말은 냉동실에 넣어두고

죽음은 말하지 않는다

우리는 매일
정장 차림으로 날씨를 읽는다

서쪽 벽은 늘 춥고 어둡다
바라보는 중이다.

최금녀 시인의 「서쪽을 보다」는 대단히 냉철하고 역사 철학적인 사유에다가 극사실적인 정물을 묘사한 수작이라고 할 수가 있다. 냉철하다는 것은 주관적인 감정을 극도로 절제했다는 것이고, 역사 철학적인 사유의 소산이라는 것은 인생의 황혼기를 암시하는 '서쪽'에 대한 사유를 액자 속의 사진에 담아내고 있다는 것을 말한다.

　　사진은 오래 전에 걸어둔 부부의 사진이고, 바로 그렇기 때문에 "우리는 늘 동쪽에" 있는 것이다. 남편과 시인은 "늘 동쪽 벽에 기대어 앉아/ 서쪽 벽을" 바라다 본다. 사진은 언제, 어느 때나 제자리에 걸려 있는 만큼 "액자 속 인물들은 표정을 바꿀 생각이" 없고, "40년 된 소철은/ 현관문 열리는 소리에도 놀라지 않는다." "반가운 적이 없는 기억들"이란 그만큼 회한이 많고 굴곡진 삶을 살아 왔다는 것을 뜻하고, "꽃 진 화분에서 기어 나와/ 틈새를 찾아다니며 핀다"는 것은 사계절이 바뀌고 수많은 세월이 지났어도 우리의 삶이 그때 그때마다 삶의 틈새에 맞게 꽃을 피웠다는 것이다. 꿈과 절망의 틈새, 양지와 음지의 틈새, 기대와 배신의 틈새, 고통과 기쁨의 틈새 등—, 산다는 것은 향일성 식물처럼 어렵고 힘든 '틈새 찾기'이며, 그때 그때마다 그 틈새에다가 겨우 간신히 꽃을 피운다는 것이다.

인간은 언제, 어느 때나 자기 자신만을 짊어지고 다니기 때문에 좀처럼 변하지 않듯이, "르누아르의 여자는 그림 속에서도 르누아르만을 사랑한다." 이 세상의 삶은 우여곡절과 회한이 많은 만큼 무언가 수없이 많은 말을 하고 싶지만, 그러나 "꼭 하고 싶은 말은 냉동실에 넣어두고/ 죽음은 결코 말하지 않는다." 우리는 죽음 앞에 사로잡힌 포로이며, 이 세상에 죽음 만큼 무섭고 두려운 것도 없다. 죽음이란 단순한 육체의 소멸일 뿐일까? 육체는 소멸되어도 영혼은 살아 남아 이승과 저승을 넘나들고 있는 것일까? 과연 죽음은 "자연의 혜택이며, 모든 고통으로부터의 해방"인 것일까. 우리는 매일 정장 차림으로 날씨를 읽지만, "서쪽 벽은 늘 춥고 어둡다."

죽음은 불안이고 공포이며, 죽음은 그토록 사납고 추운 극북지방의 동토이고 날씨이다.

크나큰 지각변동과 천둥 번개와도 같은 활화산이 타오

를 듯한 깊디 깊은 정적—. 최금녀 시인의 「서쪽을 보다」는
극사실적인 정물이면서도 우리 인간들의 역사의 종말같은
정적이 활활활, 타오른다.

최 도 선
뻘

조석 간 드러내는 저것 봐,

저것 좀 봐!

홀러덩 벗어 던지고 속살 보란 듯이 퍼지른

함부로 말하지 마라

삶의 터다. 바닥이

갯벌(뻘)이란 강의 하구와 조수 간만의 차가 큰 지대에 존재하는 개흙으로 된 곳을 말하고, 황해 갯벌과 캐나다 동부 연안, 미국 동부 조지아 연안과 아마존 유역의 하구, 그리고 북해 연안을 세계 5대 갯벌이라고 부른다.

한국의 서해안 갯벌은 조수 간만의 차가 크고 경사가 완만해서 퇴적물이 쉽게 쌓이는 특징을 갖고 있고, 수심이 얕고 밀물과 썰물 때의 물흐름이 빨라 산소공급이 원활하다고 한다. 따라서 바지락, 동죽, 맛조개, 꼬막, 낙지, 숭어, 망둥어 등의 어패류가 살고, 게 중에서는 농게가 많이 살고 있다고 한다. 식물성 플랑크톤이 풍부해서 이를 먹고 사는 동물성 플랑크톤이 많고, 먹이사슬이 잘 형성되어 있어 수많은 새들이 살아간다.

발단이란 어떤 사건의 계기를 말하고, 전개란 어떤 사건이나 이야기가 펼쳐지는 것을 말한다. 반전이란 어떤 사건이나 이야기가 어느 누구도 예측할 수 없는 반대 방향으로 진행되는 것을 말하고, 결말이란 어떤 사건이나 이야기가 대단원의 막을 내리는 것을 말한다. 시와 소설, 모든 역사(이야기)는 이처럼 발단과 전개와 반전과 결말의 서사 구조를 갖고 있으며, 이 서사 구조의 네 단계는 매우 박진감이 있고 흥미롭게 펼쳐지지 않으면 그 어느 누구의 마음도 사로잡을 수가 없게 된다.

최도선 시인의 「뻘」은 서사적인 이야기 구조를 가지고 있으며, 대단히 박진감이 있고 흥미롭게 그 이야기 과정을 전개시켜 나간다. "조석 간 드러내는 저것 봐,// 저것 좀 봐!"라는 대단히 간결하고 충격적인 발단은 갯벌의 아름답고 장엄한 과정에 맞닿아 있고, "훌러덩 벗어 던지고 속살 보란 듯이 퍼지른"의 전개 과정은 가능하면 숨기고 드러내고 싶지 않은 알몸을 드러낸 대담성과 그 솔직함에 맞닿아 있다. 옷을 벗는다는 것과 알몸을 드러낸다는 것은 자기 스스로 모든 치부를 다 드러내며 그 신비의 베일을 벗어던진다는 것을 뜻하지만, 다른 한편, 일상적인 전통과 상식과 윤리의 껍질을 벗어던짐으로써 그 알몸의 진실과 소중함을 일깨우게 된다.

「뻘」은 대지의 알몸이고, 그 검고 원시적이며 관능적인 육체(여체)에 대해서는 그러나 "함부로 말하지" 말아야 한다. 이 "함부로 말하지 마라"는 서사 구조의 반전은 대지의 알몸인 뻘이 우리들의 생명의 기원이자 삶의 터전이라는 대단원의 결말을 드러내기 위한 장치였던 것이다.

대지의 음핵인 뻘, 모든 생명들의 기원이자 만물의 터전인 뻘, 그 검고 원시적이며 관능적인 육체로서 더없이 소중하고 성스러운 뻘—.

뻘은 개흙이고, 뻘은 언어이며, 뻘은 대자연의 서사시이다. 뻘의 건강함은 모든 생명체들의 건강함이고, 모든 생명체들의 건강함은 대자연의 건강함과 아름다움이라고 할 수가 있다.

최도선 시인의 「뻘」은 너무나도 장엄하고 웅장한 '육체의 향연'이며, 이 세상의 모든 생명체들의 삶의 욕망이 꽃피어 나는 장소라고 할 수가 있다.

한 이 나
너의 정원

뒤늦게 따로 거처를 만들어 나가며

그녀가 말했다

고요의 끝 책 속으로 갈래요

나만의 벽이 있는 어떤 삶

은밀한 기쁨을, 알아차려 볼래요

사랑할 때 가장 아름다운 새

극락조를 꿈꾸는 걸까

이슬만 먹고 살아 깃털이 아름다운 새

외로운 날엔 조금 더 멀리 날아보렴

나는 너에게 정원을 바칠게

극락조는 참새목 극락조과에 속한 새이며, 그 화려한 깃털 때문에 오래전부터 자주 장식용으로 사냥을 당했다고 한다. 원주민들이 필요한 것은 깃털이었기 때문에 다리를 잘라서 가공하였고, 따라서 유럽의 학자들은 발이 없는 새라고 착각을 하였다고 한다. 극락조는 다리가 없는 새이며, 죽을 때까지 이슬을 마시며 자유 자재롭게 하늘을 날아다닌다고 한다.

"뒤늦게 따로 거처를 만들어 나가며/ 그녀가 말했다/ 고요의 끝 책 속으로 갈래요/ 나만의 벽이 있는 어떤 삶/ 은밀한 기쁨을, 알아차려 볼래요." 서재는 언어의 꽃밭이고, 언어의 꽃밭은 그녀만의 정원이다. 언어의 씨앗을 뿌리고 언어의 꽃을 피우며, 언어의 열매를 맺을 수 있는 시인의 정원에서는 모든 것을 다 할 수가 있다.

"사랑할 때 가장 아름다운 새"인 "극락조"는 한이나 시인의 언어의 꽃밭에서 태어났고, 이 극락조는 자유와 평화와 사랑의 화신이라고 할 수가 있다. "고요의 끝 책 속"에는 자유의 길과 평화의 길과 사랑의 길이 들어 있고, "나만의 벽이 있는 어떤 삶"은 내가 언어의 꽃밭은 물론, 그 모든 것의 주인공이 될 수 있는 곳이라고 할 수가 있다.

극락조, 그 모든 가시밭길과 천길의 벼랑 끝을 자유 자재롭게 날아다니는 새, 꿈과 희망을 잃고 끊임없이 고통스러워 하는 사람들에게 은밀한 기쁨과 삶의 기쁨을 선사해 주는 새, 단군 시조의 건국을 도와주고, 부처의 깨달음과 함께, 십자가에 못 박힌 예수를 구원해 주었던 극락조—. 극락조는 이 세상에 그 어디에도 없고 시인의 언어 속에만 존재하며, 한 바가지의 찬이슬과도 같은 언어를 먹고 살아간다.

외롭고 쓸쓸할 때는 우리들 모두가 다같이 '고요의 끝 책 속'으로 시간여행을 떠나가지 않으면 안 된다.

한이나 시인의 「너의 정원」은 언어의 꽃밭이고, 우리는 언어의 꽃밭에서 자기 자신은 물론, 이 세계의 창조주가 될 수도 있다.

탁 경 자
손녀 2

아이가 아장거리며 걸음을 배울 때
잠을 자고 있던 집 귀퉁이가 깨어나
온 집 안에 웃음이 돌고
썰물처럼 빠져나갔던 식구들이
밀물처럼 들어와
식었던 온기로 집을 따스하게 뎁히는 일이다

한 마을이 들썩이며
우주를 꽉 채우는 일이다

📖

　모든 역사가 지리에서 비롯되듯이, 모든 행복은 공간에서 비롯된다. 인구 밀도가 높다는 것은 서로 간에 불신과 적대감이 쌓여 있다는 것을 뜻하고, 인구 밀도가 지나치게 낮다는 것은 '오지 중의 오지'이며, 바로 그곳이 최악의 생존조건이라는 것을 뜻한다. 따라서 이 세상에서 가장 살기 좋고 행복한 공간은 적당한 인구와 문화시설을 갖추고 있는 곳이자 개인의 자유와 그 생활이 보장되어 있는 주거환경이라고 할 수가 있다.

　대한민국은 대도시로의 인구가 지나치게 집중된 곳이고, 그 결과, 상호 간에 불신과 적대감이 만발하여 이 지구상에서 최초로 '소멸국가'라는 오명을 뒤집어 쓰고 있는 나라라고 할 수가 있다. 전체 인구의 50% 이상이 서울을 비롯한 수도권에서 살고 있고, 모든 도시들마다 개사육장과도 같은 초고층아파트들이 원시림처럼 우거져 있다. 한 마리의 개가 짖으면 전체의 개들이 짖어대듯이, 상호 간의 불신과 적대감에 따른 범죄와 소송전이 날이면 날마다 피비린내를 풍기고 있다. 이 모든 것이 삼천리 금수강산을 제대로 발전시키지 못한 철학적인 무지함과 무능력에서 비롯된 것이지만, 그러나 앞으로 가까운 시일 내에는 도저히 개선될 기미가 보이지를 않는다. 제주바다와 남해바다, 동해바다와 서해바다, 푸르고 푸른 호수와 아름다운 산과 들, 우리 대한민국의 국토인 전라도와 경상도, 충청도와 강원도 등은 그 얼마나 아름답고 비옥한 옥토를 자랑하고 있단 말인가? 지혜를 사랑하는 사람은 모두가 애국자가 되고 문화인이 될 수 있지만, 지혜를 사랑하지 않는 사람은 모두가 민족의 반역자이자 대사기꾼이 될 수밖에 없다. 이익을 보면 전체 이익(정의)을 생각해야 하지만, 우리 한국인들은 이익을 보면 오직 자나깨나 부정축재만을 생각한다. 바로 이 무지함과 반애국심이 전라도와 경상도, 충청도와 강원도 등의 모든 중소도시와 마을들을 피폐하게 만들고, 이제는 서울을 비롯한 수도권에서조차도 '취업포기, 결혼포기, 출산포기' 등의 '나 홀로족'이 대세를 이루게 되었다. 산다는 것은 꽃을 피우고 열매를 맺는다는 것이며, 이것이 곧 우리 인간들의 삶의 목표이자 그 기쁨이라고 할 수가 있다. 따라서 '나 홀로족'은 삶의 의미와 그 목표를 잃어버린 반생물학적 인간이며, 이 '나 홀로족'이 늘어난다는 것은 그 사회가 절망적인 사회이며, 지옥의 쾌속열차를 탄 사회라고 할 수가 있다.

오늘날 할아버지와 할머니, 아버지와 어머니, 아들과 딸, 손자와 손녀들이 함께 모여 산다는 것은 도저히 있을 수도 없는 일이지만, 그러나 최소한도 삼대가 모여 사는 집은 서로 간에 사랑과 믿음이 꽃피어 나는 집이라고 할 수가 있다. 새로운 아기가 태어날 때마다 하늘의 은총이 쏟아져 내리고, 모든 근심과 걱정이 사라지는 기적이 일어난다. "아이가 아장거리며 걸음을 배울 때/ 잠을 자고 있던 집 귀퉁이가 깨어나/ 온 집 안에 웃음이 돌고/ 썰물처럼 빠져나갔던 식구들이/ 밀물처럼 들어와/ 식었던 온기로 집을 따스하게 뎁"힌다.

어린 아이는 아침해이고, 미래의 희망이며, "한 마을을 들썩"이게 하는 구세주이다. 어린 아이 하나로 아침해가 솟아오르고, 새로운 우주가 기지개를 편다.

어린 아이는 영웅탄생의 신호탄이자 역사 발전의 원동력이라고 할 수가 있다.

김 홍 희

부산

나는 부산이 좋다.

수도 없이 많은 나라를 떠돌아다닌 나에게 사람들이 가끔 묻는다.

"그렇게 많은 나라를 돌아다녔다는데, 어디가 가장 좋습디까?"

나는 두말없이 대답한다.

"내 고향, 부산."

난리통에 고향을 떠나 부산으로 오신 부모님. 여기서 아들 셋, 딸 하나를 줄줄이 낳으셨다. 그리고 고향의 할머니, 할아버지를 모시고 와 이 땅에서 살았다. 뿐만 아니라 당신들과 함께하신 긴 세월의 기억인 할아버지, 할머니를 차례로 부산땅에 묻으셨다. 그리고 나는 내 딸과 아들을 부산에서 낳았다.

나에게 부산은 개인의 애증사이지만, 크게는 민족의 시
련을 송두리째 받아들이고 넉넉히 채워준 가마솥이다. 전
쟁으로 밀어닥친 피난민들의 삶을 고스란히 안아준 넉넉
한 터이자 독재에 항거한 수많은 열사를 낳은 곳이다.

바깥으로는 물건을 내다 파는 관문으로, 안으로는 민족
의 주린 배를 채우는 입의 역할을 건강하게 해온 불 밝힌
항구다. 정치적 멸시와 천대를 두려워하지 않고 야당으로
살기를 수십 년. 그래도 꿋꿋하기만 하고 뒤끝 없는 사내
들의 바다이자 억척스런 삶을 시장바닥에서 보낼지언정
자식만은 당당히 키워낸 어머니들의 땅이다.

사람들은 또 묻는다.
"아, 부산 말고 진짜 어디가 그래 좋습디까?"
"사랑에 빠졌던 곳."

사람들은 수긍을 하는 눈치다.
그러나 내 말은 그 뜻이 아니다. 애증으로 내가 나고, 애
증으로 내가 크고, 또다시 애증으로 내 아이들이 커가는
이 땅.

도무지 사랑하지 않고서는 견딜 수 없는 이 부산이 정말로 좋다는 뜻이다.

"내 사랑 부산, 앙글나?"

고향이란 무엇인가? 고향이란 그가 태어나고 자란 곳을 말하며, 더 넓게는 그의 조상과 부모형제들이 대대로 무리를 지으며 살아온 곳을 말한다. 고향이란 최초의 우주이고 세계이며, 이 고향을 통해서 그의 인생의 역사가 이루어졌으니, 고향이란 그야말로 가장 성스러운 곳이라고 할 수가 있다. 신이란 아버지가 성화된 존재에 지나지 않으며, 따라서 고향이란 '상류 중의 상류', 즉, 그의 존재의 원천이라고 할 수가 있다.

고향이란 모든 종교의 발상지인데 왜냐하면 전지전능한 아버지가 살고 있는 곳이기 때문이다. 고향이란 모든 학문과 도덕의 발상지인데 왜냐하면 이 세상의 삶의 지혜와 예의범절이 탄생한 곳이기 때문이다. 고향이란 문학 예술의 발상지인데 왜냐하면 고향에 대한 삶을 미화하고 찬양함으로써 문학 예술의 이야기가 존재하기 때문이다. 가정의 뿌리와 마을의 뿌리도 고향이고, 중, 소도시와 대도시의 뿌리도 고향이고, 국가와 민족의 뿌리도 고향이다. 요컨대 그의 고향의 전통과 풍습과 예절이 전 인류의 마음을 사로잡는다면 그의 고향과 마을은 이 세상에서 '행복 지수'가 가장 높은 지상낙원이 될 수가 있는 것이다.

김홍희 시인은 존재의 뿌리는 고향이고, 그의 고향인 '부산'에 대한 사랑은 자기애적인 존재의 무근거 상태(황홀함)를 이룬다. "사람들은 또 묻는다./ "아, 부산 말고 진짜 어디가 그래 좋습디까?"/ "사랑에 빠졌던 곳." 첫째도 부산이고, 둘째도 부산이고, 이 세상에서 눈을 감고 떠날 때에도 부산이다. "나는 부산이 좋다./ 수도 없이 많은 나라를 떠돌아다닌 나에게 사람들이 가끔 묻는다./ 그렇게 많은 나라를 돌아다녔다는데, 어디가 가장 좋습디까?/ 나는 두말없이 대답한다./ 내 고향, 부산." 출신성분이란 혈연, 지연, 학연의 근본 토대가 되고, 이 출신성분의 꼬리표(탯줄)는 그가 이 세상을 떠날 때까지 끝끝내 떨어지지 않는다. 수없이 많은 나라를 떠돌아다녔거나 우주왕복선을 타고 머나먼 북극성을 다녀왔거나, 또는 교통사고로 저승으로 떠났다가 돌아왔거나 머나먼 외국으로 이민을 떠나갔거나, 그의 출신성분의 꼬리표는 끝끝내 떨어지지 않는다.

내가 있고 세계가 있다. 우리가 있고 세계가 있다. 나와 우리는 자연의 법칙의 원동력이며, 이 세계의 모든 것은 나와 우리를 위해 존재한다. 이 자기중심적이고 인간중심적인 존재의 드라마는 그 엄청난 오류와 편견에도 불구하고 모든 역사 철학과 미학의 중심 주제가 되고, 우리는 자기 자신의 존재를 신성시 하고, 그가 태어난 고향을 신성시 한다. 자기 자신과 자기 자신이 태어나고 자란 곳을 신성시하지 않는다면 우리가 이 어렵고 힘든 세상을 어떻게 살아가고, 또한, 모든 영화와 드라마와 대중가요와 축제가 자기 자신이 태어나고 자란 곳을 미화하고 신성시하지 않는다면 그 무슨 소용과 존재의 정당성을 얻을 수가 있단 말인가?

고향이란 종교와 학문과 예술의 성지이고, 고향이란 사랑과 열정과 믿음의 뿌리이다. 우리가 자기 자신에 대한 무한한 긍지와 믿음을 갖게 하는 곳도 고향이고, 우리가 어렵고 힘들 때마다 그 지친 날개를 접고 마음의 위로와 평화를 얻을 수 있는 곳도 고향이다. 고향이란 종교의 꽃다발, 학문의 꽃다발, 예술의 꽃다발, 사랑의 꽃다발, 열정의 꽃다발, 믿음의 꽃다발의 향연이 펼쳐지는 곳이자 그 반대 방향에서 배신의 불꽃, 증오의 불꽃, 절망의 불꽃, 슬픔의 불꽃이 이글이글 타오르는 곳이라고 할 수가 있다. "나에게 부산은 개인의 애증사이지만, 크게는 민족의 시련을 송두리째 받아"준 곳이자 "도무지 사랑하지 않고서는 견딜 수 없는 부산"이다. 한국 전쟁의 난리통에 고향을 떠나 부산으로 오신 부모님, 부산에서 아들 셋, 딸 하나를 줄줄이 낳고 고향의 할아버지와 할머니를 모시고 와 살았던 부산, 할아버지와 할머니를 차례로 부산땅에 묻고, 나 역시도 내 딸과 아들을 부산에서 낳았다.

이에 반하여, 한국전쟁으로 밀어닥친 피난민들의 삶을 고스란히 받아주고 군사독재정권에 항거한 수많은 열사들을 낳은 부산, 앞으로는 민족의 주린 배를 채우는 입의 역할을 담당하고 밖으로는 수출입의 관문 역할을 해온 부산, 따라서 대한민국의 사내들의 힘찬 삶의 터전이자 그토록 어렵고 굳센 어머니들의 삶으로 우리들을 더없이 당당하고 훌륭하게 키워냈던 부산—. "애증으로 내가 나고, 애증으로 내가 크고, 또다시 애증으로 내 아이들이 커가는 이 땅/ 도무지 사랑하지 않고서는 견딜 수 없는 부산"—.

김홍희 시인의 첫 시집 『부산』은 2008년, 일본 니콘 선정의 세계적인 사진 작가가 '언어로 찍은 사진이자 사진으로 쓴 언어의 시집'이라고 할 수가 있다. 요컨대 시와 사진이 하나가 되고, 사진과 영혼이 하나가 된 우리들의 영원한 고향인 '부산'을 노래한 시집이라고 할 수가 있는 것이다.

장 정 순
기쁨이*

너의 손을 살며시 잡아주니까

내 손은 작은 건반 악기가 된다

엄지에서 새끼손가락까지

도 레 미 파 솔

숨어있는 나비를 부른다

보드랍고 귀여운 너의

오른손가락으로 노래를 연주한다

노랑 하양 나비야

개나리꽃 필 때면

초등학교에 입학하는 기쁨이를

예쁘게 꼭꼭 기억해 주려무나

* 2021년 서울지하철 안전게시문 공모전에 선정됨

모든 병은 심인성心因性, 즉, 마음의 병이라고 하는데, 왜 냐하면 우리 인간들은 어떠한 난제와 장애를 만나면 미리 부터 겁을 먹고 자포자기를 하기 때문이다. 물론 천재지변 을 만나 전 재산을 다 잃거나 삶의 고지를 눈앞에 두고 사 지를 절단당한다면 그 고통의 무게는 너무나도 엄청나고 무척이나 고통스러울 것이다. 하지만, 그러나, 그러한 엄 청난 재앙과 장애를 만났을 때에도 두 눈을 부릅뜨고 비책 묘계秘策妙計를 창출해낸다면 만인들의 반대 방향에서 '인 간 승리'를 이룩해낼 수도 있을 것이다. 홍해 바다가 쩌억 갈라지고 바위는 샘물을 내뿜고 하늘에서는 만나가 쏟아 지는 기적이 그것을 말해준다. 오늘날 고귀하고 위대한 민 족이나 모든 위대한 시인들은 모두가 다같이 역경에 강한 인물들이고, 이 고귀하고 위대한 시인들이 있기 때문에 우 리는 모두가 다같이 즐겁고 기쁜 삶을 향유할 수가 있는 것이다.

모든 어린아이는 시신詩神의 은총이며, 우리 인간들의 미래의 꿈과 희망이라고 할 수가 있다. 어린아이는 삶의 기쁨이며, 모든 고통들을 다 눈 녹듯이 녹여주며 이 세상의 삶의 찬가를 부르게 만든다. "너의 손을 살며시 잡아주니까/ 내 손은 작은 건반 악기" 되고, "엄지에서 새끼손가락까지/ 도레미파솔// 숨어있는 나비를 부"르게 된다. 고통도 없고, 슬픔도 없다. 모든 험담과 중상모략도 다 없어지고, 어느 누구 하나 이 어린아이 앞에서 노래를 부르며 춤을 추지 않을 수가 없다. 어린아이는 어른의 어른이며, 이 세상의 모든 고통과 슬픔을 다 씻어주는 최초의 종족창시자와도 같다. "보드랍고 귀여운 너의/ 오른손가락으로 노래를 연주한다"와 "노랑 하양 나비야/ 개나리꽃 필 때면/ 초등학교에 입학하는 기쁨이를/ 예쁘게 꼭꼭 기억해 주려무나"라는 「기쁨이」가 그것을 말해준다.

　　장정순 시인의 『그믐밤을 이기다』는 '곡선의 시학'이고, 곡선의 시학은 '사랑의 시학'이며, '사랑의 시학'은 '시의 종교를 탄생시킨다.

　　'기쁨이'는 키가 크고 뿌리가 깊은 나무가 되고, '기쁨이'가 '기쁨이'와 우리 모두를 위하여 최초의 종족창시자와도 같은 '사랑의 노래'를 부른다.

정 해 영

말을 보낸다

사랑한다
고맙다
미안하다는 말

수없이 해도
아직 다하지 못한

밑바닥에 남아 있는
몇 마디의 말

너무 늦게 깨달아서
그때를 놓쳐버려
들어 줄 귀가 없는 말

어디 계시는가 지금쯤

꿇어 엎드려

기도로 하는 말

우리 집 강아지는 들어도

꼬리만 흔드는

오래 두어서

허물허물해진

말 같지 않은 말을 보낸다

우리 인간들의 최대의 관심사는 아마도 돈과 명예와 권력일 것이다. 돈과 명예와 권력은 가장 고귀하고 소중한 재화이며, 아주 극소수의 사람들만이 획득할 수가 있는 것이다. 돈과 명예와 권력은 사회적 동물의 특성상, 우리 인간들의 욕망이 집중되어 있기 때문에, '만인 대 만인의 싸움', 즉, '무차별적인 싸움'의 대상이 된다.

말은 인간과 인간 사이의 대화의 수단인 동시에 최고급의 싸움의 수단이 된다. 말은 인간과 인간 사이를 가로막고 있는 거대한 설산과 빙하를 녹일 수도 있지만, 그러나 인간과 인간의 관계를 천사와 악마의 관계로 만들 수도 있다. 사랑의 말은 만인들을 불러 모으고, 혐오의 말은 만인들을 떠나가게 만든다. 자기 자신이 가진 모든 것을 다 바쳐 공동체 사회를 만든다면 사랑과 평화와 행복의 마을이 될 것이고, 모두가 다같이 '한마음-한뜻'으로 공동체 사회를 만들었다가도 이익의 분배를 둘러싸고 싸우게 되면 그 모든 사람들이 다 이를 북북 갈고 떠나가게 될 것이다. 사랑의 말은 아주 소중한 칼이 되고, 혐오의 말은 타인들을 해치는 흉기가 된다.

봄날의 꽃샘 추위와 여름날의 장마와 태풍을 다 견딘 나무에게서 가장 아름답고 달콤한 과일이 열리듯이, 우리 인간들의 말이 가장 아름답고 달콤할 때는 더없이 맑고 깨끗한 노년의 말일 것이다. 돈과 명예와 권력에 대한 욕망을 버리면 그 모든 것들이 다 철부지 어린애 같아지고, 싸울 일도 싸우지 않게 된다. 돈에 대한 욕심이 없어지니 가진 것을 다 나누어 주고, 명예에 대한 욕심이 없어지니 지나친 미사여구와 과장된 말이 없어지고, 권력에 대한 욕심이 없어지니 쓸데없이 무리를 짓고 음모를 꾸밀 일도 없어진다. '사랑한다'는 말은 그 어떤 허물까지도 다 받아준다는 말이고, '고맙다'는 말은 그동안 나를 도와준 것에 대하여 감사하다는 말이고, '미안하다'는 말은 그동안 많은 도움을 받았거나 민폐를 끼쳤다는 것에 대한 사과의 말이다.

「말을 보낸다」는 정해영 시인의 언어철학, 즉, 도덕철학의 진수가 되고, '사랑한다'와 '고맙다'와 '미안하다'는 그의 도덕철학의 세 기둥 말이라고 할 수가 있다. '사랑한다'와 '고맙다'와 '미안하다'는 아주 단순하고 간결한 말이기는 하지만, 그러나 이 말들의 아름다움이 가을날의 붉디 붉은 사과처럼 주렁주렁 열리고 있는 것이다. 말의 과즙과 말의 당도, 말의 향기와 말의 영양소들이 정해영 시인의 「말을 보낸다」의 세 기둥 말들의 주요 성분이 되고, 따라서 정해영 시인은 "어디 계시는가 지금쯤"이라고 그 기둥 말들의 대상을 찾아 나선다.

인생은 짧고 할 말은 너무나도 많다. 우리가 사랑했던 사람들도 너무나도 많았고, 우리들을 그토록 인자하고 친절하게 도와주었던 사람들과 우리들이 그토록 잘못을 범했거나 민폐를 끼쳤던 사람들도 너무나도 많았다. 수없이 해도 아직 다하지 못한 말, 밑바닥에 남아 있는 몇 마디의 말, 너무 늦게 깨달아서 그때를 놓쳐버려 들어 줄 귀가 없는 말, 꿇어 엎드려 기도로 하는 말, 우리 집 강아지는 들어도 꼬리만 흔드는 말—. 더없이 맑고 푸른 가을날, 건강에 이로운 '시인의 길'을 걸으면 '사랑한다'와 '고맙다'와 '미안하다'는 말이 천만 평, 백만 평의 붉디 붉은 사과처럼 열린다. 이 세상에서 가장 아름답고 맛있는 말은 "오래 두어서/ 허물허물해진/ 말 같지 않은 말", 아니, 오랜 시간을 두고 그 모진 비바람을 다 견디어 낸 사과같은 말일 것이다.

젊음은 언제, 어느 때나 싱싱하고 매력 만점이긴 하지

만, 그러나 젊음은 떫고 비린내가 난다. 늙음은 언제, 어느 때나 연약하고 정점을 다 찍은 것 같지만, 그러나 늙음은 더없이 달콤하고 그 말의 향기가 오래 간다. '사랑한다'와 '고맙다'와 '미안하다'는 말에 의해서 모든 욕망과 싸움이 다 해소되고, 그 말들에 의해서 이 세상의 자유와 평화와 행복이 펼쳐진다.

'사랑한다'와 '고맙다'와 '미안하다'는 말은 '나'를 비운다는 말이며, 이것이 정해영 시인의 도덕철학의 근본토대인 것이다. 누구나 부처가 되고, 누구나 성인군자가 될 수 있다. 입신入神, 해탈解脫, 득도得道의 길은 아주 하찮거나 그토록 가까운 데에 있는 것이다.

말 한 마디로 모든 이민족과 이교도와 자본가들을 다 죽일 수도 있고, 말 한 마디로 소수 민족과 어렵고 힘든 사람들과 그 모든 이교도들을 다 살릴 수도 있다. '이교도와 한 솥밥을 먹을 수 없다'와 '만국의 노동자여, 단결하라'는 전자의 예에 해당되고, '네 이웃을 내 몸과 같이 사랑하라'와 '만인은 평등하다'는 후자의 예에 해당된다.

이 세상에서 가장 아름답고 멋진 말은 '사랑한다'와 '고맙다'와 '미안하다'는 말일 것이다. 돈과 명예와 권력과는 아

무런 관계도 없고, 전면적이고 종합적인 시야를 다 갖춘
성인군자와도 같은 말들의 은총이 쏟아져 내린다

　「말을 보낸다」,「말을 보낸다」.
　일찍이 어느 누가 이처럼 아름답고 뛰어난 말을 한 편의
시로 써서 보냈단 말인가? 시인과 시인의 거리는 잘 익은
사과와 풋사과보다 더 클 수도 있다.

　인간의 꽃은 말의 꽃이고, 말의 꽃의 결과는 말의 열매
이다. 인간의 아름다움은 말의 꽃으로 피어나고, 인간의
일생은 말의 열매로 끝난다.

김 병 수

세상에 지는 꽃은 없다

동백은 지지 않는다.
보이지 않느냐
엄동에 부릅뜬 눈동자
겨울을 떨치는 외로운 투신이다.

벚꽃은 지지 않는다.
들리지 않느냐
대지를 울리는 아우성
새 봄 외치는 척후의 나팔이다.

꽃 진다 말하지 마라.
세상에 지는 꽃은 없다
죽어 다시 피어나는 몸부림이
진정 꽃이다.

모든 시도 사상의 꽃이고, 모든 종교도 사상의 꽃이다. 사상은 지식 중의 지식이며, 사상가는 인간 중의 최고의 인간이라고 할 수가 있다. 사상가는 이상국가이든, 공산 국가이든, 또는 에덴동산이든, 도솔천이든지 간에, 그 국가에 대한 너무나도 분명한 목표를 갖고 그 목표를 향하여 오직 정진을 하고, 또, 정진을 하지 않으면 안 된다.

　　알렉산더 대왕이 인도를 정복할 때 가장 어렵고 힘들었던 것이 인도의 사상가들이었고, 따라서 그는 '나는 승리를 훔치지 않는다'라고 정공법을 선호하고 있었으면서도 그들과의 협약을 일방적으로 파기하고 그들의 뒤통수를 치는 기습작전을 펼쳤다고 한다. 수많은 철학자들이 그리스의 법률을 페르시아의 법률로 바꾸는 것을 참지 못하고 자살을 선택했으며, 오늘날의 유태인들의 선조들은 기독교의 강제와 탄압에 맞서서 자기 자식들을 우물에 빠뜨리는 순교자의 길을 걸어갔다고 한다.

고귀하고 위대한 사상가는 너무나도 분명하고 확고한 목표가 있고, 그 목표를 달성할 수 있는 최선의 삶을 살다가 갔다고 할 수가 있다. 첫째도 공부이고, 둘째도 공부이고, 이 세상을 떠나가는 마지막 순간까지도 공부이다. 단 하나뿐인 목숨보다도 더 소중한 명예, 적 앞에서의 용기와 패배한 적에 대한 관용, 상하의 위계질서에 대한 존중과 예의, 단 한순간의 방탕함과 나태함마저도 용인하지 않는 성실함 등은 지혜를 사랑하는 낙천주의자의 삶의 철학이라고 할 수가 있다.

꽃은 존재의 결정체이며, 동백은 결코 지지 않는다. "엄동에 부릅뜬 눈동자"는 천하무적의 장수의 눈동자를 뜻하고, "겨울을 떨치는 외로운 투신"은 비겁하게 사느니보다는 죽음으로서 그 삶을 완성하는 순교자의 정신을 뜻한다. 이른 봄날 기껏해야 4~5일이면 지는 벚꽃도 다만 지는 것이 아니다. 대지를 울리는 벚꽃의 아우성은 적의 위치와 그 동향을 정찰하는 특공대의 임무를 뜻하고, 따라서 이 척후병들의 살신성인의 자세에 의하여 새로운 세상의 새로운 봄날을 맞이하게 되는 것이다. 세상에 지는 꽃은 없고 죽어 다시 피는 꽃들만이 있을 뿐이다. 꽃이 피면 지고 꽃이 지면 다시 핀다. 꽃이 피면 지고, 꽃이 지면 또다시

꽃이 핀다. 꽃의 역사는 존재의 역사이자 사상의 역사이고, 모든 존재의 역사는 결코 종식되는 것이 아니다.

　살고 죽는 것도 자연의 이치이고, 꽃이 피고 지는 것도 자연의 이치이다. 가난과 고통과 실패와 패배와 죽음 등은 전혀 두려운 것이 아니며, 오히려, 거꾸로 가난과 고통과 실패와 패배와 죽음 등이 우리 인간들의 건강과 삶의 행복을 도와주는 촉진제라고 할 수가 있다. 만일, 이 세상에 가난과 고통과 실패와 패배와 죽음 등이 없다면, "동백은 지지 않는다", "엄동에 부릅뜬 눈동자/ 겨울을 떨치는 외로운 투신이다", "벚꽃은 지지 않는다", "대지를 울리는 아우성/ 새 봄 외치는 척후의 나팔이다", "꽃 진다 말하지 마라/ 세상에 지는 꽃은 없다", "죽어 다시 피어나는 몸부림이/ 진정 꽃이다"라는 '사상의 꽃', 즉, 최고급의 잠언과 경구가 어떻게 가능했겠는가! 잠언과 경구는 가장 간결하고 짧은 지혜이며, 이 잠언과 경구는 타인들의 말과 의견을 필요로 하지 않는 정언명령과 그 판단으로 되어 있다. '무엇, 무엇을 하라', '이것은 무엇, 무엇이다'라는 정언명령과 그 판단은 일도필살一刀必殺의 문체의 소산이며, 그가 천하제일의 명장이라는 것을 뜻하게 된다. 사상(시)이란 잠언과 경구, 수많은 이론과 이론들로 구성되어 있는 최고급의 지혜의 저장소이며, 전 인류의 스승들만이 창출해낼 수 있는 경전이라고 할 수가 있다.

사상이란 꽃이고 총이고, 사상이란 대포이고 원자폭탄이고, 천지창조의 대폭발이다. 꽃은 가장 아름답고 화려하게 피어야 하며, 그 아름다움으로 새로운 봄날과 새로운 세상과도 같은 만인들의 행복을 창출해내지 않으면 안 된다.

김병수 시인의 「세상에 지는 꽃은 없다」는 이 세상의 삶을 옹호하고 찬양하는 시인의 노래이며, '명예와 생명은 하나'라는 최고급의 '사상의 꽃'이라고 할 수가 있다.

사 공 경 현
인간의 범위

인간의 범위는 생각보다 매우 광범위하다고 알려져 있다 생각을 할 줄 알고 언어와 도구를 사용하면 일단 인간으로 보는 견해가 있는데, 생각을 한다는 것은 본능적으로만 움직이지 않는다는 의미로 인간의 우월성을 나타내는 특징이다 개체마다 다른 생각의 차이만큼이나 천차만별의 인간이 존재한다는 뜻이기도 하다

슬기로운 자라는 호모사피엔스는 포유류에 속하는 특정한 동물을 지칭하는 말이지만 '인격'을 갖추면 '사람'으로 불리기도 한다 그렇지만 사람의 경지에 이르지 못한 인간류는 허다하며 그 종류는 이루 헤아릴 수 없을 정도다 국가는 일단 직립보행하고 다른 동물과 구별되는 외양을 갖추면 인간으로 인정한다 나아가 호적을 등록하고 존엄할 권리와 도덕과 규범 준수라는 의무까지 부과한다

이 세상을 한시적인 학교로 생각한 조물주는 애초에 인간의 범위를 확장해 놓았다 잡다한 인간류가 섞여 살며 부대끼면서 공부하라는 취지다 세상에서는 호모사피엔스 중간 정도의 진화 과정에 있는 부류를 '인간'이라 부르고 그 이상 수준의 인간을 '사람'이라고 명명한다 '인간' 이하 단계의 인간을 '짐승 같은 인간', 그 하위 수준을 '짐승보다 못한 인간'으로 규정하기도 한다

　조물이 학습 효과를 높이기 위해 기준 이하의 인간들에게는 인두겁이라는 투명한 가면을 씌워 놓았다 하여 도둑이나 강도 강간 사기범 같은 부류는 짐승 같은 인간으로 분별된다 짐승들도 목숨을 다해 새끼를 보호하는데, 자식을 죽이는 아비가 있고 부모를 살해하는 자식도 있다 이러한 패륜과 살인자 등은 짐승보다 못한 인간 범주에 속한다 한편, 살신성인이거나 대자대비하거나 세상의 빛이 된 고매한 인격을 가진 최상위 수준에 있는 소수의 사람을 '성인'이라 칭하며 인간 진화의 최종 단계로 인식한다

　인간은 오랜 세월 진화를 계속해 왔으며 상위 수준으로 거듭 발전하기 위해 광범위한 인간류의 복마전에 던져진

고립무원의 존재와 다름없다 그러니, 인간들이여 정신 바짝 차리고 인두겁에 휘둘리거나 인간으로 만족하지 말고 사람이 되기 위해 고군분투할지라

사공경현 시인의 「인간의 범위」는 대단히 역사 철학적이고, 인간 존재의 정의와 그 윤리학을 노래한 시라고 할 수가 있다. 인간 존재의 정의는 이론철학이 되고, 윤리학은 우리 인간들의 실천철학이 된다. 이론철학이란 어떤 사물이나 현상을 아주 정치하게 정식화한 것을 말하고, 실천철학이란 우리 인간들이 마땅히 해야 할 당위로서의 행동양식을 말한다.

　　인간의 범위는 생각보다 매우 광범위하고, 모든 인간들이 저마다의 생각과 성격과 취향이 다른 만큼 천차만별의 인간이 존재한다고 할 수가 있다. 국가는 일단 직립보행하고 다른 동물들과 구별되는 외양을 갖추면 인간으로 인정하고, 나아가 호적을 등록하고 존엄할 권리와 도덕과 규범 준수라는 의무까지도 부과해 왔던 것이다.

　　하지만, 그러나 조물주는 이 세상을 한시적인 학교로 생각하고, 애초에 인간의 범위를 확장해 놓았는데, 왜냐하면 수많은 인간들이 섞여 살며 공부하라는 취지였기 때문이다. 호모사피엔스는 '슬기로운 자'라는 특정한 동물을 지칭하는 말이지만, "호모사피엔스 중간 정도의 진화 과정에 있는 부류를 '인간'이라 부르고", "그 이상 수준의 인간을 '사람'이라고" 부르며, "인간 이하 단계의 인간을 '짐승 같은 인간', 그 하위 수준을 '짐승보다 못한 인간'으로 규정"한다. 인간 중의 인간은 '성인'이라고 부르며, 그는 대자대비하거나 살신성인의 성자로서 인간 진화의 최종단계로 인식된다. "호모사피엔스 중간 정도의 진화 과정에 있는 부류를 '인간'이라 부르고", "인두겁이라는 투명한 가면을" 쓴 자들, 즉, "도둑이나 강도, 강간, 사기범 같은 부류는 짐승 같은 인간"이라고 부르며, 자식을 죽이거나 부모를 살해하는 패륜아들은 "짐승보다 못한 인간"이라고 부른다.

인간이란 어떤 존재이며, 최초의 인간은 누구인가? 과연 인간은 만물의 영장이며, 전지전능한 신(조물주)이란 존재하는 것일까? 사공경현 시인의 「인간의 범위」는 전지전능한 신이 우리 인간들을 창조했다는 대 전제 아래, 성인, 호모사피엔스(슬기로운 자), 짐승같은 인간, 짐승보다 못한 인간 등의 네 부류의 인간들을 분류해 놓고 있는 것이다. 이 세상은 우리 인간들을 위한 한시적인 학교이며, 따라서 우리 인간들은 끊임없이 공부하고 정진하며 '인간 중의 인간', 즉, 살신성인의 성자로서 진화를 해야 한다는 것이 사공경현 시인의 「인간의 범위」의 가장 핵심적인 전언이라고 할 수가 있다.

그 옛날 고대사회는 신이 인간을 지배한 사회였고, 르네상스 이후, 근대 사회는 인간이 신으로부터 해방된 사회였고, 오늘날의 현대사회는 인공지능이 인간을 지배하는 사회가 되었다고 할 수가 있다. 만일, 데카르트 이후, 사유하는 인간으로서의 자기 발견은 더 이상 전지전능한 신의 존재를 인정할 수가 없었던 것이라면, 이제는 이 사유하는 인간의 탐욕이 인공지능을 탄생시키고 그 인공지능의 명령체계에 복종하게 되었다고 하지 않을 수가 없는 것이다. 요컨대 사유하는 인간이 모든 종교를 대청소하고 인간 중심의 세상을 창출해냈다면, 사유하는 인간의 탐욕이 자본과 결탁하는 순간, 저 싸늘하고 냉철한 기계인간, 즉, 인공지능에게 예속되는 결과를 낳았다고 할 수가 있는 것이다.

신도 죽었고, 인간도 죽었다. 나와 너도 죽었고, 우리도 죽었다. 가정도, 학교도 죽었고, 교회도, 사찰도 죽었다. 전통도, 역사도 죽었고, 민족도, 국가도 죽었다. 인공지능의 생명은 돈에 의해서 싹트고, 돈의 열매를 맺으며, 그 돈을 분배해 주며, 인공지능의 충복들인 우리 인간들의 정신과 육체를 사로잡는다. 쌀도, 채소도, 과일도 인공지능이 키워주고, 물도, 비료도, 살충제도 인공지능이 뿌려준다. 전화도, 자동차도, 비행기도 인공지능이 마련해 주고, 수학도, 물리학도, 경제학도 인공지능이 가르쳐 준다. 해저를 탐사하거나 금은보화를 채굴해내는 것도 인공지능이 해주고, 짐을 배달해 주거나 줄기세포를 배양하고 최신 의약으로 불로장생의 수명연장을 해주는 것도 인공지능이다. 인간도 죽었고, 신도 죽었고, 그 모든 것들이 다 죽었고, 이제는 인공지능에 사로잡힌 유령들만이 살아간다.

전지전능한 신이 이 세계, 이 자연의 학교를 창출해내고 우리 인간들을 성자로 키워내고자 했던 고대사회는 꿈과 낭만이 있었고, 사회로부터 고립된 인간이 아닌 '우리'가 있었던 사회였다고 할 수가 있다. 이 전지전능한 신의 목을 비틀어버리고 인간의 세상을 창출해냈던 근대사회는 비록, 인간과 인간 사이, 즉, 공동체 사회에 균열이 가고 있었지만, 그러나 그런대로 '우리'가 있었고, 인간과 인간 사이의 사랑과 믿음이 존재하고 있었다. 하지만, 그러나 오늘날은 어느 누구도 교회나 사찰에 가지 않으며, '나 홀로족의 고독'을 씹으며, 오직 인공지능의 명령에 따라 살고 죽는다.

  인류의 역사상, 인공지능의 시대는 최악의 시대이며, 지옥의 시대라고 하지 않을 수가 없다. 신이 인간을 창출해낸 것이 아니라 인간이 신을 창출해냈던 것이고, 또한 인간이 인공지능을 창출해낸 것이 아니라 인공지능이 인간을 창출해냈던 것이다. 아니, 어쩌면 인공지능은 짐승보다 못한 인간, 탐욕에 탐욕을 가중시키며, 돈에 눈이 먼 우리 인간들을 멸종시키려고 악마가 보낸 최고의 선물일는지도 모른다. 자연의 순리와 자연의 수명을 거절한 우리 인간들에 대한 최고의 형벌은 '단두대의 형벌'이 아니라 더욱더 오래오래 살고, 인간과 인간에 대한 증오심만을 가중시키는 '장수만세의 사회'라고 할 수가 있다.

  "기쁘다 구주 오셨네"라고 우리 인간들이 노래를 부를 때, 인공지능이 더욱더 성인군자의 탈을 쓰고 무병장수의 돈을 뿌려댄다. 시대와 인종과 종교와 그 어떤 사상과 이념도 무시하고, 탐욕의 쓰나미가 몰려오고, 또 몰려온다.

  "기쁘다 구주 오셨네!!"

  "성인군자— 인공지능만세다!!"

4부

권기선 글빛나 유종인 성재봉

곽효환 이원형 이용우 홍영택

백　지 박용숙 반칠환 백승자

정해영 김병수 정구민 민정순

조옥엽

권 기 선

책벌冊罰

나는 시를 좋아해서 너는 책을 많이 읽어서 우울하다 벌 받으며 사는 기분을 어릴 때부터 배운 거야 우리는, 그렇 다고 믿는다.

시를 좋아하는 사람은 슬픔에 쉽게 빠지고 내 시를 좋아 하는 너는 슬픔을 이해하려다 우울해진다. 이런 사랑이 있 을까 나는 시를 좋아해서 너는 나를 좋아해서

그런 사랑이 있다고 믿는다, 책을 좋아하는 너를 좋아해 서 쉽게 우울해지는 기분들을 시로 안아주고 싶어서 나는 시를 좋아하게 됐나보다.

이것은 벌이다, 주머니 속에 숨겨 도망치듯 살면서

침묵을 사랑하는 사람이 되고도 싶었다. 그 집 아이는

말이 없어, 조용해, 친구가 없어, 어릴 때 책을 많이 읽으면
성숙에 다른 이름이 생기는 걸까

그렇다고 믿는다. 문학을 해야 할까 봐 우리는

우울은 달빛을 사랑하도록 설계됐다. 밤은 행복으로 읽
힐 단어였다. 그런 마음으로 하루를 건너는 거니까

믿는다, 나는 시를 좋아해서 너는 책장 넘기는 소리 종
이의 질감 하늘을 보고 있는 시간을 좋아해서 우리는 더
행복해질 거야 이 벌의 끝에 다다라서

시를 좋아하는 사람이 죽었어요, 책을 좋아하는 사람이
죽었어요, 소리를 들을 때까지

이것은 벌, 별,
법

달밤 아래 부서지는 파도
길가 담벼락에 빈 병에 꽂혀있는 마른 아카시아

눈 내리는 봄

나는 시를 좋아해서 너는 나를 좋아해서

시를 좋아하는 나는 쉽게 슬픔에 빠지고 책을 좋아하는
너는 벌을 받는 것 같다, 가족이 되어도 그럴까

가끔 아주 가끔
생각한다, 가장이 된 나는

광장을 걷다가 멈춰 하늘을 본다, 생각에 잠겨 있다 울고
따라 쓴 시를 읽어주다 혼자 있고 싶어진다. 문학을 한
다는 내가

안아줄 수 있는 사람이 되지 못할까 봐
행복을 배웠어도 행복하지 않은 사람이 될까 봐

(하고 싶은 말은 이런 말이 아닌데, 별 같은 이야기인데)
(법처럼 잘 지키고 싶은 것들에 대해 말하고 싶은데)

사랑의 다른 말들을 고백한다, 나는 시를 좋아해서 너는

나를 좋아해서

시는 언어예술이고, 언어예술은 예술 중의 최고의 예술이다. 태초에 언어로 이 세계를 창출해낸 것도 시인이고, 불경과 성경과 코란과 그 모든 경전들을 창출해낸 것도 시인이다. 시인은 인간 중의 인간이자 천지창조주이며, 그 어느 누구도 시인 앞에 무릎을 꿇고 찬양하지 않을 수가 없다.

하지만, 그러나 대부분의 시인들은 자본주의 사회의 낙제생일 수밖에 없는데, 시는 돈이 되지 않기 때문이다. 대부분의 사람들은 삼류 유행가사와 대중적인 시만을 사랑하지, 대단히 뛰어나고 아름다운 시를 이해할 수가 없다. 아주 극소수의 유명 시인을 제외하고는 시는 돈이 되지를 않으며, 따라서 대부분의 시인들은 가난과 고통 속에서 벗어날 수가 없다. 모든 문학과 예술과, 모든 경제와 종교와 광고와 심지어는 자연과학까지도 시가 기본 토대이지만, 이 학문 중의 학문, 이 예술 중의 예술인 시는 돈이 되지를 않는다. 스티븐 호킹이나 아인시타인은 물론, 스티브 잡스와 조지 소로스와 노벨까지도 시와 예술을 그 얼마나 사랑했던가를 생각해 본다면 시(문학)가 모든 학문의 예비학(기초학문)이라고 하지 않을 수가 없는 것이다.

만일 그렇다면 시란 무엇이란 말인가? 시의 사회적 기능으로는 종교적 기능과 교육적 기능과 축제적 기능이 있고, 시의 효과에는 진정제 효과와 강장제 효과의 흥분제 효과와 영생불사의 효과가 있다. 이 시의 사회적 기능과 시의 네 가지 효과는 반경환의 『행복의 깊이』 제2권, 제1장 「낙천주의란 무엇인가」에 가장 아름답고 독창적인 이론으로 정립되어 있다고 할 수가 있다. 왜, 우리 시인들은 돈이 되지 않는 시를 쓰며 사회적인 낙제생이 되어가고 있는 것일까? 그것은 시의 순수성과 시의 중독성 때문이라고 할 수가 있다. 시는 '사무사思無邪의 진경' 속에서만 피어나며, 이처럼 순수하고 아름다운 세계를 맛본 시인에게는 모든 사기와 권모술수와 거짓말과 싸움뿐인 시정잡배들의 세계에 그토록 가증스럽고 혐오스러운 환멸을 느낄 수밖에 없다.

권기선 시인의 「책벌冊罰」은 시인의 운명을 노래한 시이자 이 세상에서 가장 아름다운 '책벌의 삶'을 살고 있는 자의 노래라고 할 수가 있다. "나는 시를 좋아해서" 우울하고, 너는 책을 많이 읽어서 우울하다." 시를 좋아하는 사람은 슬픔에 쉽게 빠지고, 내 시를 좋아하는 너는 슬픔을 이해하려다 우울해진다. 상류 중의 상류, 즉, 존재의 원천에는 시인 이외에는 어느 누구도 살 수가 없으며, 단독자로서의 외로움과 최악의 생존조건은 쉽게 슬픔에 빠지고, 자기 자신의 존재의 정당성과 미래의 희망을 확보하지 못해 우울함에 빠지게 된다.

　나는 시를 좋아하고, 너는 나를 좋아해서 우리는 서로가 서로를 사랑하게 되었다. "시를 좋아하는 사람은 슬픔에 쉽게 빠지고 내 시를 좋아하는 너는 슬픔을 이해하려다 우울해진다." "시를 좋아하는 사람이 죽었어요, 책을 좋아하는 사람이 죽었어요, 소리를 들을 때까지// 이것은 벌, 별,/ 법"―. "달밤 아래 부서지는 파도/ 길가 담벼락에 빈 병에 꽂혀있는 마른 아카시아/ 눈 내리는 봄// 나는 시를 좋아해서 너는 나를 좋아해서"―. 시를 좋아하고 시인을 사랑하는 사람의 만남 자체가 벌이 되고, 별이 되고, '사랑의 시학'(법)이 되는 역설 자체가 시인의 운명이라고 할 수밖에 없다.

　시를 좋아하는 것도 천직이고, 책을 좋아하는 것도 천직이다. 이 하늘이 내려준 천직이 가장 고통스러운 '책벌'인데, 책을 좋아하는 자는 가난하기 때문이다. 가난이란 생존의 근거가 뿌리째 흔들리는 것을 말하고, 따라서 시인의 사랑은 고통에 고통만을 가중시키게 된다. "가끔 아주 가끔/ 생각한다, 가장이 된 나는" 내 시를 사랑하고 너를 "안아줄 수 있는 사람이 되지 못할까 봐/ 행복을 배웠어도 행복하지 않은 사람이 될까 봐" 걱정에 걱정을 더하고 슬픔과 우울함에 빠져들게 된다.

책벌冊罰, 시를 쓰고 책을 읽는 책벌, 너무나도 순수하고 때묻지 않은 사랑을 꿈꾸며 어떤 꼼수와 비겁함과도 타협하지 않게 하는 책벌, 천하의 대로를 걸어가며 과연 "이런 사랑이 있을까"라고 고뇌하는 책벌—. 돈과 명예는 같은 무대에 설 수가 없듯이, 시인과 부자는 함께 살 수가 없다. 권기선 시인의 「책벌冊罰」은 그가 그의 슬픔과 우울로 쓴 시이며, 이 세상에서 가장 아름답고 슬픈 '사랑의 노래'라고 할 수가 있다.

책벌冊罰, 시인의 이마에 주홍글씨처럼 붉디 붉은 피가 흐르고, 천세불변의 사랑 노래가 울려 퍼진다.

안아줄 수 있는 사람이 되지 못할까 봐

행복을 배웠어도 행복하지 않은 사람이 될까 봐

(하고 싶은 말은 이런 말이 아닌데, 별 같은 이야기인
데)

(법처럼 잘 지키고 싶은 것들에 대해 말하고 싶은데)

사랑의 다른 말들을 고백한다, 나는 시를 좋아해서 너
는 나를 좋아해서

글 빛 나
도둑고양이의 반론

난 아니오.

도둑이라니 천부당만부당
모함입니다

발가락사이까지 펴봐도 훔친 건 없습니다

간혹 집필할 때
꼬리로 봄볕을 찍어 쓰고
아지랑이 몇 가닥 잘라 꼬리를 씻었지만
그건
봄볕과 아지랑이의 가려운 곳을 긁어주기로 약정을 했
어요

곱고 보드라운 털 봄향기로 목욕하고

두 눈속에 별 하나씩 넣고
길가에서 기도하는 우릴 꼬드겨 담벼락으로 오르게 하고
눈속 별 꺼내 깨트려 담벼락에 조각조각 박고
담을 넘는 장미, 당신들 고발하겠습니다.

헐~

말 나왔으니 시시비비 따져볼까요?

저기 개어미가 개에게 말합니다
엄마 간다 어서 따라와

하긴
사람이 개엄마 개아빠가 되는 세상에
도둑이란 누명은 누명도 아니지요

개새끼라고 욕하면 왈왈 짖어대면서
스스로 개어미라고 말하는 사람들

도둑고양이란 말이 가려워 서너 번 긁고 자야겠습니다

📖

　일찍이 아베 수상이 우리 한국인들을 가리켜 참으로 '어리석은 민족'이며, '뇌물이 윤활유'가 되는 나라라고 말한 바가 있다. 일제 식민지배 이후, 일본과의 '강제징용'과 '위안부 문제'에 대한 합의를 깨고 문재인 정부가 외교적 침공을 가했지만, 그러나 너무나도 처절하고 비참하게 일본의 보복이 두려워 대법원의 승소판결을 강제집행하지 못하는 굴욕을 맛보지 않으면 안 되었던 것이다.

　'일본 대 한국', '한국 대 일본'의 싸움은 애초부터 성립되지 않는 싸움인데, 왜냐하면 일본은 일등국가이고 한국은 삼류국가이기 때문이다. 일본은 건국이념과 일등국가라는 목표 아래 전 국민이 언제, 어느 때나 '한마음-한뜻'이 되고, 그 결과, 해마다 노벨상을 수상하고 전 인류의 찬양을 받는 국가라고 할 수가 있다. 이에 반하여, 대한민국은 남북이 분단되어 있고, 국가의 목표는커녕 표절이 출세의 수단이 되고 부정부패가 건국이념이 되어 있는 나라라고 할 수가 있다. 일본은 '이겨 놓고 싸움'을 하고, 한국은 '싸우기도 전에 패배한 싸움'을 한다. 일본은 주인의 민족이 되고, 한국은 이민족의 지배를 받는 노예의 민족이 된다.

표절이 출세의 보증수표가 되고 뇌물이 국가성장의 원동력이 되는 나라는 사법질서가 무너진 나라이며, 그 결과, 너무나도 파렴치하고 뻔뻔스러운 흉악범들의 나라가 되었던 것이다. 국민연금을 동원하여 경영권을 방어하고 부의 대물림을 완성한 자가 최고의 부자가 된 것은 물론, 부정부패의 화신이자 국정농단의 장본인들이 전직 대통령으로 군림을 하고 있거나 뇌물을 먹고 자살을 한 자와 부하 여직원을 성추행하고 자살한 자가 민족의 영웅으로 군림을 하게 되었던 것이다. 이명박, 박근혜, 노무현, 박원순, 조국, 김경수, 이광재, 안희정 등, 그야말로 대한민국의 지도급 인사들은 대법원의 최종 판결마저도 자기 자신의 반사회적인 양심에 비추어 부정을 하며, 대한민국의 사법질서를 '검수완박'이라는 이름으로 뿌리째 뽑아놓아 버렸던 것이다. 그 결과, 대한민국의 검찰의 수사권은 박탈되었고, '적반하장의 예법'으로 소위 '개딸들의 세상'이 되었던 것이다.

소위 '개딸들'이란 '개혁의 딸들'의 줄임말로 가장 아름답고 전위적인 말들이라고 하지만, 그러나 이 '개딸들이란 이름'은 가장 사악하고 뻔뻔스러운 파렴치범들의 언어에 지나지 않는다. 개당귀, 개망나니, 개망초, 개살구, 개새끼, 개자식 등의 예에서 알 수가 있듯이, 소위 '개'자는 한국어의 통념상, 가짜의, 싸구려의, 망나니의, 불량배의 뜻을 지니고 있으며, 대한민국의 개딸들의 행태는 나치와 스탈린체제의 그것과도 너무나도 똑같이 닮아 있는 것이다. '우리와 함께 하지 않으면 모두가 적이다'라는 흑백논리로 모든 시민단체들이 권력을 장악하고, 온갖 쌍욕과 폭언과 신상털기로 일관하는 반면, 자기 자신들의 부정부패와 범죄는 '검수완박의 이름'처럼 그 어떤 수사도 할 수 없게 만들고 있는 것이다.

글빛나 시인의 「도둑고양이의 반론」은 너무나도 착하고 선량한 모범시민의 하소연이며, 대한민국의 개딸들의 행패를 고발하고 있는 시라고 할 수가 있다. 본디 자연의 세계에서는 선과 악도 없고, 적과 동지도 없으며, 모범시민과 도둑놈도 없다. 도둑고양이란 인가 근처에 살며 길들여지지 않은 동물을 말하지만, 그러나 먹이활동을 인가에서 하기 때문에 붙여진 이름일 뿐이다. 그러니까 도둑고양이란 천부당만부당한 모함일 뿐이며, 도둑고양이는 도둑고양이의 생리와 습성에 따라 넝쿨장미가 담을 넘듯이, 이 집, 저 집의 담장을 넘어 다녔을 뿐, "발가락사이까지 펴봐도 훔친 건" 하나도 없다는 것이다. 도둑고양이는 시인이 되고, 시인은 "간혹 집필할 때/ 꼬리로 봄볕을 찍어 쓰고/ 아지랑이 몇 가닥 잘라 꼬리를 썼었지만/ 그건/ 봄볕과 아지랑이의 가려운 곳을 긁어주기로 약정을" 했다는 것이다. 시인은 말을 갈고 닦으며 말을 생산해내는 사람이며, 그의 유창한 말솜씨는 청산유수와도 같고, 모든 수사학의 창시자가 된다. 시인과 도둑고양이는 "곱고 보드라운 털 봄향기로 목욕하고/ 두 눈 속에 별 하나씩 넣고/ 길가에서 기도하는 우릴 꼬드겨 담벼락으로 오르게 하고/ 눈속 별 꺼내 깨트려 담벼락에 조각조각 박고/ 담을 넘는 장미, 당신들 고발하겠습니다"라는 반어와 역설로 소위 대반전의 비판철학으로 이 시를 쓰게 된다. 도둑고양이와 넝쿨장미의 월담은 무죄가 되고, "개새끼라고 욕하면 왈왈 짖어대면서"도 "스스로 개어미라고 말하는 사람들"은 반인륜적인 범죄자가 된다. 어제도, 오늘도 "저기 개어미가 개에게 말합니다/ 엄마 간다 어서 따라와/ 하긴/ 사람이 개엄마 개아빠가 되는 세상에/ 도둑이란 누명은 누명도 아니지요"라는 시구가 바로 그것을 증명해 준다.

가는 말이 고와야 오는 말이 곱다. '개딸들'이라는 말은 아무리 좋게 봐줘도 제일 야당이 사용해서는 안 되는 말이며, 그것은 검수완박처럼 대한민국의 사법질서를 유린하는 개딸들의 말에 지나지 않는다. 개할아버지, 개할머니, 개엄마, 개아빠, 개자식, 개딸, 개손자, 개손녀 등─, 아아, 어쩌다가 우리 한국인들은 이처럼 자기 스스로 전 인류의 조롱거리인 개새끼들의 민족이 되었단 말인가? 이제 우리 한국인들은 모조리 멸망했고, 대한민국은 개딸들의 왕국이 되었다.

소위 '개혁의 딸들'이라는 예언자적이고 선구자적인 사명과 의무감을 갖고 있다면 그 개혁의 구체적인 목표를 제시하고, 그 목표를 달성할 수 있는 정책을 제시하지 않으면 안 된다. 우리 대한민국을 전 인류의 자랑스러운 국가로 만들 것이고, 우리는 모두가 다같이 '일등국가의 일등국민'이라는 도덕성을 증명해 내야 할 것이다. 참된 개혁의 딸들이라면 자기 자신의 양심에 비추어 국가와 민족과 사회를 위한 희생과 그 성과를 증명해내야 할 것이고, 이 도덕성을 근거로 하여 전 국민의 참여와 그 희생을 강요해야 할 것이다. '개혁의 딸'이 '개딸'이 되지 않기 위해서는 자기 스스로 자기 자신의 치부와 양심의 목록들을 모조리 신상 털기 하듯이 공개하지 않으면 안 되고, 이 '개혁의 딸들'이란 이름으로 그 어떤 사기꾼이나 위선자도 허용해서는 안 될 것이다.

우선 일등국가의 일등국민의 자격은 '법대로'이며 검찰과 판사의 명령에는 그 어떠한 반항이나 항변도 하지 않겠다는 약속을 하지 않으면 안 된다. 자기 자신의 가족관계와 재산내역과 수입의 규모와 그리고 봉사활동과 기부활동과 상과 벌의 내용까지도 다 까발리고, 그것을 토대로 하여 개혁의 선구자가 되지 않으면 안 된다.

당신이, 당신이 모범시민이라면 어떤 검사와 판사의 권력도 오, 남용될 수가 없는 것이다.

유 종 인
그러니까 만세

어깨 염증을 오래 참았더니

어느 날부터 팔을 돌리기가 어렵다

팔을 앞으로 돌릴 때도 그렇지만

팔을 뒤로 젖혀 돌릴 때는 더 아파온다

팔이 너무 아프니까

팔이 내 팔 같지가 않다

아픔이 이제 팔의 주인 같다

아플 때마다 참아온 팔이

안 아플 때조차 견뎌온 팔이

아플 때마다 따로 떼어논 팔이

아픔을 모르는 나를 만들어온 것같이

언제부터인가 앓아온 나라를

그래도 이게 내 나라인가

묻는 이들이 좌로 우로 북적일 때마다

하나같이 그들은

어떻게든 만세를 부르고 싶은 사람들

만세를 못 불러서

오히려 팔이 아파온 사람들

못나도 가만 불러주고

잘나도 만세를 불러주길 오래 참았더니

아픈 팔만 남은 몸뚱이같이

그 아픈 자식들만 남은 나라 같이

팔이 나으려면 아파도 돌리세요

그러면서, 동네 의사는 때로 義士나 烈士처럼

내 팔을 그윽이 대신 들어주진 않는다

그래도 아픔 몰래 팔을 살살 돌리다

경계 삼엄한 아픔한테 걸려 팔을 도로 내릴 때

내 몸은 내 마음한테 그런다

언제까지 아픈 팔을 데리고 살 거냐

언제까지 아픈 나라를 고개 숙이고 살거냐

그 때에 이르러 당신이 한 말씀

아픔을 가만히 참고

먼저 팔이 어디까지 올려지나 올려 보세요

통증이 잡아끄는 팔을

조금씩 또 조금씩 들어 천장을 향해 하늘에 올릴 때

아 나 같은 어깨 병신 팔 병신도

뭔가 한 것만 같은 으쓱함이여

그러니까 만세

그러니까 만세

말을 닫고 그저 입만 꽃처럼 벌리고

아픈 팔이 안 아픈 팔까지 거들어 올리고

서로 좀 즐거이 아파보자구

서로 좀 살 떨리게 기쁜 아픔 찾아보자구

벌써 가로수와 정원수와 죽어가는 나무들까지

언제부턴가 두 팔 들어 올린 지 오래고

하늘 높이 기다린 지 오래다

인간은 참으로 성스러울 정도로 어리석을 때가 있는데, 왜냐하면 그 어리석음이 악화되고 나서야 겨우 자기 자신이 크게 어리석었다는 것을 깨닫게 되기 때문이다. 상대방을 무시하고 무심코 저지르고 본 일이 부메랑이 되어 돌아올 때가 그렇고, 몸이 조금쯤은 안 좋다는 것을 알면서도 차일피일 미루다가 병을 키웠을 때가 그렇다. "어깨 염증을 오래 참았더니/ 어느 날부터 팔을 돌리기가 어렵다"는 것이 그렇고, "팔을 앞으로 돌릴 때도 그렇지만/ 팔을 뒤로 젖혀 돌릴 때는 더 아파온다"는 것이 그렇다. "팔이 너무 아프니까/ 팔이 내 팔 같지가 않"고, "아픔이 이제 팔의 주인 같"게 된 것이다. "안 아플 때조차 견뎌온 팔"은 건강했던 팔을 뜻하고, "아플 때마다 따로 떼어논 팔"은 팔의 아픔을 참고 견디며 그 병을 키워왔다는 것을 뜻한다.

유종인 시인처럼 '성스러울 정도로 어리석은 바보'가 또 있는데, 그것은 우리 대한민국이라고 할 수가 있다. "언제

부터인가 앓아온 나라를/ 그래도 이게 내 나라인가"라고
생각해 보면, 나라는 남북으로 쫙 갈라져 있고, 동서의
지역갈등과 좌우의 이념대결로 사시사철 사색당쟁과 자중
지란으로 그 모든 것이 다 무너져 내려가고 있는 것이다.
우리 한국인들은 어떻게 해서든지 "만세를 부르고 싶은 사
람들"이지만, 오히려 "만세를 못 불러서" 팔이 아픈 사람들
이라고 할 수가 있다. 그처럼 잘 낫고 인물 좋고 명문대학
교를 나온 사람들이 양어장의 미꾸라지처럼 득시글거리고
있으면서도 외세의 전면적인 감시와 탄압 밑에서 "아픈 팔
만 남은 몸뚱이같이" '대한민국만세'를 부르지도 못한다.

유종인 시인의 「그러니까 만세」는 대단히 뛰어난 역사
철학적인 성찰의 시이며, 자기 자신의 팔의 아픔과 대한민
국의 아픔을 동일시하고, 그 '치유의 기쁨', 그 '환희의 기
쁨'을 「그러니까 만세」로 노래한 시라고 할 수가 있다. '만
세'란 어떤 일을 경축하거나 기뻐하는 뜻으로 두 손을 높이
드는 일을 말하지만, '그러니까'라는 부사는 '역발산기개세
力拔山氣蓋世의 영웅정신'을 뜻한다. 몸이 아픈 시인과 대한
민국은 국민(원주민)이 되고, "경계 삼엄한 아픔"은 대한민
국을 강제 점령한 외세가 되고, "언제까지 아픈 팔을 데리
고 살 거냐/ 언제까지 아픈 나라를 고개 숙이고 살 거냐"는

너무나도 의연하고 당당하게 외세와 맞서 싸우며, 몸의 건강과 대한민국의 주권을 회복하라는 "義士나 烈士"와도 같은 인물들의 영웅정신을 말하게 된다. 시적 주제는 건강회복과 대한독립만세가 되고, 이 시적인 꿈을 위하여 보조인물, 즉, 전 인류의 영웅들의 도움 아래 모든 병원균과 외부의 침략자와 단 한 걸음도 물러설 수 없는 싸움을 하게 된다. "조금씩 또 조금씩 들어 천장을 향해 하늘에 올릴 때/ 아 나 같은 어깨 병신 팔 병신도/ 뭔가 한 것만 같은 으쓱함"을 느끼게 되고, "말을 닫고 그저 입만 꽃처럼 벌리고/ 아픈 팔이 안 아픈 팔까지 거들어 올리고/ 서로 좀 즐거이 아파보자구/ 서로 좀 살 떨리게 기쁜 아픔 찾아보자구", "그러니까 만세/ 그러니까 만세"를 그토록 열창해 보이고 있는 것이다. 꿈은 이루어지고, 안 되면 될 때까지 전진하고, 또 전진하는 것이 '그러니까 만세'의 주인공이 되는 지름길인 것이다.

자기 자신의 건강을 돌보지 않거나 어떤 강자에게는 무조건 복종부터 하는 자는 성스러울 정도로 어리석은 바보에 불과하지만, 그 어떤 병균과도 싸우고 그 어떤 침략자와의 싸움도 마다하지 않는 사람은 '역발산기개세의 영웅정신'으로 「그러니까 만세」의 주인공이 될 수가 있는 것이다. 몸이 아픈 자와 몸이 안 아픈 자가 하나가 되면 "벌써 가로수와 정원수와 죽어가는 나무들까지"도 두 팔을 들어 올리고, 건강한 국민과 건강하지 못한 국민이 하나가 되어 그 병을 치유하고 함께 나아가면 '동해물과 백두산'까지도 영원한 제국의 신호탄을 쏘아올리게 된다.

유종인 시인은 역사 철학의 근본문제를 '최고의 선', 즉, '영원한 제국'으로 정하고, '역발산기개세의 영웅정신'으로 우리 한국인들 모두가 살 떨리게 기쁘고 행복하게 할 날들을 찾아나선다.

대한민국만세! 대한민국만세!

그러니까, 그러니까 대한민국 시인 유종인 만세인 것이다.

성 재 봉

닭발

기울어진 가세는 삶의 터전을
읍내에서 낙동강 칠백 리
제일 끝자락으로 내몰았다

빨간색 완행버스를 두 번 갈아타고
삼십 리 비포장길을 달려야 했던
중학교 시절

낡은 차부에서의 야윈 닭발 튀김은
단돈 오십 원으로 허기를 달랠 수 있는
마른버짐 가득한 아이의 탐미였다

마지막 발톱을 삼킬 즈음
늙은 소 같은 중고 오토바이를 타고 오신
아버지와 마주쳤다

집으로 돌아오는 길

오토바이만 짖어댈 뿐

부자는 아무런 말이 없었다

닭발은 못이 되어 아버지의 가슴에 박혔고,

가난한 들판의 노을은 붉은 눈물로 가득하였다.

모든 생명체는 불쾌를 피하고 쾌락을 추구하게 된다. 쾌락은 즐겁고 기쁜 것이고, 불쾌는 괴롭고 고통스러운 것이다. 쾌락은 최고의 선이 되고, 불쾌는 최고의 악이 된다.

요컨대 불쾌는 우리 인간들이 가능한 한 마주치지 말아야 할 최고의 악이지만, 그러나 이 불쾌보다 더 무섭고 두려운 것이 있으니, 그것은 죽음이라고 할 수가 있다. 삶의 완성은 죽음이고, 죽음의 완성은 삶이다. 이 삶과 죽음은 모든 생명체의 숙명이며, 어떤 생명체도 피할 수가 없는 것이지만, 그러나 삶은 즐겁고 기쁜 것이 되고, 죽음은 기분 나쁘고 고통스러운 것이 된다.

만일, 죽음이 즐겁고 기쁜 것이고 모든 생명체들의 목표라면 그 어떤 생명체도 이 세상을 살아가지 않게 될 것이다. 죽음은 자연의 혜택도 아니고, 모든 고통에 대한 만병통치약도 아니다. 죽음은 또한, 우리가 살아 있는 동안 아무런 관련이 없는 것도 아니고, 어느 누구도 죽음 앞에서 너무나도 의연하고 당당할 수 있는 것도 아니다. 죽음은 불안과 공포이며, 이 죽음의 불안과 공포 때문에 이 세상의 모든 더럽고 추한 일들이 다 가능해진다. 불구대천의 원수 앞에서 개같이 무릎을 꿇고 목숨을 구걸하는 것, 쓰레기통을 뒤지거나 최하천민으로 살아가면서도 목숨을 끊지 못하는 것, 눈앞의 이익을 위해서라면 배신과 중상모략을 밥 먹듯이 하는 것, 히말라야의 오지와 티베트의 오지에서도 굴딱지 같은 집을 짓고 살아가는 것, 영하 4~50도의 시베리아와 극북지방에서도 섹스를 하고 아이를 낳고 산다는 것, 모든 부귀영화를 다 누리고 이 세상을 떠나갈 때가 되었는데도 불로초를 찾아 헤매거나 연명치료를 하고 산다는 것─, 이 모든 반이성적이고 반윤리적인 작태는 종족의 명령이면서도 죽음에 대한 불안과 공포 때문에 가능해지고 있는 것이라고 하지 않을 수가 없다.

산다는 것은 즐겁고 기쁜 것이며, 즐겁고 기쁘다는 것은 죽음의 불안과 공포와 싸워 이겼다는 것을 뜻한다. 가난은 생존의 벼랑 끝에 몰린 상태를 말하지만, 이 생존의 벼랑 끝의 삶이 예술 속의 삶이 된다. 티베트와 히말라야의 고산지대의 아슬아슬한 줄타기와 사하라사막과 고비사막에서의 이글이글 타는 듯한 갈증과 고행의 삶과 시베리아와 극북지방에서의 더없이 춥고 냉동된 삶이 바로 그것이며, 이 어렵고 힘든 삶이 오히려, 거꾸로 이 세상의 삶의 기쁨과 환희를 말해준다.

성재봉 시인의 「닭발」은 그의 가난한 삶이 피워낸 시(꽃)이며, 그 슬프고 아름다운 노래라고 할 수가 있다. 아슬아슬한 줄타기의 삶과 승리와 패배, 또는 성공과 실패를 예측할 수 없는 삶이 더욱더 아름답듯이, "기울어진 가세는 삶의 터전을/ 읍내에서 낙동강 칠백 리/ 제일 끝자락으로 내몰았다"라는 시구가 더욱더 아름답고, "단돈 오십 원"으로 "중학생"의 허기를 달랬던 '닭발의 추억'이 더욱더 아름다운 것이다. "빨간색 완행버스를 두 번 갈아타고/ 삼십 리 비포장길을 달려야 했던/ 중학교 시절", "낡은 차부에서의 야윈 닭발 튀김은/ 단돈 오십 원으로 허기를 달랠 수 있는/ 마른버짐 가득한 아이의 탐미였다", "마지막 발톱을 삼킬 즈음/ 늙은 소 같은 중고 오토바이를 타고 오신/ 아버지와 마주쳤다", "집으로 돌아오는 길/ 오토바이만 짖어댈 뿐/ 부자는 아무런 말이 없었다", "닭발은 못이 되어 아버지의 가슴에 박혔고/ 가난한 들판의 노을은 붉은 눈물로 가득하였다".

성재봉 시인의 '닭발의 추억'은 가난의 추억이며, 낙동강 칠백 리 제일 끝자락의 추억이다. 부자는 산해진미의 식탐으로 죄를 짓지만, 가난한 자는 배고픔 때문에 이 세상의 삶을 즐길 여유가 없다. 중학교 시절 마른버짐 가득한 아이와 아프리카 난민 소년의 마짝 바른 몸매와 그 눈동자가 무엇이 다를 것이 있으며, "닭발은 못이 되어 아버지의 가슴에 박혔고/ 가난한 들판의 노을은 붉은 눈물로 가득하였다"의 아버지와 히말라야 설산을 오가며 그 가난과 추위를 참고 견디는 포터들의 삶과 그 무엇이 다를 것이 있단 말인가? 가난은 굶주림이고, 굶주림 앞에서는 그 모든 짓이다 가능해진다.

모든 사람들은 누구나 다같이 부자가 되고 싶어 하지만, 그러나 누구나 다같이 부자가 될 수 있는 것은 아니다. 돈 많은 부자들 역시도 더 많은 돈을 벌지 못해 마음이 가난한 자도 있고, 천년, 만년 살 것처럼 인색하고, 또, 인색한 돈 많은 거지도 있다. 자기 자신의 부와 지혜를 결합시켜 그 모든 전 재산을 다 나누어 주고 가는 천사도 있고, 절대적인 빈곤과 기아선상에 헤매이면서도 그토록 아름답고 뛰어난 시 한 편을 남기고 가는 사람도 있다. 각자는 자기자신의 부의 생산자이자 그 행복의 연출자이지만, 가난과 성실함을 결합시킬 때, 그의 삶은 예술 자체의 삶이 된다.

가난한 들판의 붉디 붉은 노을처럼, 아니, 중학생 아들을
둔 가난한 아버지의 뜨겁디 뜨거운 눈물처럼—.

가난의 만병통치약은 성실함이며, 이 성실함의 줄타기가
그의 삶의 예술, 즉, '닭발의 시학'으로 완성시켜 줄 것이다.

곽효환

소리 없이 울다 간 사람

노랑부리백로가 여름을 나고
도요새, 노랑지빠귀 겨울을 난 뒤
저어새 새로이 둥지를 튼
노을과 썰물이 뒤섞이는 봄 갯벌
붉게 검붉게 혹은 금빛으로 물드는
가장 깊은 곳에 감춰둔 적막을 본다

매화 향기 남은 자리에
벚꽃 분분히 날린 다음
모가지를 떨군 동백꽃
흥건히 잠겨 흘러가는 실개울
수척한 빈산 노거수 그늘에 들어
소리 없이 울다 간 사람을 더듬는다

재 너머 차밭에 연두색 눈엽 오르고

까마득히 사라졌던 기억

몸속 가장 깊은 곳에서 아련히 깨어난다

비어 있으나 차 있는 혹은

차고 비고 또 차고 비는

그 옛날 독일 장수 라이샤크는 어느 기사의 시체를 보고 크게 슬퍼했다고 한다. 왜냐하면 그 기사는 적군을 맞이하여 가장 용감하고 씩씩하게 싸웠기 때문이었다. 하지만, 그러나 그 기사의 갑옷과 투구를 벗겨보고 그는 넋을 잃은 채 그 자리에서 쓰러져 죽었다고 한다. 왜냐하면 그 기사는 그가 가장 사랑하는 아들이었기 때문이었다. "가벼운 슬픔은 떠들게 하고, 크나큰 슬픔은 넋을 잃게 한다."(세네카)

곽효환 시인의 「소리 없이 울다 간 사람」은 어떤 사람이며, 그는 왜, 크나큰 슬픔에 잠겨 소리 없이 울다가 떠나간 사람이 되었던 것일까? "노랑부리백로가 여름을 나고/ 도요새, 노랑지빠귀 겨울을 난 뒤/ 저어새 새로이 둥지를 튼/ 노을과 썰물이 뒤섞이는 봄 갯벌"은 만물이 부활하는 '봄 갯벌'일 수도 있지만, 그러나 곽효환 시인은 '생의 약동'보다는 "붉게 검붉게 혹은 금빛으로 물드는/ 가장 깊은 곳에 감춰둔 적막"만을 바라본다. 적막이란 매우 쓸쓸하고 우울한 마음의 풍경이며, 반자연적이고도 반생명적인 우리 인간들의 감정을 말한다.

인생무상人生無常—. 여름과 가을이 지나고, 한겨울을 보낸 뒤 봄이 왔어도 이 세상의 모든 것이 아무런 의미도 없고 덧없을 뿐인 것이다. "매화 향기 남은 자리에/ 벚꽃이 분분히 날"려도 마찬가지이고, "모가지를 떨군 동백꽃/ 홍건히 잠겨 흘러가는 실개울"을 바라보아도 마찬가지이다. 봄이 왔어도 봄이 아니고, 여름이 왔어도 여름이 아니다. "수척한 빈산 노거수 그늘에 들어/ 소리 없이 울다 간 사람을 더듬는다"라는 시인의 마음이 그것을 말해준다. 행복도 마음 먹기에 달린 것이고, 불행도 마음 먹기에 달린 것이다. 왜, 그는 만물이 부활하는 봄을 맞이하여서도 크나큰 슬픔에 잠겨 '인생의 무상함'만을 노래하고 있는 것일까?

이 세상에서 가장 슬프고 불행한 원인은 무엇일까? 그것은 생존의 위기에 몰린 가난 때문일 수도 있고, 사랑하는 사람과의 이별 때문일 수도 있다. 생살을 후벼 파는 듯한 병과 고통 때문일 수도 있고, 대 서사시인으로서의 꿈의 상실 때문일 수도 있다. 꿈은 삶의 의지의 가장 역동적인 형태이며, 꿈이 있는 자는 그 어떤 상황 속에서도 절망을 모른다. 다섯 번씩, 여섯 번씩 실패를 해도 그는 다시 일어나고, 한 달을 굶고도 천재지변의 잿더미 속에서도 살아 남는다. 이 세상에서 가장 슬프고 불행한 일은 꿈을 상실하는 것이고, 꿈을 상실하면 이 세상의 그 모든 것이 다 허무하고 아무런 의미도 없게 된다.

"수척한 빈산 노거수 그늘에 들어" 소리 없이 울다 간 사람은 아마도 꿈이 큰 사람이었는지도 모른다. "재 너머 차밭에 연두색 눈엽 오르고/ 까마득히 사라졌던 기억"이 그것을 말해주고, 또한, "몸속 가장 깊은 곳에서 아련히 깨어난다"라는 시구가 그것을 말해준다. 사랑도 환영이고, 믿음도 환영이고, 행복도 환영이다. 사랑과 믿음과 공동체 사회의 행복은 아무런 흔적도 없이 사라져 버리고, 그의 꿈조차도 흔적도 없이 사라져 버린다. 빈손으로 왔다가 빈손으로 돌아가는 것, 이 허무함의 윤회는 영원히 되풀이된다. "비어 있으나 차 있는 혹은/ 차고 비고 또 차고 비는"—.

현대 자본주의 사회는 반자연적이고도 반인간적인 사회이며, 바야흐로 인간에게서 인간성을 거세시킨 사회라고 할 수가 있다. 컴퓨터도 악마가 만든 걸작품이고, 스마트폰도 악마가 만든 걸작품이고, 인공지능이 어느덧 그 모든 역사와 전통, 그리고 모든 학교 교육과 일자리들을 다 빼앗아가고 말았다. 탐욕이 최고의 미덕이 되었고, 종교와 신화도 다 소멸되었고, 그토록 무섭고 사나운 악마들이 서로가 서로에게 무자비한 발톱과 이빨을 드러내고 있는 것이다.

소리 없이 울다 간 사람은 아마도 최후의 인문주의자이자 영원한 패배자일는지도 모른다.

나에게는 추억이 없고 악몽만이 있다. 가난과 십대 소년 가장은 나의 씻을 수 없는 원죄이고 악몽이다. '너 우리 집에 오지 마!', '왜 쟤하고 노니?' '너 빨리 꺼져!', '빨갱이가 쳐들어 오면 쟤가 젤 좋아할 거야!' 수십 번씩, 수백 번씩 문전박대를 당하고 온갖 험담과 쌍욕을 다 듣는 수모를 겪을 수밖에 없었다.

하지만, 그러나 나는 철학을 공부했고, 대한민국 최초로 낙천주의 사상가가 되었다. 나는 일도필살의 문체를 지닌 사람이며, 우리 한국인들을 고급문화인, 즉, '사상가와 예술가의 민족'으로 인도해낼 사명과 의무를 갖고 태어났다.

아아, 한국인들이여, 언제, 어느 때, 내 말을 알아듣겠는가?

이 원 형
실록

우산과 양산이 되어준 허공 세 평

직박구리 지지고 볶는 소리 서너 되

바람의 한숨 여섯 근

불면의 밤 한 말 가웃

숫기가 없어 뒤만 졸졸 따라다니던

그늘 반 마지기

산까치가 주워 나른 뜬소문 한 아름

다녀간 빗소리 아홉 다발

오디 갔다 이제 왔나

고라니똥 같은 오디 닷 양푼

오디만큼 달았던 방귀는

덤이라 했다

산뽕나무 한 채 헐리기 전

열흘 하고도 반나절의 기념비적
가족사는 이러하였다

일가를 이루었던 세간이며
식솔들은 뿔뿔이 흩어졌다
덩그러니만 남았다

실록實錄이란 무엇인가? 실록이란 첫 번째로 한 임금의 재위기간 동안 일어난 사실들을 기록한 것을 말하고, 두 번째로는 어떤 사건이나 사실들을 있는 그대로 적은 기록을 말하며, 마지막으로 세 번째로는 실제로 일어났거나 일어날 수 있음직한 사건들을 인간의 상상력으로 재구성해낸 실록소설을 말한다.

하지만, 그러나 모든 역사나 전기, 또는 신화와 종교마저도 실록소설에 지나지 않는데, 왜냐하면 이 세상에 사실 그대로의 사건이나 기록은 없기 때문이다. 역사가나 전기작가, 또는 시인이나 종교학자도 어떤 사실을 사실 그대로 보고 들은 바가 없으며, 그들이 쓴 그들의 책마저도 그들의 상상력과 거짓으로 쓴 가공의 이야기에 지나지 않는다. 역사나 전기, 또는 신화와 종교에서의 사실은 존재하지도 않으며, 그 모든 이야기들은 후세의 작가와 역사가들이 조작해낸 허구에 지나지 않기 때문이다. 진실이나 사실은 존재해야 하지만, 그러나 진실이나 사실은 존재하지 않은 채로 존재하며 모든 이야기꾼들을 거짓말쟁이로 만들고 있는 것이다.

어제의 나와 오늘의 내가 다르고, 어제의 진실과 오늘의 진실이 다르다. 이 사실과 이 진실은 미술관이나 박물관에서의 조명에 따라 그 작품의 가치와 품격이 달라지듯이, 어떤 사실과 진실은 글쓴이의 역사관과 그 위치와 입장과 심리적인 마음의 움직임에 따라 저마다 다르게 해석되고 변주될 수가 있는 것이다. 신과 인간, 천사와 악마, 성인군자와 범죄자, 천재와 바보, 장군과 병사, 적과 동지 등이 따로 존재하는 것도 아니고, 우리 인간들은 그때 그때의 시대와 위치와 입장에 따라 살아가는 '천의 얼굴'을 지닌 배우들이라고 할 수가 있다. 모든 것은 끊임없이 생성 변화하고, 우리 인간들은 선천적인 사기꾼이자 거짓말쟁이라고 할 수가 있다.

이원형 시인의 「실록」은 산뽕나무 한 그루의 일대기이며, 이 산뽕나무의 일대기를 시로 쓴 것이라고 할 수가 있다. 「실록」은 산뽕나무의 무덤이자 기념비이며, 그 가족들이 영원히 살아가는 집이라고 할 수가 있다. 산뽕나무는 우산과 양산이 되어준 허공 세 평의 집을 짓고 살고 있고,

직박구리의 지지고 볶는 소리는 서너 되가 된다. 바람의
한숨은 여섯 근이 되고, 불면의 밤은 한 말 가웃이 된다.
숫기가 없는 그늘은 반 마지기가 되고, 산까치가 주워 나
른 뜬소문은 한아름이나 된다. 다녀간 빗소리는 아홉 다발
이 되고, 고리니똥 같은 오디는 닷 양푼이 되고, 오디만큼
달았던 방귀는 덤이 된다.

　이원형 시인의 「실록」은 "산뽕나무 한 채 헐리기 전/ 열
흘 하고도 반나절의 기념비적/ 가족사는 이러하였다"라는
시구가 말해주고 있듯이, 그가 열흘 동안 관찰한 산뽕나무
의 가족사를 시로 쓴 소설이라고 할 수가 있다. 인간은 야
수 중의 야수이며, 휴머니즘이라는 이름으로 자연의 환경
을 파괴하는 악마라고 할 수가 있다. 산을 깎고 강을 막는
것, 집을 짓고 도로를 내는 것, 농지를 개발하고 무차별적
으로 불로초를 심거나 벌목을 하는 것―, 우리 인간들은
주관적인 편견과 이기주의에 사로잡혀서 그가 필요하면
무엇이든지 다 저지르고 본다. 산뽕나무 일가를 뿔뿔이 흩
어지게 하고, "오디만큼 달았던 방귀"라는 시구에서처럼,
그 모든 신화와 종교와 역사와 전통들을 다 파괴하게 되었
던 것이다.

　산뽕나무는 큰산과도 같고, 큰산은 성인군자의 넉넉한

품과도 같다. 그 넓은 가슴과 옷자락에 만물을 다 품어 기르고, 그의 오디만큼 달콤한 말과 사상으로 모든 만물들을 다 먹여 살린다. "시 삼백 편에는 사악한 생각이 하나도 없다"라는 공자의 말씀이 그것을 말해주고, 산뽕나무는 천세불변의 성인군자와도 같다. 이원형 시인의 「실록」은 성인군자의 실록이며, 산뽕나무 한 그루의 이야기로 만인들을 심금을 울린다.

거짓말에도 이로운 거짓말과 해로운 거짓말, 또는 아름다운 거짓말과 더럽고 추한 거짓말이 있듯이, 우리 인간들은 진실만큼 거짓말을 하면서 살아가고 있는 것이다. 선과 악, 진실과 거짓, 음과 양, 남과 녀가 이음동의어에 불과하듯이, 우리 인간들은 거짓말 속에서 태어나 거짓말의 젖을 먹고 자라나고 거짓말을 생산해내면서 살아간다. 부처와 예수와 알라와 제우스와 호머 등, 이 신화적 인물들은 수많은 사람들이 수천 년 동안 조작해낸 가공의 인물들에 지나지 않는다. 부처의 진신사리는 히말라야의 설산보다도 더 많고(크고), 전지전능한 예수는 천 년, 만 년이 지나도 되살아나지 못한다. 호머는 최초의 서사시인이자 최후의 서사시인이기는커녕, 눈 뜬 장님이자 인간의 문자를 해독하지 못한 바보였는지도 모른다.

인간의 삶의 세계는 거짓말의 세계이고, 우리 인간들은 이 거짓말의 역사와 전통을 창출해내면서 더욱더 아름다운 '산뽕나무(성인군자)의 세계'를 살아간다. 모든 시는 거짓말이고, 이 거짓말이 실록으로 정체를 드러내며, 우리 인간들의 삶을 더욱더 아름답고 풍요롭게 미화시켜 나간다. 이원형 시인의 산뽕나무의 일대기, 그 아름다운 소우주는 그러나 너무나도 슬프고 허무하게 그 종말을 맞이하고 말았다.

아아, 이 디지털 인공지능의 시대에, 그 어디 가서 산뽕나무(성인군자)의 소우주를 찾아볼 수가 있단 말인가?

이용우
무서운 놈

늑대의 송곳니
전갈의 독침

내 입안에
다
있다

이 세상을 살아간다는 것은 참으로 무섭고 두려운 일이다. 사랑을 택하면 증오(혐오)가 따라오고, 증오를 택하면 사랑이 따라온다. 친구를 좋아하면 적이 나타나고, 적과의 싸움을 택하면 친구가 나타난다. 사랑만으로 살 수도 없고, 증오만으로 살 수도 없다. 이 세상의 삶은 사랑과 증오 사이에서의 아슬아슬한 줄타기이지만, 그러나 그것보다도 더욱더 중요하고 근본적인 것은 무서운 놈이 되는 것이다.

홀로서기는 주체성의 완성이고, 주체성을 완성하는 것은 자기 자신이 전 인류의 아버지이자 스승이 되고, 최후의 심판관이 되어야 하는 것이다. 이용우 시인의 「무서운 놈」처럼 "늑대의 송곳니"와 "전갈의 독침"이 "내 입안에/다" 있지 않으면 그의 홀로서기는 불가능한 것이다. 모든 생명체에게는 두 가지의 본능이 있는 데, 공격본능과 방어본능이 그것이라고 할 수가 있다. 타인과 이웃 국가와 이 세계를 정복하는 것은 공격본능이고, 그 어떤 침략자와도 맞서 싸우는 것은 방어본능이라고 할 수가 있다.

홀로서기는 이빨을 갈고 독을 기르는 것이고, 이빨을 갈고 독을 기르는 것은 공부를 하고 건강을 돌보는 것이다. 건강과 지식은 홀로서기의 근본동력이며, 우리는 이 홀로서기를 통하여 모든 동지와 부모형제들마저도 자기 자신의 신민으로 만들 수가 있는 것이다.

내가 있고 세계가 있다. 나는 명령자이고, 시바신이고, 제우스이다.

"늑대의 송곳니", "전갈의 독침", 이것이 소위 이용우 시인의 「무서운 놈」의 진면목인 것이다.

모든 생명체의 근본물질은 무엇인가? 밥에도 물에도 과일에도 독이 묻어 있고, 언어에도 지식에도 이론에도 독이 묻어 있다. 사랑에도 우정에도 미움에도 독이 묻어 있고, 자동차에도 비행기에도 인공지능에게도 독이 묻어 있다.

독은 약이고, 독약이다. 우리 인간들은 독을 필요로 하면서도 독을 좋아하지는 않는다.

나는 「무서운 놈」이면서도 수많은 사람들을 무서워하는 놈이기도 한 것이다.

홍 영 택

충견

개는 주인에게 충성을 다한다,
주인이 잘못해도 직언을 안 한다,
밥만 주면 평생 비서다.

낯선 사람은 사생 결단이다
때론 무리(진영)로 덤벼든다
개는 개일 뿐
개과천선하지 않는다.
밥그릇 챙겨주는 주인에게
똥을 치우게 한다

교언영색으로 아양을 떤다
자신의 향기를 전봇대에 뿌려보지만
한번 꼬리를 내리면 충견

별것 아닌 것들이

오늘날 미국이 세계 제일의 초강대국이 된 것은 사상과 이론을 통한 지적 자본과 상업을 통한 경제적 자본과 그리고 군사적인 자본, 바로 이 '삼대 자본'을 움켜쥐고 있기 때문이라고 할 수가 있다. 많이 아는 자는 명령하는 자이고, 많이 알지 못하는 자는 복종하는 자이다. 전 인류의 스승의 책을 읽고 글을 쓰는 사람은 명령하는 자가 되고, 타인들이 가르쳐 주는 정답만을 달달달 외우는 일제식 암기교육을 받은 사람들은 미국이나 중국에게 말대답도 못하는 노예가 된다. 노예는 주인이 시키는 대로 꼬리를 흔들고 충성을 다 하면 되지만, 주인은 노예의 머리에서 발끝까지 다 장악하고 타인들과 이 세계를 지배하기 위하여 최고급의 사상과 이론으로 무장을 하고 명령을 내린다. "주인에게 충성을" 하는 개는 좋은 개이고, 주인의 명령대로 인정사정없이 물어 뜯는 개는 더욱더 좋은 개다. 인류의 역사상, 노예가, 충견이, 주인에게 말대답을 하고 명령을 하며,

주인을 물어뜯고 지배한 적은 단 한 번도 없었다.

"개는 주인에게 충성을 다한다/ 주인이 잘못해도 직언을 안 한다/ 밥만 주면 평생 비서다." 낯선 사람들에게는 사생결단식으로 덤벼들고 때로는 패거리를 지어 덤벼들지만, 그러나 「충견」은 어디까지나 충견일 뿐, 충견이 주인이 될 수는 없다. 미군이 남한에 점령군으로 들어온 지 어느덧 80여 년, 미군이 대한민국의 오천 년의 역사와 전통을 짓밟아버린 결과, 이제 우리 한국인들은 남북통일을 꿈조차도 꿀 수 없게 되었다. 미군이 무서워 자기 고향땅도 못 가고, 미군이 무서워 부모형제도 못 만나고, 자나깨나 미군에 대한 충성으로 북녘땅 동포들을 향해 총과 대포와 미사일을 쏘아댄다. 날이면 날마다 '우리의 소원은 통일'이라고 노래를 부르지만, 도대체 그처럼 선량한 천사의 탈을 쓴 미군은 대량살상무기나 팔아먹고 동족상잔의 피비린내만 명령할 뿐, 우리의 소원인 남북통일은 아예 시켜줄 생각조차도 없다.

독서중심의 글쓰기 교육을 받으면 미군을 몰아내고 남북통일을 할 수가 있지만, 일제식 암기교육을 받으면 온갖 교언영색으로 미군에게 아양을 떨어대다가 그 비참한 최후를 맞이하게 된다.

도대체 미군이라는 깡패가 무서워 자기 고향땅과 부모 형제도 못 만나는 인간들이 이 세상에 그 어디에 있단 말인가?

충견은 충견일 뿐, 노예는 노예일 뿐—.

백 지

전복

도마 위를 달리다 전복된 남자

도마 위에서 진줏빛 갑옷이 벗겨진 남자
도마 위에서 구릿빛 온몸이 토막 난 남자
도마 위에서 황금빛 내장이 터져버린 남자
도마 위에서 꽉 다문 입술이 찢긴 남자
도마 위에서 싸구려 술 한 잔으로 상처를 달래는 남자
도마 위에서 몸통 없는 다리로 집 한 채 짓는 남자

그 남자를 생각하며 전복을 요리하는 여자

그 남자 위에서 바다향 껍질을 문지르는 여자
그 남자 위에서 쫀득한 살점을 바느질하는 여자
그 남자 위에서 비린 내장을 주무르는 여자
그 남자 위에서 찢긴 입술을 핥는 여자

그 남자 위에서 상처난 시간을 어루만지는 여자

그 남자 위에서 노 젓다 조용히 전복되는 여자

배고픈 고래처럼 여자를 삼켜버린 남자

다시 일어나 뚜벅뚜벅 도마 위를 걷는 남자

전복이란 전복과에 속하는 조개이며, 조개류의 황제라고 불린다. 전복에는 타우린이 다량으로 함유되어 있으며, 담석을 녹이거나 간장의 기능을 강화하고 콜레스테롤의 저하와 심장기능의 향상, 시력 회복 등에 효과가 있다고 한다. 전복이란 우리 한국인들이 가장 좋아하는 건강 장수 식품이며, 바다가 주는 최고의 선물이라고 할 수가 있다.

　　백지 시인의 「전복」은 여자가 남자를 위해 전복을 요리하는 명장면을 연출해내며, '전복'이라는 말을 '전복顚覆'으로 전도시키며, 상호 희생적인 사랑의 노래를 울려퍼지게 한다. 남자는 그녀의 전복이 되고, 전복은 그녀의 식재료가 된다. "도마 위에서 진줏빛 갑옷이 벗겨진 남자", "도마 위에서 구릿빛 온몸이 토막 난 남자", "도마 위에서 황금빛 내장이 터져버린 남자", "도마 위에서 꽉 다문 입술이 찢긴 남자", "도마 위에서 싸구려 술 한 잔으로 상처를 달래는 남자", "도마 위에서 몸통 없는 다리로 집 한 채 짓는 남자"

는 사랑하는 아내와 가정을 위해 온몸으로 일을 하는 남편을 뜻하고, "도마 위를 달리다 전복된 남자"는 이 세상의 삶의 처절한 생존경쟁에서 희생된 남편을 뜻한다. '진주빛 갑옷', '구릿빛 온몸', '황금빛 내장', '꽉 다문 입술', '몸통 없는 다리' 등은 남편의 육체가 되고, "그 남자를 생각하며 전복을 요리하는 여자"는 그 도마 위의 남편을 위해 무한한 존경과 찬양이라는 양념으로 지극정성을 다한다.

사랑은 주고 받는 것이고, 하늘을 감동시키면 모든 것이 다 이루어진다. 이제 남자는 도마가 되고, 여자는, 스스로, 자발적으로 그 남자의 식재료인 전복이 된다. "그 남자 위에서 바다향 껍질을 문지르는 여자/ 그 남자 위에서 쫀득한 살점을 바느질하는 여자/ 그 남자 위에서 비린 내장을 주무르는 여자/ 그 남자 위에서 찢긴 입술을 핥는 여자/ 그 남자 위에서 상처난 시간을 어루만지는 여자/ 그 남자 위에서 노 젓다 조용히 전복되는 여자"는 한 남자의 살신성인의 희생정신에 대한 고마움을 생각하며, 그 맛있는 전복요리를 위해 자기 자신의 생명을 전복(희생)시킨다. 이윽고 "배고픈 고래처럼 여자를 삼켜버린 남자"는 사랑하는 여자가 지극정성으로 요리한 전복을 아주 맛있게 먹었다는 것을 뜻하고, "다시 일어나 뚜벅뚜벅 도마 위를 걷는 남자"는 그 여자의 영양만점의 전복요리를 통해 노동력을 재충전하고, 그토록 처절하고 힘겨운 생존경쟁의 일터로 되돌아갔다는 것을 뜻한다.

백지 시인의 「전복」은 조개류의 황제인 전복을 요리하며, 전복과 전복顚覆, 남자와 여자의 역할을 바꿔가며, 최고급의 사랑 노래를 울려퍼지게 한다. 남자는 가정을 위해 자기 자신을 희생하는 전복이 되고, 여자는 남편의 영양만점의 식사를 위해 자기 자신을 희생하는 전복이 된다.

남자와 여자는 가정의 행복과 인류의 행복을 위해 부부가 되었고, 하늘을 우러러 한 점의 부끄러움도 없이 살겠다는 삶의 철학으로 아들과 딸들을 낳고 길러내야 할 역사적 사명과 의무가 있다고 생각한다. 삶의 무대는 도마이고, 삶의 형식은 서로가 서로를 위해 영양만점의 전복이되는 것이다.

부창부수夫唱婦隨, 남편이 노래를 부르면 아내가 따라 부르고, 아내가 노래를 부르면 남편이 따라 부른다.

가화만사성家和萬事成의 상징인 전복, 영원한 '부부 사랑'의 보증수표인 전복—.

박 용 숙

꽃샘추위

광개토대왕이 말 달리던 이전부터
동토는 본디 내 영토였다
수다쟁이 봄꽃 처녀의 살 뜨거운 콧소리
귀 후끈 달아오르게 할 때도
의기양양 칼바람으로 옷깃 세우던 나였다
조바심 난 벌과 나비들
잠자는 초경 깨워 붉은 입술 터트릴 때도
나의 건재함 추호도 의심하지 않았다
나이테 한 줄 더 그려주며
우주 섭리란 말로 그럴싸하게 포장하여
계절 뒤꼍으로 밀어내려 할 때나
대문 가로질러 써 붙인 立春이란 글자에
점점 의식 희미해져 갈 때도
그저 잔기침만 콜록거렸다
세상의 바람난 꽃들이여!

하룻밤의 찬 인연일지라도 섭섭하다 생각지 마라

시샘이나 부리는 투정쟁이라 헐뜯지도 마라

그대 응원할 연합대군 동남풍으로 몰려온다 해도

비겁하게 꼬리 내릴 내가 아니다

세상 모두 내 편이 아니라 해도

아직은 알뿌리 튼실한 붉은 동장군이다.

봄이 오면 겨울철 내내 우리나라를 지배하던 시베리아 기단의 세력이 약화되면서 기온이 상승하다가, 갑자기 기온이 뚝 떨어지는 '이상저온현상'을 우리 한국인들을 '꽃샘추위'라고 부른다. 일상생활에서 우리들이 느끼는 꽃샘추위는 2월 말부터 4월 중순인데 반해, 이 '꽃샘추위'는 3월 초부터 5월 초까지 나타난다. 특히 벚꽃의 개화기인 4월 10일부터 4월 18일까지 나타나 개화시기를 늦추고 농작물이나 인간의 건강에 나쁜 영향을 미치기도 한다.

　하지만, 그러나 요즈음은 벚꽃의 개화시기도 상당히 앞당겨졌고, 대도시와 지구의 온난화로 꽃샘추위의 발생일이 상대적으로 적어졌지만, 아무튼 꽃샘추위란 만물이 꽃이 피는 봄철을 시샘하는 동장군의 질투와 시기와 함께, 그 화풀이라고 해도 틀린 말이 아니다. 우리 인간들이 자연의 이치를 다 밝히고 자연을 정복한 것 같지만, 그러나 우리 인간들은 자연의 터전에서 살아가는 수많은 종들의 하나이지, 그 이상도, 그 이하도 아니다. 봄, 여름, 가을, 겨울의 사계절의 운행이나 일 년 내내 한여름인 적도지방과, 그리고 이와 반대로, 대부분이 혹한기인 극북지방의 계절의 운행을 우리 인간들이 전면적으로 관리하고 통제할 수 있는 것도 아니다. 건강한 여당이 있으면 건강한 야당도 있어야 하고, 한여름의 불볕 더위가 있으면 한겨울의 엄동설한도 있어야 한다. 한겨울의 엄동설한이 있으면 꽃 피우는 봄도 있어야 하고, 만화방창하는 봄날이 있으려면 그 봄날을 시샘하는 꽃샘추위도 있어야 한다. 한여름의 불볕 더위가 모든 식물들의 성장과 열매의 성숙을 돕듯이, 꽃샘추위는 발육의 지둔과 병든 신체와 미래의 앞날을 기약할 수 없는 생명체들을 미리 솎아내는 대자연의 예방백신이라고 할 수가 있다.

박용숙 시인의 「꽃샘추위」는 "알뿌리 튼실한 붉은 동장군"의 존재론이자 이 세상의 삶을 찬양하고 옹호하는 노래라고 할 수가 있다. 적과 적의 관계도 잠정적이고 일시적인 관계이고, 동지와 동지의 관계도 잠정적이고 일시적인 관계이다. 적과 동지의 관계도 잠정적이고 일시적인 관계이고, 약과 독약의 관계도 잠정적이고 일시적인 관계이다. "광개토대왕이 말 달리던 이전부터/ 동토는 본디 내 영토였다"라는 시구는 꽃샘추위의 영토주권에 맞닿아 있고, "수다쟁이 봄꽃 처녀의 살 뜨거운 콧소리/ 귀 후끈 달아오르게 할 때도/ 의기양양 칼바람으로 옷깃 세우던 나였다", "조바심 난 벌과 나비들/ 잠자는 초경 깨워 붉은 입술 터트릴 때도/ 나의 건재함 추호도 의심하지 않았다"라는 시구들은 꽃샘추위의 존재의 정당성과 그 역사적인 사명감에 맞닿아 있다. "우주 섭리란 말로 그럴싸하게 포장하여/ 계절 뒤꼍으로 밀어내려 할 때나/ 대문 가로질러 써 붙인 立春이란 글자에/ 점점 의식 희미해져 갈 때도/ 그저 잔기침만 콜록거렸다"라는 시구는 백절불굴의 영웅정신에 맞닿아 있고, "세상의 바람난 꽃들이여!/ 하룻밤의 찬 인연일지라도 섭섭하다 생각지 마라/ 시샘이나 부리는 투정쟁이라 헐뜯지도 마라/ 그대 응원할 연합대군 동남풍으로 몰려온다 해도/ 비겁하게 꼬리 내릴 내가 아니다/ 세상 모두 내 편이 아니라 해도/ 아직은 알뿌리 튼실한 붉은 동장군이다"라는 시구는 천세불변의 동장군의 사상에 맞닿아 있다.

박용숙 시인의 「꽃샘추위」의 조국은 시인의 언어이며, 꽃샘추위는 시인의 언어의 국방을 수호하는 동장군이라고 할 수가 있다. 태초에 말이 있고, 이 말의 혁명으로 꽃샘추위가 탄생한다. 만물이 탄생하기 이전에 꽃샘추위가 있고,

이 꽃샘추위의 교수법에 의하여 천세불변의 봄꽃들이 피어난다. 꽃샘추위는 따뜻한 봄볕과는 불구대천의 원수같지만, 모든 만물들은 해마다 꽃샘추위의 그토록 사납고 매서운 칼바람 앞에서 지옥의 문턱까지 갔다가 오지 않으면 안 된다. 너무나도 때 이르게 이성에 눈을 뜨고 바람난 놈, 동장군을 무시하고 수다쟁이 봄꽃들과 동장군을 조롱하던 놈, 대문에 써붙인 입춘이라는 글자를 믿고 그토록 길길이 날뛰던 놈, 끊임없는 탐욕과 식탐으로 너무나도 때 이르게 초경을 깨운 년놈들은 박용숙 시인의 「꽃샘추위」 앞에 비명횡사를 하거나 그 군더더기들을 다 떼어내고 가장 이상적인 건강한 몸으로 꽃을 피우지 않으면 안 된다. 그러니까 꽃샘추위는 악마가 아니라 봄의 전령사이며, 만물의 건강과 행복을 책임지는 특수부대의 총사령관, 즉, "알뿌리 튼실한 붉은 동장군"이었던 것이다.

악마도 없고 천사도 없다. 적도 없고 친구도 없다. 착한 인간도 없고 나쁜 인간도 없다. 자연의 학교에서는 따뜻한 봄볕을 천사로, 꽃샘추위는 악마의 탈을 쓴 것일 뿐, 봄볕과 꽃샘추위는 한 인간의 두 얼굴과도 같다고 할 수가 있다. 꽃샘추위가 없으면 따뜻한 봄볕도 없고, 따뜻한 봄볕이 없으면 꽃샘추위도 없다.

박용숙 시인의 「꽃샘추위」는 붉은 동장군의 노래이자 이 세상의 삶을 찬양하는 대서사시라고 할 수가 있다. '나는 붉은 동장군이다'라고 자기 자신의 정체성을 밝히고, 꽃샘추위의 정당성과 그 삶의 철학을 노래한 대단히 아름답고 뛰어난 대서사시라고 할 수가 있다. "조바심 난 벌과 나비들/ 잠자는 초경 깨워 붉은 입술 터트릴 때도/ 나의 건재함 추호도 의심하지 않았다"라는 시구가 그것이 아니라면 무엇이고, 또한, "세상의 바람난 꽃들이여!/ 하룻밤의 찬 인연일지라도 섭섭하다 생각지 마라", "그대 응원할 연합대군 동남풍으로 몰려온다 해도/ 비겁하게 꼬리 내릴 내가 아니다/ 세상 모두 내 편이 아니라 해도/ 아직은 알뿌리 튼실한 붉은 동장군이다"가 그것이 아니라면 무엇이란 말인가?

천하제일의 명약이자 자연의 예방백신인 꽃샘추위—.

꽃샘추위는 모든 만물의 스승이자 특수부대의 총사령관이고, 그 사납고 매서운 칼바람의 기상은 모든 천재들의 영웅정신이라고 할 수가 있다.

박용숙 시인의 「꽃샘추위」는 그의 언어의 알뿌리이자 모든 영웅정신의 기상이라고 할 수가 있다.

반 칠 환

기적 1

여름 장마가 휩쓸고 갔어도

계곡에 버들치 한 마리 떠내려 보내지 못했구나

나는 우리 한국인들에게 기적을 가르쳐 주고자 한다. 기적은 지혜이고 용기이며, 기적은 천하제일의 무적의 용사이다.

꽃샘추위도, 여름 장마도, 가을 태풍도, 한겨울의 엄동설한도 기적 앞에서는 다만, 무릎을 꿇고 충성을 맹세할 뿐이다.

제아무리 여름 장마가 그 모든 것을 다 휩쓸고 지나갔을지라도 우리가 꿈을 꾸고 용기를 갖고 있으면 우리의 털끝 하나도 건드리지 못한다.

우리 한국인들은 '사상가와 예술가의 민족'이 되어야 하고, 반드시 전 인류의 존경을 받는 민족이 되지 않으면 안 된다.

"여름 장마가 휩쓸고 갔어도/ 계곡에 버들치 한 마리 떠내려 보내지 못했"듯이 앎(지혜)을 통해 영원불멸의 역사를 써나가지 않으면 안 된다.

기적은 꿈이고, 기적은 날개이고, 우리 한국인들에게 불
가능이란 없다.

백 승 자
보이지 않는 손

그가 처음 내민 건 밥이었지
더운 밥 한 술이면 겨울밤을 견딜 수 있던
자갈길을 달리는 맨발들이
아스콘 위를 달릴 거라 꿈꾸던 때
심장이 퉁퉁 튀던 때였어

낮은 허들을 하나 넘으니 박수를 치며 초콜렛을 주었어
또 하나 넘으니 초코케잌과 에소프레소를
또 하나 넘으니 초코케잌과 에소프레소와 라디오를
또 하나 넘으니 초코케잌과 에소프레소와 라디오와 텔
레비전을
또 하나 넘으니 에소프레소와 라디오와 텔레비전과 루
이뷔똥을
또 하나 넘으니 라디오와 텔레비전과 루이뷔똥과 컴퓨
터를

또 하나 넘으니 텔레비전과 루이뷔똥과 컴퓨터와 아우
디를

또 하나 넘으니 루이뷔똥과 컴퓨터와 아우디와 007시리
즈를

또 하나 넘으니 컴퓨터와 아우디와 007시리즈와 고흐를

또 하나 넘으니 배가 고프고 온 몸이 떨렸어

초콜렛과 에소프레소를 못 먹은 지 너무 오래 되었어

그는 더 이상 아무것도 주지 않았어

그에게 나무를 베어 초콜릿을 샀어

쌀을 팔아 커피를 샀어

온 산에 있는 철을 팔아 라디오를 샀어 텔레비전을 샀어

한옥을 팔아 루이뷔똥을 샀어

논을 팔아 아우디를 샀어

심청전을 팔아 007시리즈를 샀어

김홍도를 팔아 고흐를 샀어

더 사야할 것이 없나

아,

경복궁을 팔아 성조기를 사자

영원한 제국이란 황제가 다스리는 나라이며, 이 황제는 하나님의 아들, 즉, 천자天子를 뜻한다. 제우스, 시바, 부처, 예수, 마호메트는 이 황제의 탈을 쓴 종교적 인물에 지나지 않지만, 그러나 매우 세속적인 황제는 그가 소속된 국가의 힘으로 수많은 나라들을 식민지배하게 된다. 모든 국가는 제국의 꿈을 갖고 있으며, 제국의 꿈을 갖고 있지 못한 국가는 이웃 민족의 식민지배를 받는 노예국가에 지나지 않게 된다. 제국의 꿈은 첫 번째로 영토를 확장하는 것이고, 두 번째는 천연자원을 확보하는 것이고, 마지막 세 번째로는 상품의 생산과 판매시장을 확보하는 것이다. 영원한 제국의 이름으로 말하고 명령을 하며, 영원한 제국의 질서 속에 그 국민들의 번영과 행복을 창출해낸다는 것은 모든 황제들의 꿈이라고 할 수가 있다. 영원한 제국의 꿈이 있는 나라는 로마제국이나 중화제국, 또는 일본제국이나 오늘날의 미국처럼 가장 강력하고 위대한 국가라고 할 수가 있다.

　백승자 시인의 「보이지 않는 손」은 미제국주의를 비판하고 있는 시이며, "아/ 경복궁을 팔아 성조기를 사자"라는 시구에서처럼, '보이지 않는 손'에 의해 우리 한국인들의 운명이 결정되어 있다는 것을 너무나도 처절하고 가슴 아프게 노래하고 있는 시라고 할 수가 있다. 천사의 탈을 쓴 신사(그)가 가난하고 어렵게 사는 사람에게 빵과 헌옷과 생활필수품을 가져다 주고 그의 마음을 다 빼앗듯이, "그가 처음 내민 건 밥이었"고, 그 "더운 밥 한 술이면 겨울밤을 건딜 수"가 있었던 것이다. 그 하나님과도 같은 고마움과 감사함─구호물품과 원조식량─에 힘을 입어 "자갈길을 달리는 맨발들이/ 아스콘 위를 달릴 거라 꿈꾸던 때" 그의 심장은 기대와 설레임으로 "통통 튀"기까지 했던 것이다.

　가스라이팅─. 미개인을 문명인으로 육성한다는 것, 가난한 자들을 모두가 다같이 잘 살고 더없이 행복하게 해준다는 것─. 제국주의의 마수는 이처럼 자비롭고 친절했으며, 이 은총과 믿음에 중독되면 사회적 하층민들이나 식민지배를 받는 노예들은 스스로, 자발적으로 빠져나갈 길이 없게 된다. "낮은 허들을 하나 넘으니 박수를 치며 초콜렛을 주었"고, "또 하나 넘으니 초코케잌과 에소프레소를" 주었다. "또 하나 넘으니 초코케일과 에소프레소와 라디오를" 주었고, "또 하나 넘으니 초코케일과 에소프레소와 라디오와 텔레비전을" 주었다. "또 하나 넘으니 텔레비전과 루이뷔똥과 컴퓨터와 아우디를" 주었고, "또 하나 넘으니 루이뷔똥과 컴퓨터와 아우디와 007시리즈를" 주었다. "또 하나 넘으니 컴퓨터와 아우디와 007시리즈와 고흐를" 주었고, "또 하나 넘으니 배가 고프고 온몸이 떨렸"다. 이제 그는 허들을 넘을 때마다 "초콜렛과 에소프레소"를 주지 않았고, 따라서 우리 한국인들은 아무것도 먹을 수가 없게 되었다.

이 대반전의 드라마는 미제국주의자들의 각본에 따른 것이었고, 그 결과, 우리 한국인들은 그들의 천사와도 같은 은총과 그 문명에 중독이 되어 "나무를 베어 초콜릿을" 사야 했고, "쌀을 팔아 커피를" 사야 했다. "온 산에 있는 철을 팔아 라디오"와 "텔레비전을" 사야 했고, "한옥을 팔아 루이뷔똥을" 사야 했다. "논을 팔아 아우디를" 사야 했고, "심청전을 팔아 007시리즈를" 사야 했다. 이제 "김홍도를 팔아 고흐를" 사야 했고, 마지막으로 최종적으로 "경복궁을 팔아 성조기"를 사야 했다. 대한민국의 황제가 거주하던 경복궁을 팔아 미국의 성조기를 사야 한다는 것은 우리 대한민국이 너무나도 전면적이고 완벽하게 미제국주의의 노예국가가 되었다는 것을 뜻한다. 미국인의 말과 명령에 복종하면서도—군사주권, 외교주권, 경제주권, 통화주권, 남북통일 주권 등을 다 빼앗겼으면서도—미국인의 지위도 얻지 못하고, 미제국주의의 노예로 살면서도 끊임없이 동족상잔의 총부리를 들이대고, 미국인의 말과 명령에 따라 간도, 쓸개도 다 내주어야만 했던 것이다. 한국전쟁 때 미군이 남북의 전국토를 초토화시킨 것도 하늘의 은총이고, 거창 양민과 노근리 주민들을 무차별적으로 학살하고 빨치산 토벌과 제주 4.3사건을 연출해낸 미군의 만행도 하늘의 은총이고, 전국토를 미군기지화하고 전 국민을 양공주화한 것도 하늘의 은총과도 같다. 교회와 성당은 대한민국 점령군의 상징이며, 이 기독교의 정신으로 우리 한국문화와 한국정신이 초토화되었다는 것을 뜻한다. 요컨대 우리 목사들과 우리 기독교인들은 미제국주의의 앞잡이이자 제 아버지와 어머니의 목에 총칼을 들이댄 패륜아이자 악마의 자식들에 지나지 않는다.

영원한 제국으로 가는 길에는 정도가 없지만, 영원한 제국으로 가는 길은 천 개도 넘는다. 영원한 제국의 건설자들은 그들의 지혜로 천 개의 수단과 방법을 갖고 있지만,

우리 한국인들은 천 개의 수단과 방법은커녕, 영원한 백치 민족으로서 영원한 제국이 무엇인지도 모른다. 미제국주의자들이 '맛보기 미끼용'으로 던져준 구호품과 원조식량에 중독이 되어 온몸을 다 받쳐 미군(예수)을 숭배하게 되었고, '삼전도의 치욕'과도 같은 교회와 성당으로 가서 오직 '예수찬양'으로 오천 년의 역사와 전통을 다 파괴해버렸다.

단군 성전과 경복궁은 미제국주의의 상징인 성조기만도 못하고, 오직 논과 밭을 다 팔아 미국으로 유학을 가서 미국의 사치품만을 사기에 바빴던 것이다.

오늘날, 우리 한국인들, 특히 백승자 시인의 「보이지 않는 손」을 믿는 기독교인들은 동족상잔의 비극으로 전국토를 미군에게 바친 백치들이라고 할 수가 있다.

정 해 영
마음을 주다

주전자 속 우린 찻물을
찻잔 쪽으로
기울여 따른다

엄마가 전신을 굽혀
아기에게 젖을 물린다

쓰러진 아카시아 나무를
부둥켜안은 지 십수 년
굽어져 간 떡갈나무의
등 때문에
숲이 아름답다

사람의 마음도
누군가에게

기울어야 보인다

기울임은
지극한 사랑이 흐르는

몸이 하는 말

참으로 어렵고 보잘것없는 삶도 한 편의 시로 쓰고 나면 '깊은 울림과 진한 감동'을 줄 수도 있다. 똑같은 말과 아주 흔한 말도 시인의 입장과 위치와 그 환경(문맥)에 따라서 더없이 거룩하고 성스러운 말이 될 수도 있다. 성스럽다는 말은 그 어느 말과도 비교가 불가능한 말이며, 자기 스스로 자기 자신을 잃어버리고 그 황홀함 속에서 끊임없이 존경과 찬양을 바치게 한다. 요컨대 성스럽다는 말은 자기 반성과 성찰, 쓰디쓴 자책과 그 후회를 극복하고 자기 자신을 그 성스러움과 일치시키며, 자기 자신을 더욱더 높이 높이 끌어올리게 하는 말이라고 하지 않을 수가 없다.

　　정해영 시인의 「마음을 주다」는 아주 성스러운 말이며, 심신일체心身一體, 즉 몸과 마음이 하나가 된 말이다. 이 '몸과 마음'을 하나로 만들어 준 말이 있으니, 바로 '기울이다'라는 동사가 그것이다. '기울이다'는 그 자신이나 몸의 일부, 다른 물체가 비스듬히 낮아지거나 비뚤어진 것을 말할 수도 있지만, 그러나 정해영 시인의 '기울이다'는 그 무엇에 정성을 쏟거나 마음을 주는 대들보와도 같은 말이라고 할 수가 있다. '기울이다'는 「마음을 주다」를 떠받치는 대들보와도 같은 말이며, "지극한 사랑"으로 "몸이 하는 말"이라고 할 수가 있다. "주전자 속 우린 찻물을/ 찻잔 쪽으로/ 기울여" 따르는 것도 마음을 주는 것이고, "엄마가 전신을 굽혀/ 아기에게 젖을 물"리는 것도 마음을 주는 것이다. 숲이 아름다운 것은 떡갈나무가 쓰러진 아카시아 나무를 십수 년 동안이나 부둥켜안고 있기 때문이고, 인간과 인간 사이에 사랑과 우정이 흐르는 것도 누군가에게 마음을 기울여야 하기 때문이다.

'마음을 주다'도 성스러운 말이고, '기울이다'도 성스러운 말이다. '마음을 주다'의 구체적인 힘은 '기울이다'이고, '기울이다'의 궁극적인 진원지는 '마음을 주다'이다. '마음을 주다'는 이론철학의 주제가 되고, '기울이다'는 실천철학의 주제가 된다. 정해영 시인의 '마음을 주다'가 불이라면, '기울이다'는 불꽃이고, 이 가장 거룩하고 성스러운 말들이 활활활, 타오르며, 우리 인간들의 사회를 밝히고, 모든 인간들이 불나방이 되어 자기 자신을 잃어버리게 만든다. 정해영 시인의 「마음을 주다」는 불이며, 불꽃이고, 모든 인간들을 '불의 종교'의 신도(배화교도)로 만들고 있다고 해도 틀린 말이 아니다.

「마음을 주다」: "기울임은/ 지극한 사랑이 흐르는/ 몸이 하는 말"이다.

정해영 시인의 「마음을 주다」는 가장 고귀하고 성스러운 말의 기원이 되고, 가장 고귀하고 성스러운 말은 가장 아름다운 말의 최종적인 형태가 된다. 성스럽다는 말은 자기 자신의 몸과 마음을 아낌없이 바칠 때만이 얻어질 수 있는 말이고, 이 반생물학적이며 '자기 돌봄'을 무력화시킨 성자에게 우리 인간들이 그 어떠한 부끄러움도 없이 존경과 찬양을 바치는 것은 가장 인간적인 감사의 표시라고 할 수가 있다.

'성스럽다'는 아름다움의 최종적인 형태이지만, 아름다운 모든 것이 성스러운 것은 아니다. 가짜 말과 가짜 벌꿀이 있듯이, 몸과 마음이 하나가 되지 않은 '아름다움'은 인간의 마음과 재산을 가로채 가는 상업예술(사기)일 수도 있기 때문이다.

이 세상에서 가장 성스러운 말은 「마음을 주다」이다.

우주가 대폭발하고 모든 생명체가 다 죽어도 영원히 살

아남아 새로운 생명체들에게 들려줄 말이 「마음을 주다」일 것이다.

김 병 수

때

대낮에 보면

세상에 못난 놈은 없다

잘 안 나가는 때가 있을 뿐이다

노을에 보면

세상에 잘난 놈은 없다

잘 나가는 때가 있을 뿐이다

다투지 마라

모두가 다 때의 그림자

제 빛으로 빛나는 놈은 없다

부처가 유태민족의 가정에서 태어났다면 어떻게 되었을 것이고, 예수가 힌두교의 가정에서 태어났다면 어떻게 되었을까? 아마도 부처는 야훼를 믿는 유태교도가 되었을 것이고, 예수는 브라만과 비쉬누와 시바 등을 믿는 힌두교도가 되었을 것이다. 안중근이 영국에서 태어났다면 넬슨 제독이 되었을는지도 모르고, 유관순이 프랑스에서 태어났다면 잔 다르크가 되었을는지도 모른다. 역사에 있어서의 가정은 성립될 수가 없지만, 그러나 모든 역사가 지리에서 시작된다는 말이 맞는다면 그가 태어난 환경은 어느 누구도 극복하지 못할 숙명적인 것이라고 할 수가 있다. 우리 인간들이 태어난 시기와 환경과 인종과 종교 등은 숙명적인 것이고, 이 숙명적인 것을 받아들이는 것이 '운명에의 사랑'이라고 할 수가 있는 것이다.

'운명에의 사랑'은 참으로 긍정적일 수도 있지만, 그러나 다른 한편으로는 매우 초라하고 부정적인 말일 수도 있다.

우리 대한민국은 왜, 로마제국이나 중화민국, 또는 대영제국이나 미국이 아니고, 수천 년 동안이나 그처럼 이민족의 지배와 착취의 대상이 되었단 말인가? 안중근은 왜, 프랑스 함대를 물리친 넬슨 제독이 되지를 못했고, 유관순은 왜, 대일본제국을 물리친 영웅이 되지 못했을까? 프랑스 함대를 물리치고 대영제국의 승리를 이끌어낸 넬슨 제독은 왜, 그 승리의 기쁨도 맛보지 못하고 죽어갔던 것이고, 오를레앙 전투에서 대영제국군을 물리친 잔 다르크는 왜, 영국군의 포로가 되어 죽어갔던 것일까?

예수, 부처, 브라만, 안중근, 유관순, 넬슨 제독, 잔 다르크, 나폴레옹 등은 지구촌의 역사 안에서 바라보면 그 엄청난 차이를 보이지만, 그러나 지구촌 밖에서 바라보면 그 어떠한 차이도 없다. 동일한 인물과 동일한 행위의 당사자들일 뿐, 대자연의 법칙, 즉, 지구의 운행과 별들의 생성과 소멸에 그 어떤 관여도 할 수가 없었던 것이다. 해가 뜨면 일어나 일을 하고, 해가 지면 발을 씻고 잠을 잔다. 늙고 쇠약해지면 파리 한 마리와 모기 한 마리도 잡지 못하고, 그 운명의 때가 다하면 한 줌의 먼지와 때로 사라져간다. 인간의 생명이란 본디 그 잘남과 못남, 그가 살아 생전 누리고 살았던 부귀영화 따위와는 아무런 상관도 없이 한 줌의 먼지와 때로 사라져 가게 되어 있는 것이다. 어느 누구도 운명을 거역하지 못하고, 대자연의 법칙인 그 운명에게 복종을 하게 된다. "대낮에 보면/ 세상에 못난 놈은 없다/ 잘 안 나가는 때가 있을 뿐이다." "노을에 보면/ 세상에 잘난 놈은 없다/ 잘 나가는 때가 있을 뿐이다."

김병수 시인의 「때」는 운명이고, 운명은 한순간이며, 대자연의 신기루에 지나지 않는다. 모든 인간은 누구나 주연배우이고, 각자가 자기 자신의 행복을 연주하면서 살아간다. 자기 자신의 주연배우로서 잘 나갈 때도 있고, 못 나갈 때도 있다. 키 큰 소나무 옆에 키 작은 소나무가 있고, 아름답고 예쁜 장미꽃 옆에 꽃이 피기도 전에 벌레가 먹은 꽃송이도 있다. 헤라클레스 옆에 절름발이가 있고, 소크라테스 옆에 백치가 있다. 키 큰 소나무와 키 작은 소나무, 아름답고 예쁜 장미꽃과 벌레 먹은 꽃송이, 헤라클레스와 절름발이, 소크라테스와 백치 등, 그들은 모두가 다같이 잘 나갈 때와 못 나갈 때가 있는 것도 같지만, 그러나 그들은 모두가 다같이 먼지와 때처럼 사라져간다. 다투고, 소송전을 벌이고, 시기하고, 질투할 일이 없다. 왜냐하면 "모두가 다 때의 그림자/ 제 빛으로 빛나는 놈"이 없기 때문이다.

운명은 아침 해와도 같고, 운명은 저녁 노을과도 같다.

운명은 저울이고, 이 저울은 대자연의 법칙과도 같다. 아침 해와 저녁 노을의 무게도 똑같고, 삶과 죽음의 무게도 똑같다. 채권과 채무의 무게도 똑같고, 소크라테스와 백치의 무게도 똑같다. 아침 해가 떠오르면 잘 나가는 때가 된 것이고, 저녁 노을이 지면 잘 안 나가는 때가 된 것이다.

부와 지혜가 결합되면 전 인류의 아버지가 되고, 건강과 지혜가 결합되면 천하무적의 장수가 된다. 지혜와 예술이 결합되면 지상낙원을 창출할 수도 있고, 부와 무지가 결합되면 그야말로 '불로초'를 찾아 헤매는 천하제일의 바보가 된다.

우리 인간들의 행복과 불행은 마음 먹기에 달려 있는 것이다. 운명에의 사랑은 지혜를 사랑하는 것이고, 지혜를 사랑하면 그는 전 인류의 스승이 될 수가 있다. 자기가 하고 싶은 일을 하고, 자기 자신이 얻고 축적한 그 모든 것을 다 나누어 주고, 먼지와 때처럼 사라져 가는 것이 '운명에의 사랑'이며, 가장 행복하게 살다가 가는 것이다.

김병수 시인의 「때」는 인간 존재론이며, 운명에의 사랑이며, 가장 기초적이고 울림이 큰 서정시라고 할 수가 있다.

정 구 민
호랑이

반만년 나라를 지켜온 산신

백두대간 어슬렁거리며

발톱 내보였다

헛기침하다가

뻣뻣하게 수염 세우며

낮잠 자다가

나라 협박받으면

입 벌리고 날카로운 이빨로 위협하고

가난이 봄빛처럼 푸르르면

얼룩무늬 털을 뽑아

산빛 푸르게 물들이며

터줏대감으로 살았다

이제 땅에선 종을 이어가기 힘들어

하늘로 이주하려니

봄에는 큰곰

여름에는 돌고래

가을에는 조랑말

겨울에는 토끼

계절마다 동물들이 집을 다 차지해

빈집이 없다

눈이 부시도록 타오르는 눈빛

그냥 사라지기엔 억울하고

숲을 파랗게 키우려는

지구 전사 등에 태우고 으르렁으르렁 세계로 향해야지

생각을 탁본하는 밤

오늘날은 자본주의 사회가 모든 종교와 신화를 대청소
하고 상호간의 불신과 증오를 키우며 대 사기꾼들의 불량
하고도 부정적인 신화들만을 양산해내고 있다고 해도 지
나친 말이 아니다. 땅을 사고 투기하는 법, 돈을 벌기 위해
온갖 배신과 중상모략을 일삼는 법, 온갖 탐욕과 소비를
미덕으로 삼으며 반자연적인 자본주의를 최고급의 사상과
이론으로 찬양을 한다. 자연은 삶의 터전이 아닌 금은보
화의 보물창고이며, 따라서 자연은 아무런 고민이나 양심
의 가책도 없이 무차별적으로 파괴의 대상이 되었던 것이
다. 그 옛날부터 인간과 함께 살아온 동식물들이 다 소멸
되거나 쫓겨나게 되었고, 백수의 왕인 호랑이마저도 멸종
의 위기를 피할 수가 없게 되었던 것이다. 호랑이가 소멸
하면 호랑이와 함께 살던 친근한 이야기와 그 성스러운 신
화도 죽게 되고, 그 친근한 이야기와 성스러운 신화가 사
라지면, 우리 인간들은 오직 미다스왕의 후예가 되어 황금

속에 파묻혀 죽게 될 것이다. 돈, 즉, 금은보화는 그 자체로 아무런 재화도 아니고 음식도 아니며, 우리 인간들이 언어로 부여한 허상과도 같은 것에 지나지 않는다. 아무런 쓸모도 없고 더군다나 식량도 아닌 금은보화, 이 금은보화를 위해 만물의 터전인 자연을 다 파괴하고, 모든 동식물들을 다 죽여버린 바보, 이처럼 바보스러운 악마가 그 어디에 있었단 말인가?

호랑이는 고양잇과의 포유동물이며, 다 자란 어른의 크기는 220kg에서 300kg 이상까지 자라난다고 한다. 호랑이는 가장 아름답고 균형 잡힌 몸매와 함께, 가장 지혜롭고 뛰어난 기품을 지녔다고 할 수가 있다. 백두산 호랑이, 호돌이, 비호, 범, 호순이 등의 이름 이외에도 산군山君, 산신령山神靈, 산중왕山中王으로도 불리고 있다고 할 수가 있다. 동물 중의 동물, 백수와 왕이자 우리 한국인들의 수호신인 호랑이조차도 이제 멸종의 위기를 맞이하였다는 것은 너무나도 가슴 아프고 슬픈 일이 아닐 수가 없다.

정구민 시인의 「호랑이」는 "반만년 나라를 지켜온 산신"이지만, 그러나 이 호랑이는 상상의 존재에 지나지 않으며, 정구민 시인이 그의 상상력으로 탁본한 시라고 할 수가 있다. "백두대간 어슬렁거리며/ 발톱 내보였다/ 헛기침하다가/ 뻣뻣하게 수염 세우며/ 낮잠"을 자던 호랑이, "나라 협박 받으면/ 입 벌리고 날카로운 이빨로 위협하고/ 가난이 봄빛처럼 푸르르면/ 얼룩무늬 털을 뽑아/ 산빛 푸르게 물들이며/ 터줏대감으로 살았"던 호랑이, 그러나 "이제 땅에선 종을 이어가기 힘들어/ 하늘로 이주하려니/ 봄에는 큰곰/ 여름에는 돌고래/ 가을에는 조랑말/ 겨울에는 토끼/ 계절마다 동물들이 집을 다 차지해/ 빈집이 없다"고 한다.

오늘날의 위기는 언어의 위기이며, 언어의 위기는 생태환경의 위기이다. 생태환경의 위기는 지구촌의 위기이며, 지구촌의 위기는 더 이상 백수의 왕인 호랑이가 존재할 수가 없다는 것이다. 예로부터 대한민국과 함께, 우리 한국인들의 가장 훌륭하고 늠름한 기상을 지켜주고, 가난하고 어려운 사람들을 돌보아 주던 호랑이가 사라진다면, 이 세상에서 가장 아름다운 우리 한국어도 사라지게 될 것이다. "눈이 부시도록 타오르는 눈빛/ 그냥 사라지기엔 억울"하여 "숲을 파랗게 키우려는/ 지구 전사 등에 태우고 으르렁으르렁"거려 보겠지만, 도대체 그것이 무슨 소용이 있겠는가? 호랑이가 사라지면 호랑이가 뛰어놀던 숲과 들과 강도 사라지고, 호랑이와 함께 살던 큰곰과 돌고래와 조랑말과 토끼들도 하나, 둘, 다 사라지게 될 것이다.

호랑이, 호랑이, 정구민 시인의 「호랑이」가 하루바삐 우리 한국인들의 탐욕과 마비된 의식을 물어뜯고, 이 시 속의 울타리를 뛰쳐나와 삼천리 금수강산의 수호신으로서 살아가 주기를 바랄 뿐이다.

민 정 순
도리뱅뱅

바삭 파티

노릇노릇

뱅뱅이를 속기하며

어머나! 어머나!

빙 둘러앉은

빙어들

도리뱅뱅이

수삼

고추장

당근

붉은 고추

대파

참이슬

민물 한잔

요리조리 허공을 돌려가며

도리도리 얼음꽃 피운다

언 강물 한 접시

파닥거린다

'도리뱅뱅'이란 무엇인가? 도리뱅뱅이란 민물고기(피라미, 빙어)를 프라이팬에 둥글게 튀겨놓은 음식을 말한다. 충북 제천의 의림지와 대청댐 주변에서 비롯된 이 도리뱅뱅이는 생선튀김, 피라미조림 등으로 불리다가 오늘날의 '도리뱅뱅이'로 정착됐다고 한다.

만일, 그렇다면 아리스토텔레스식으로 민정순 시인의 '도리뱅뱅이'를 어떻게 설명할 수 있을 것이란 말인가? 도리뱅뱅이는 동그랗게 "바삭"하고 "노릇노릇" 튀긴 향토음식(형상인)이며, 그것은 빙어, 수삼, 고추장, 당근, 붉은 고추, 대파 등으로 되어 있다(질료인). 도리뱅뱅이는 시인과 친구들이 저수지나 호수로 낚시를 가서 물고기를 잡아 튀긴 것(동력인)이며, 그것은 친구들과 함께 빙 둘러앉아 참이슬 한 잔과 민물 한 잔을 나누며, '얼음꽃'(이야기꽃)을 피우기 위해 만든 요리(목적인)라고 할 수가 있다.

인간의 삶이란 무엇이며, 우리 인간들은 왜, 살고 있는

가? 인간은 살기 위해 먹는가, 아니면 이 세상의 삶을 즐기기 위해 먹는가? 그 옛날에도 정월대보름과 추석과 설날 등의 수많은 축제의 날이 있었지만, 그러나 아무래도 절대 빈곤과 기아선상에서 시달리던 시절에는 살기 위해 먹었을 것이고, 이 풍요로운 21세기에는 모두가 다같이 즐기기 위해 먹을 것이다. 우리 인간들은 잡식성 동물이고, 동물성과 식물성 등, 그 어느 것을 가리지 않고 모조리 다 먹는다. 몇몇 극소수의 독초들을 제외하고는 모든 식물들을 다 먹고, 대부분의 동물들과 곤충들, 그리고 수많은 어패류들마저도 다 잡아먹는다. 이것이 최상위 포식자로서의 우리 인간들의 위용이고, 수많은 요리문화는 우리 인간들의 미식취미와 그 즐거움에 맞닿아 있다고 할 수가 있다. "바삭파티/ 노릇노릇/ 뱅뱅이를 속기하며/ 어머나! 어머나!/ 빙 둘러앉은/ 빙어들/ 도리뱅뱅이"라는 시구가 그것을 말해주고, "수삼/ 고추장/ 당근/ 붉은 고추/ 대파/ 참이슬/ 민물한 잔/ 요리조리 허공을 돌려가며/ 도리도리 얼음꽃 피운다/ 언 강물 한 접시/ 파닥거린다"라는 시구가 그것을 말해준다. 모두가 다같이 친구이고 천사이며, 민정순 시인의 '도리뱅뱅이' 앞에서는 만인이 평등하고, 모두가 다같이 즐겁고 기쁘게 잔치음식을 즐길 수가 있다.

프라이팬은 우주이며, 살아 있고 먹을 수 있는 모든 것은 요리사의 솜씨 안에 존재한다. 음식은 영혼이고 육체이고, 음식은 꽃이고 향기이고, 음식은 놀이이고 맛이고 그 모든 것이다. 우리 인간들은 먹기 위해 사는 것이 아니라, 이 세상의 삶을 즐겁고 기쁘게 살기 위해 먹는다.

시(음식)가 시인(요리사)을 위해 존재하는가? 시인이 시를 위해 존재하는가? 이것은 동서고금을 통해 매우 소중하고 큰 질문이며, 어느 철학자도 함부로 그 정답을 말할 수가 없다. 시의 문학적 기능과 사회적 기능을 따져보면 시가 인간을 위해 존재하지만, 그러나 시인의 입장에서 바라보면 시인이 시를 위해 존재한다. 시인은 우리 인간들의 언어와 사상을 창출해내는 천지창조주이며, 따라서 전 인류의 애송시를 쓰기 위해 모든 피와 땀을 다 쏟아붓지 않으면 안 된다.

시는 시인의 존재의 기원이자 존재의 근거이며, 그가 이 세상을 살아가는 근본 목적이라고 할 수가 있다.

조옥엽

명절의 인사

설 명절을 며칠 앞두고
홀로 사는 이를 만나고 돌아와 잠자리에 든 밤

잠깐 나눈 대화가
이불깃에서 들썩거린다

명절에 애들은 오겠지요
너무나 당연한 물음에 단호하게 돌아오는 답변

아니요

더는 묻지를 못한다
물을 수가 없다

독거의 명절은 무싯날보다 두 배 세 배 처절해

빈집 헛간에 들이치는 싸락눈 되어

천 군데 만 군데 구멍을 뚫어놔

모든 역사가 지리에서 비롯되었듯이, 명절이란 그 나라의 역사와 전통에서 비롯된다고 할 수가 있다. 유태인들에게는 유월절이 있고, 기독교인들에게는 부활절이 있다. 대한민국은 농경민족이고, 설날과 추석날 이외에도 정월 대보름과 한식과 청명과 칠월칠석과 동지 등의 수많은 명절이 있지만, 그 중에서 가장 소중한 명절은 설날과 추석날이라고 할 수가 있다. 설날은 새해 첫날인 만큼 부모형제와 온 가족이 다 모여 제사를 지내며 새해의 행복을 기원하는 날이고, 추석날은 일종의 추수감사절인 만큼 아름답고 풍요로운 결실을 맺게 해준 조상님께 제사를 지내며 모두가 다 함께 서로가 서로를 위로하며 가정과 공동체 사회의 행복을 기원하는 날이라고 할 수가 있다. 명절은 사회적 약속인 국경일이며, 모든 구성원들이 참여하는 가장 즐겁고 기쁜 축제의 날이라고 할 수가 있다. 잔칫집에는 제일 먼저 가고, 전쟁터에는 제일 나중에 간다는 말이 있듯이, 명절은 잔칫날이며, 가능하면 어느 누구도 빠질 리가 없는 것이다.

자연은 만물의 터전이고, 이 만물의 터전은 어느 누구의 사유재산이 될 수가 없다. 하지만, 그러나, 오래 살고 싶다는 욕망이 사유재산에 대한 욕망을 더 심화시키고, 따라서 부모와 자식들 간의 세대교체는 물론, 돈과 명예와 권력에 대한 상속마저도 순조롭게 이루어지지 않게 되었다. 자본주의 사회의 가장 큰 중심 산업은 실버산업이 되었고, 생명공학과 자연과학을 통하여 인간 수명은 무한대로 연장되었다. 그 옛날에는 60 전후에 대부분이 사망하고, 부모와 자식들 간의 진짜 이별이 가능한 죽음을 죽었지만, 이제는 60 전후로 은퇴를 해도 4-50년을 더 살 걱정을 하게 되었다. 부모와 자식들 간의 세대교체가 이루어지지 않고, 부의 이동과 그 흐름이 끊겼다는 것은 사회 전체가 동맥경화증에 걸렸다는 것이고, 그 결과, '만인 대 만인의 싸움'이 일상화되고, 가장 즐겁고 기쁜 명절날에도 부모를 찾지 않게 되었다고 할 수가 있는 것이다.

조옥엽 시인의 「명절의 인사」는 그 옛날의 인사이며, 이제는 「명절의 인사」가 독거노인을 산채로 고문하는 장치가 되었다고 하지 않을 수가 없다. "설 명절을 며칠 앞두고/

홀로 사는 이를 만나고 돌아와 잠자리에 든 밤// 잠깐 나눈 대화가/ 이불깃에서 들썩거린다." 왜냐하면 "명절에 애들은 오겠지요/ 너무나 당연한 물음에 단호하게 돌아오는 답변"은 "아니요"였기 때문이다. 이제 부모와 자식의 관계는 천륜이 아닌 패륜의 관계가 되었고, 영원한 적대관계가 되었다고 하지 않을 수가 없다. "독거의 명절은 무싯날보다 두 배 세 배 처절해// 빈집 헛간에 들이치는 싸락눈 되어/ 천 군데 만 군데 구멍을 뚫어" 놓게 되었다.

오래 오래 산다는 것과 젊고 건강하다는 것은 전혀 어울리지 않는 말이고, 오래 오래 사는 것과 아름답고 행복하다는 것도 전혀 어울리지 않는 말이다. 젊고 건강하지 않다는 것은 늙고 병들었다는 것이고, 늙고 병들었다는 것은 그 어떤 부귀영화도 다 소용이 없다는 것을 뜻한다. 인간 100세와 불로장생의 꿈은 실버산업의 장사꾼들의 상술에 불과하며, 오늘날의 자본주의는 이 실버산업의 장사꾼들의 상술에 의해서 그 모든 역사와 전통과 가치관이 다 파괴되었다고 하지 않을 수가 없다. 충효는 불충과 불효가 되었고, 장수만세는 요양원과 요양병원의 천국이 되었다. '가화만사성'은 독거노인의 한숨이 되었고, 명절날은 지옥의 고속열차를 타고 가는 최후의 날이 되었다. 80세, 90세,

또는 100세, 120세를 산다는 것은 추하다는 것이며, 따라서 자식들은 아버지와 어머니에 대한 효도는커녕, 혈연의 인과성마저도 삭제하고 싶어 한다. 어서 빨리 이 세상을 떠나가고 땅 한 평과 집을 물려달라는 것이 자식들의 한결같은 바람이라면 약과 병원에 의지하면서도 더욱더 더럽고 추한 목숨을 어쩔 수가 없다는 것이 부모님의 하소연이라고 할 수가 있는 것이다.

돈은 악마의 선물이며, 이 자본의 뚜껑, 즉, 판도라의 상자를 열어젖힌 자본주의 사회의 인간들은 반드시 그 비참한 최후의 종말을 맞이하게 되었다. 부모와 자식 사이에도 돈이 개입하면 미치광이가 되고, 친구와 친구 사이에도 돈이 개입하면 미치광이가 된다. 종교와 종교 사이에도 돈이 개입하면 미치광이가 되고, 명절날과 명절날 사이에도 돈이 개입하면 끊임없이 서로가 서로를 물어뜯는 소송전이 펼쳐지게 된다.

이제부터라도 요양병원과 요양원을 다 불살라 버리고, 장수만세 프로그램을 다 폐기처분해야 한다. 생명공학과 자연과학의 학과를 다 폐기처분하고, 하루바삐 '인간 70의 수명제'를 실시하여, 이 지구촌을 더욱더 젊고 푸르게 가꾸어 나가지 않으면 안 된다.

명절날이 명절날이 될 수 있고, 자연의 법칙에 순종하는
것이 최고의 행복이라는 사실을 깨달을 때까지—.

반경환

1954년 충북 청주에서 태어났으며, 1988년 『한국문학』 신인상과 1989년 《중앙일보》 신춘문예로 등단했다. 반경환의 저서로는 『시와 시인』, 『행복의 깊이』 1, 2, 3, 4권, 『비판, 비판, 그리고 또 비판』 1, 2권, 『반경환 명시감상』 1, 2, 3, 4권, 『이 세상에서 가장 아름다운 명문장들』 1, 2권, 『반경환 명구산책』 1, 2, 3권이 있고, 『반경환 명언집』 1, 2권, 『쇼펜하우어』, 『니체』, 『사상의 꽃들』 1, 2, 3, 4, 5, 6, 7, 8, 9, 10, 11, 12, 13, 14, 15권 등이 있다.

이 『사상의 꽃들』은 '반경환 명시감상'으로 기획된 것이지만, 보다 새롭고 좀 더 쉽게 수많은 독자들에게 다가가기 위한 포켓북이라고 할 수가 있다. 사상은 시의 씨앗이고, 시는 사상의 꽃이다. 그는 시를 철학의 관점에서 이해하고, 철학을 예술(시)의 관점에서 이해한다. 그의 글쓰기의 목표는 시와 철학의 행복한 만남을 통해서, 문학비평을 예술의 차원으로 끌어올리는 것이다. 따라서 반경환의 문학비평은 다만 문학비평이 아니라 철학예술이라고 할 수가 있는 것이다.

시는 행복한 꿈의 한 양식이며, 낙천주의를 양식화시킨 것이다.

이메일 : bankhw@hanmail.net

사상의 꽃들 16
반경환 명시감상 20

초판 1쇄	2024년 6월 30일
지은이	반경환
펴낸이	반송림
펴낸곳	도서출판 지혜
주 소	34624 대전광역시 동구 태전로 57, 2층 도서출판 지혜
전 화	042-625-1140
팩 스	042-627-1140
전자우편	eji@ji-hye.com
	ejisarang@hanmail.net
애지카페	cafe.daum.net/ejiliterature
ISBN	979-11-5728-543-3 02810
값	12,000원